吃貨動口不動手

上

文創風 1250

覓棠 著

目錄

序文……005
第一章……007
第二章……017
第三章……029
第四章……039
第五章……051
第六章……063
第七章……075
第八章……085
第九章……097
第十章……109
第十一章……121
第十二章……133
第十三章……143
第十四章……155
第十五章……167
第十六章……179
第十七章……191
第十八章……203
第十九章……213
第二十章……225
第二十一章……237
第二十二章……249
第二十三章……261
第二十四章……273
第二十五章……285

序文

覓棠

起初我只是想寫一個故事，故事中有人，我想像著在平行世界裡，他們生活的一點一滴，他們的喜怒哀樂，他們的所思所想。漸漸地，隨著我與故事中的人接觸得越來越深，投入的時間越來越多，故事中的一幕幕，像是現了形，活靈活現的飄在我眼前，瀰漫在我周圍，文字成為了我們連接彼此的信號，簡單的文字因為我們的交流散發出獨特的魅力，我有幸成為了他們生活的記錄者。

我與文字的結緣要追溯到學生時期，我已經記不清詳情，只記得當時洋洋灑灑寫了幾頁紙，文筆很幼稚。後來，看的書多了，又寫了一則三、四萬字的短篇，當時在班級裡傳閱後，一個朋友說：「寫得太平常了，不吸引人。」這話點醒了我，確實這短篇內容平平淡淡，只在結尾處有些波瀾。再後來，我又寫了一則短篇，這次只有一萬字，但卻被同學不停傳閱、催更，我寫完結局後，本子已被翻看得用膠帶黏了好幾處。

之後我持續創作，有朋友鼓勵我發表，但我總是想著等我準備得再妥當、再精美一些，時間不停流逝，這本書從開始動筆到結束經歷了一年半，中間幾度停滯不前，在寫完結局的一剎那，我感覺到滿足，但是滿足中又帶著一股悵然若失，只覺得像失去了什麼一樣空落落的。我已經和故事中的人成為了好朋友，我們無話不談，我們交換喜怒哀樂，我們暢想未來，我也從一開始的書寫故事變成現在的觀察者、記錄者，不是我賦予他們生命，而是他們帶給我影響。每次和別人說起的時候，我總是在心裡笑著說一句「嘿！這是我的好朋友們」。

此刻，閉上眼睛，我彷彿還能看到我的朋友們，在他們的世界裡，自由自在的生活著。這不是結尾，而是新的起點，同樣這也是我最初所追尋的。回顧以往，我遇到了很多溫暖的人，正是因為有他們，我的好朋友才得以與大家見面，在此感謝。

第一章

柳氏坐在家門口的柿樹下納鞋底，此刻正是黃金八月，枝頭上掛滿了金黃的柿子。她將針頭擦了擦，抬頭就看到一人正朝著這邊走來。

「王家嬸子，妳家閨女要生了，剛剛俺從鎮上回來路過涼山村，看到妳家女婿正著急忙慌的去找接生婆呢。」一個約莫四、五十歲的婆子對著柳氏說道。

柳氏聞言一愣。她閨女這胎還有將近半個月才足月，怎麼會現在生產？別是出了什麼事。

只聽鄰居劉婆子的話，柳氏也不知道具體是什麼情況，實在擔心得不行。么女王加玉是她和丈夫的老來女，生了五個小子才盼來了這麼一個閨女，自然是偏疼得多些，便是嫁了人也時常關照。

她匆匆忙忙的放下手中的東西，正是農忙的季節，家裡的男人不在，進門看見大兒媳婦李琴正在餵雞，趕緊讓她停下手中的活，叫上二兒媳婦趙意一起往涼山村走。

大兒媳婦李琴忙去拿先前準備好的小孩衣服和一些毯子帶上，路上婆媳三人沒說話，心裡繃著一根弦。駕著牛車走了約莫快兩個時辰，遙遙看見涼山村，路上碰見一些嘴碎的婆子，事情的來龍去脈已經知道了。

婆媳三人，忍著心中不快，到了涼山村姜家，在院子外面就聽到親家母姜老太太大呼小叫的聲音。

「你這麼急幹啥？女人生孩子不就是這麼回事，再說了，誰讓她自己不小心滑倒了，干我啥事？你跟我大聲幹啥？這會兒不在地裡幹活，回來幹啥？」姜老太太頭髮梳得一絲不苟，頭上圍著藍色方格的頭巾，上身穿著半新的藏青衣衫，下面是黑色束腳褲，雙手扠腰，朝著自家大兒子姜植喊道。

「娘，地裡的活什麼時候都可以幹，但我媳婦生孩子我怎麼能不在？」姜植看著他娘說道。他知道娘和媳婦一直不對盤，也知道娘的脾氣素來如此，但沒想到媳婦生孩子時，他僅僅是從地裡回來就被罵，聽著屋子裡面媳婦的慘叫聲，他心裡酸疼，眼眶微紅。

「哎，你這小子，這是幹啥，我說你什麼了？讓你去地裡幹活你就去。」姜老太太扠著腰。見他沒動，姜老太太拿起門邊的掃把劈頭蓋臉的朝他招呼過去。

姜植眼看著掃把就要劈到他身上，抬手一擋，卻讓姜老太太火氣更旺，朝著他又是揮動幾下，同時嘴裡又叫喊著。「我這是造了什麼孽？生了個這麼氣人的東西，有了媳婦就忘了娘，我今天真算是體會了這句話。」

小孫子姜凌路看見爹被打，小小的人，還沒有姜老太太的腰高，哭著拉扯著姜老太太的褲腿。「不准打我爹，妳是壞祖母，壞祖母！」

姜老太太看見小孫子臉上掛著的兩行淚，那雙向來含著笑意的眼睛裡透著不安與恐慌，又聽見屋裡大兒媳婦生孩子淒厲的哭喊聲，不禁有些心虛，喊著。「走走走，將他拉走，別在這裡礙眼！」

一直在旁邊看戲的姜二媳婦抬頭看到門口的王家婆媳三人，忙掩飾住嘴角的笑意，拉拉姜老太太的袖子。「娘，王嬸子來了。」

姜老太太一轉頭看到王家婆媳三人，抹了一把臉，停止了叫嚷，臉上掛上笑，兩步走到柳氏跟前拉著手親熱道：「親家母來了，快歇歇，這會兒接生婆剛進去沒多久，想著等孩子生下來了再讓人去給親家報個信，妳們這就來了。」

姜老太太心裡卻想，女人生孩子不都是這麼過來的嗎？結果大兒子竟去找接生婆，親家母還巴巴的跑來守著，要她說，就沒這個必要。

聽著姜老太太的話，柳氏三人腳步不停，鄉下生孩子沒有那麼多避諱，她們直接來到了女婿一家住的房間。這屋子不大，只有一扇面朝西方的窗戶，整個房間昏昏暗暗的，中間被衣櫃隔開，姜家大房一家就睡在這麼一間屋子裡。

柳氏一眼就見到接生婆正在一旁指揮著自家閨女呼氣吸氣，問道：「熱水呢？準備好了沒有？」

姜家大房的大女兒姜薇聽到聲音，急忙端著一盆熱水過來，不過十二歲的人已經懂事了，這會兒看到外祖母和舅母，眼淚先流了出來。

柳氏摸摸她的頭安撫。「乖孩子。」

王氏聽著接生婆的指揮，抬頭看到親娘柳氏，心裡安定了許多，嗚咽了一聲，隨即一陣撕裂般的疼痛來襲，她不顧地喊了出來。「啊——」

「生了，生了，是個閨女。」接生婆剪了臍帶，檢查了一番，用柳氏帶來的細布包著孩子。

柳氏將孩子接過來，抱在手裡，小小的一團，看得心都化了，喊了好幾句「乖乖」。雖然是不足月就生了下來，但這丫頭的氣色倒也挺好，看著是個健康的。

柳氏三人看著王加玉和嬰兒無事，總算是放下心來。

姜娉娉躺在王氏懷裡，睜開眼，看到了一個大約三十歲左右的女子，長得明媚漂亮，特別是一雙柳葉眉，顯得明豔動人，只是臉色有些蒼白。接著聞到空氣中帶著一股悶熱的臭氣加上一絲的血腥味。

緊閉的窗戶隔絕了外面清新的空氣，也讓屋裡的光線變得有些昏暗，她只能看到上方掉漆的梁木上掛著幾張蜘蛛網，轉了下眼珠，看見古色古香的櫃子，但看著有些年頭了，鎖就那樣掛著，櫃子上面堆著衣服，將床和外面的空間隔開來。

她再一轉頭，看到屋子裡一圈人都看著自己。

不對，她雖然不是很清楚，但看這樣子，投胎的時候說的肯定不是這家啊！不是說是個千金小姐，吃穿不愁嗎？看這條件也不像啊。

姜娉娉閉了下眼，心想一定是錯覺。再睜開眼，還是相同的場景，又轉轉眼珠，見到還是一模一樣的布置。幾次三番過後，她微微的在心裡嘆了口氣。

她實在想不明白到底是哪裡出了問題，說好的享福呢？總覺得遇上詐騙了。還有，她都喝了孟婆湯，怎麼還能記得前世的事情？孟婆這湯不行，妥妥的欺騙消費者啊！

旁邊的姜薇看到妹妹的機靈模樣，抿著嘴笑了笑。妹妹真聽話，一點也不鬧人。

王氏受了累，吃了些米糊軟爛的吃食，旁邊有熱水，兩個娘家嫂子簡單的給她擦了擦身體。

正當姜娉娉百思不得其解時，聽見一個男人渾厚的聲音。「娘，我來看看加玉。」

接著她就看到一個大概三十歲左右的男子，五官端正，看著有點嚴肅，顯然不太愛說話，想著這就是自己的老爹。

果不其然，姜植湊近看看紅通通、皺巴巴的閨女，小小的一團，想抱又不敢抱，看著王氏喊了句「媳婦」。

王氏哼了一聲，扭過頭不想看他。「痛死我了，都怪你，生小兒子的時候就說不再生了，現在倒好，跟頭母豬似的一胎一胎地生。」

看著王氏被汗水浸濕的髮鬢，慘白的小臉，姜植心中一痛。他何嘗不擔心呢？自從知道妻子懷孕以來，他沒有一刻是放鬆的，現在看著妻兒都好好的，他終於鬆了一口氣，明白自家妻子的脾氣，也不為自己辯解。

又聽見王氏接著說：「我看你就是巴不得我有事呢，好再找一個。」

姜娉娉不由得搖搖頭，她雖然只是旁觀，但也看得出她爹不是這樣的人。不知道為什麼，看著眼前的爹娘，明明很陌生，卻有一種親近感，難道這就是血緣的關係？

一旁的外祖母柳氏聽不下去了。「行了，說什麼胡話，剛生完孩子還不趕快歇歇，女婿在這裡陪著吧！」說著她抱起孩子。「想來外面的人都等急了，我抱出去讓他們看看孩子。」

柳氏是看不下去自家閨女這個脾氣，在家的時候被寵得沒邊，嫁了人後女婿也不管著她，脾氣越發的大了。自從知道閨女懷孕後，女婿每日總是提心弔膽，瞧著比閨女還害怕。

姜娉娉被抱出門時，還看見她爹一個身高一百八的魁梧大個子在她娘面前陪著笑。

來到主屋，姜老太太幾人在招呼著接生婆。

「這丫頭一看呀就是有福氣的，耳垂厚厚的，看著小臉白淨，將來啊定是個富貴命；生下來聲音洪亮，身子骨兒健康，小眼珠子滴溜溜的，瞧著是個機靈的。」接生婆先是誇了孩子，接著話風一轉又恭維起了姜老太太。「可見平日裡姜嬸子沒少操心，將媳婦照顧得這般好，往後可等著享福啦。老婆子在這兒給妳家道喜了。」

接生婆是隔壁村的，不清楚情況，說了好些吉祥話。

柳氏婆媳三人聽著，也不搭話，臉色淡淡的。要真是靠著姜老婆子，加玉現在還不知道怎麼樣呢！孩子能不能生下來還不一定。

姜老太太慣會做些表面工夫，聽了這些話笑著應了下來，讓自家三兒媳婦去東屋裡拿些賞錢，又拿了五個雞蛋和一把青菜用籃子裝著，將接生婆送出了門。

嬰兒的身體精力有限，姜娉娉雖有心想多瞭解一下情況，但還是忍不住打了個哈欠。

柳氏見狀，將她抱進屋子裡放在王氏身邊，母女倆躺在床上，頭挨著頭睡得安穩。

柳氏回到外頭，姜老太太隨意的擦擦手，請她們婆媳坐下，又喚姜薇端來了茶水。「親家母，妳看這農忙時候，還叫妳們特地跑一趟。」

柳氏接過碗，放在一邊，壓著火氣道：「我這個閨女啊，自小是被寵著長大的，這不，今天早上她幾個哥哥出去的時候還讓我來看看，算算日子，這還不到生產的時候啊？」

柳氏看著姜老太太，這婆子做得實在是過分，閨女懷著孕時容易餓，可偏偏一天三頓都是吃窩窩頭配鹹菜，見不著一點葷腥。

要說姜家，家裡也是餵著幾十隻雞，那些雞蛋姜老太太要不就攢著，要不就是讓幾個小的開了小灶。沒法子，柳氏只能隔三差五的把閨女喊來家裡，改善改善伙食。

吃得少卻幹活多，懷著孕還瘦了些，這就算了，偏偏王氏和婆婆不對盤，沒少受氣。

姜老太太一聽柳氏這樣說，心裡一慌，恐怕今天這事不給個說法難以過去。但隨即她又鎮定下來，嫁出去的閨女潑出去的水，這柳氏還能管到自家來不成？

她清清嗓子理直氣壯的說：「親家，妳是不知道，今天早上吃過了飯，我本是要去洗衣服的，可昨晚著了涼，腦袋昏昏沈沈的，大媳婦就攔著我說她去洗，我本不讓，可想著現在活動活動到時候生產也少受些罪，可誰知道，大媳婦在洗衣服時沒站穩，一不小心滑倒了，可把我嚇壞了，幸好孩子沒事，要不然我老婆子怕是造孽了。」

只是話音剛落，就見大孫子姜宇不知道什麼時候站在門口，眼圈紅了卻沒讓淚落下來，喊道：「妳說謊！我娘今天早上肚子就不舒服，飯沒吃兩口妳就喊娘去把全家的衣服洗了，大姊去幫忙祖母還不讓，說家裡沒人餵雞，沒人給豬打草，又將我趕去地裡了。」

姜宇不放心娘，跑去看了，正巧就看到娘摔坐在地上。

姜老太太被拆穿卻一點沒見羞惱，她揮著手，趕走姜宇。「瞎說，走走走，大人說話，小孩子插什麼嘴？

「親家母別聽這渾小子胡說，兒媳婦懷的是我們姜家的種，我還能害她不成？」她看看柳氏的臉色又接著笑盈盈的說：「親家母妳們一路趕來，想來是還沒吃飯，在這兒留個飯，晚些時候再回也放心些，現在已經過了時候，明天一早啊就讓老大去報喜。」

姜老太太話是這樣說，心裡卻想著：這是我家的兒媳婦，我想讓她幹啥就幹啥，輪不到妳們來管東管西，再說了，懷孕了有什麼大不了的？我年輕的時候，下午都要生產了，上午還在地裡幹著活呢，這不是也一點事都沒有？

柳氏三人聽著姜老太太這話一肚子氣，王氏現在是姜家的媳婦，娘家這邊也不能管得太寬，今天只能作罷，但是也不能真就這樣嚥下了這口氣。

柳氏三人知道姜老太太不是真心留飯，她們推辭了一番，說著晌午了，也該回去給家裡的男人們準備飯了。

走出門的時候，柳氏的大兒媳李琴笑了笑開了口。「親家嬸子，別嫌我說話不好聽，我們加玉自小也是被她爹和幾個哥哥千嬌百寵著長大，小時候一說誰欺負她了，她幾個哥哥能直接上人家家裡挨個兒替她討回公道，但是到了你們家，每回加玉在這裡受了氣，她幾個哥哥都是壓著火氣拿上東西將她送回來；姜植就更不用說了，夾在妳們中間左右為難，親家嬸子妳也是有閨女的人，到時候能看著自己閨女在婆家過著這樣的日子？」

李琴嫁到王家的時候，王氏還是個牙牙學語的小奶娃，可以說是看著王氏就跟看著自己的孩子一個樣，她年齡比姜老太太小不了多少，這些話她就直說了。

接著柳氏二兒媳婦趙意說道：「大嫂，親家嬸子不是這樣的人，像那種戲文裡的惡婆婆，現在哪有啊？」

兩個人妳一句、我一句，一個唱紅臉、一個唱白臉，站在門口說話，吸引了一些人過來，將姜老太太說得臉上沒了笑容。

見好就收，柳氏咳了一聲。「好了，都別說了，像什麼話。」又轉過頭對著姜老太太說：「親家母別往心裡去，她們的嘴啊，碎得很，脾氣也大，在家的時候我都管不了，眼瞅著要晌午了，妳忙吧，我們就先回了。」

見人走了，姜老太太氣呼呼的回了家。

姜二媳婦剛跟在旁邊一句話都不說，待人走了才說道：「娘，妳看她們說的什麼話，不知道的還以為咱家虐待媳婦呢！這十里八鄉的誰不知道，娘對咱們媳婦好，操持著這一大家子，大嫂今日這事顧不過來也是情有可原。」

姜二媳婦看熱鬧不嫌事大，巴不得她們吵起來，她平時就看不慣王氏那驕縱樣，有娘家撐腰了不起啊？

姜老太太聽了這話，點點頭。可不是？還是二兒媳婦知道她的難處啊！

進了家門，姜二媳婦道：「娘，飯做好了，快歇歇，我去端來。」

姜老太太現在看什麼都不順眼，看著二兒媳婦擺上的吃食，說道：「不過日子啦！吃這麼好？妳當家裡有著金山銀山啊，讓妳能這麼吃！」又看見家裡的孩子一窩蜂跑來。「走走走，我真是欠了你們，一個個光知道吃！」

姜二媳婦低頭看看飯桌上的吃食，和之前一樣，雜麵窩窩頭，炒了一盆菜地裡種的蔬菜，裡面摻著幾塊肉末，分到每個人碗裡也沒有多少，又熬了一鍋雜糧粥。只比平時多煮了十來個雞蛋，這些雞蛋都是分好了的，家裡的小男孩一人一個，地裡幹活的大人一人一個。

這不過是農忙時候的吃食，平時還不如這，哪裡好了？

第二章

聽出姜老太太的責罵，姜二媳婦連忙撇清責任。「娘，這飯是弟妹做的，妳還不知道她？娘快坐下吧。」

姜三媳婦正好從廚房出來，笑了笑說：「娘，我就說我不會做吧？要不下回妳換別人吧，我是真得好好跟二嫂學學呢。」她倒不是想躲懶，就是乘機讓自家人能多吃些。

姜老太太哼了一聲，她偏疼三兒子，倒是沒再說話。

姜三媳婦依舊笑盈盈的。「娘，我去給三郎他們送飯了，這都晌午了，還沒吃上飯呢。」

「讓妳大哥送去，在家閒了這麼長時候，莊稼可不等人，孩子都已經生了，還有啥事！」姜老太太將目光轉向東屋說道。

姜植給床上睡著的母女倆掖了掖被角，將漏風的窗戶關嚴實，他得去地裡了。

他快速的吃完飯，來到廚房，看到大女兒，將分得的雞蛋放在閨女手裡。「薇兒，今天的雞蛋快吃了。」女兒分不到雞蛋，看著女兒瘦小的身體，他心裡也不好受。

姜薇搖搖頭。「爹，我不餓，爹幹活累。」

將雞蛋塞到閨女手裡，姜植擺擺手，提上裝菜的籃子走了，看著閨女這麼小就這麼懂事，他心裡又欣慰、又心疼。

姜薇看著手裡的雞蛋，嚥了嚥口水，決定留給娘吃。

來到東屋，姜娉娉已經醒了，正無聊的轉著眼珠子看看這兒、看看那兒，一轉眼就和姜薇對上眼神了。

她看著自家大姊，五官和在旁邊睡著的娘有五分相似，只是臉色有些蠟黃，沒有小孩臉上特有的紅潤，而是看著像有些營養不良；又看她身上的衣服，上衣袖子短了一指，下身上打著補丁。不只是大姊，今天見到的其他人都是這樣，她這是投胎到了什麼地方啊？就算不是什麼富貴人家，起碼也要是小康之家吧？

打擊太大，她不免暗自嘆息，又看見頭頂上冒出來兩個小腦袋，眨巴著眼睛，看著自己。看長相，應該是自己的兩個哥哥。

她爹生得高大正氣，不苟言笑，而這兩個男娃娃，大的已經能看出爹的影子了，只是臉上還帶著嬰兒肥；小的眼角掛著淚，要哭不哭，好奇的看著自己。

「妹妹，我是哥哥，雞蛋……給妳吃。」姜凌路看著妹妹，見她看著自己，以為她是餓了，磕磕絆絆說著就要將手裡的雞蛋給妹妹。

旁邊伸出一隻手攔住了他，姜宇笑了一聲。「傻不傻，妹妹這麼小，不能吃雞蛋，你不吃正好給我。」說完將他手裡的雞蛋拿到了自己手裡。

姜凌路低頭一看，自己手裡空了，而大哥手裡多了一個雞蛋，他扯著姜薇的袖子。「大姊，大哥……搶我給妹妹的雞蛋。」他說話的時候不像平時扯著嗓子嚎，而是小小聲、委委屈屈的又怕嚇到妹妹。

姜宇逗了他一會兒，看著他真急了才將雞蛋還給他。

姜娉娉看著二哥氣鼓鼓的臉頰，覺得手指癢，想捏。

幾個人的說話聲音，將王氏吵醒了，她醒來看見幾個孩子都在這兒，安下了心，轉頭又看見小女兒醒著，不哭也不鬧，不禁親了親小女兒紅皺的小臉。

這時候床邊的三個孩子掏出了暖得溫熱的雞蛋，一人手裡一個，遞給王氏。

王氏摸摸姜薇的腦袋，看著他們。「你們吃吧，你們快吃吧。」

她性子要強，鮮少有這種溫柔的時候，在孩子們看來就是娘親肯定是累壞了、餓壞了，聲音都變小了。

不過，王氏此刻確實是沒什麼力氣，她讓姜薇去廚房看看有什麼吃的就端來。

姜薇來到廚房，看見姜老太太在院子裡餵雞，姜三嬸在廚房裡忙活。

看見姜薇，姜三嬸先笑了。「妳娘餓了吧？等著，馬上就好。」她做了一碗煮得軟爛的米糊，一碗打了三個雞蛋的荷包蛋紅糖水。

「快去吧，碰見妳祖母也沒啥，這本就是妳舅母來瞧妳娘時送來的。」姜三嬸摸摸姜薇的頭說道。

姜薇點點頭，端著兩個碗，剛從廚房出來，正好碰見姜老太太。她怯怯地叫了一聲奶奶，擔心自己會受罰，可是這明明是舅母送來說給娘補身體的。

姜老太太哼了一聲，剛想說話，又想起了這雞蛋還是前一段日子大兒媳婦娘家送來的，說是給王氏補補身體的，吃就吃唄，怎麼還這麼怕自己看見呢？難道她還能攔著不讓吃了？

回到東屋，王氏看見吃的，直接道：「快，餓死我了，你們吃飽沒？」用兩隻手接過碗，看見孩子們都在看著她。

孩子們都點點頭，各自手裡拿著一個雞蛋還沒吃。

姜薇說道：「娘，妹妹是不是餓了，妳看她正看著妳手裡的碗呢。」

王氏低頭一看，真的呢，小女兒正目不轉睛的看著自己手裡的碗，這才想起來小女兒該餓了，她將碗先放到一邊，就看見小女兒的眼睛隨著碗移動到一邊，她笑了笑，說了句「小饞貓」。

先將姜娉娉放在懷裡餵奶，她用兩隻手端著一個碗吃了起來。

姜娉娉被王氏摟在懷裡餵著奶，兩隻小手緊緊的抓著王氏的衣服，害怕王氏一個不小心將自己掉下去。

再瞄瞄四周，既來之，則安之。

冷靜下來後，她已經接受了自己不是投胎成千金小姐的事實了。既然孟婆湯不靈，那不就代表她能靠著自己在現代習得的知識，發家致富，奔赴小康嗎？

這樣一想，她對未來的生活充滿了期待。

傍晚，姜家出去幹活的老老少少都回來了。

姜娉娉被姜植抱著出了房間，在大家面前轉了一圈，她下午和王氏兩人睡得昏天暗地，睡到現在才被吵醒，抱出來讓姜家的老老少少認認人，看看臉，她看了一圈腦袋瓜裡只記了個大概。

堂屋裡為首坐在上座的是姜老丈和姜老太太，其餘人分散坐在兩邊。

姜家一大家子老老少少十幾號人，就住在這一個院子裡。

姜老丈這幾日不得空，一直帶著姜家眾人在地裡忙活，農忙的季節，一刻也不得閒，回到家才知道今日白天發生的事情。在小輩面前他沒說什麼，只是吩咐姜植照顧好王氏，缺了什麼跟姜老太太說。

等回到主屋，姜老丈哼一聲，說：「妳怎麼越老越糊塗？大兒媳婦快要生產了，得虧今天沒有什麼事，要是真的出了什麼事情，妳後悔都來不及。」

姜老丈說完，思索著這事要怎麼給親家一個交代。

姜老太太自知理虧，訕訕的笑了聲。這不是沒什麼事嗎？老頭子就是大驚小怪，生孩子本來就是這麼回事，不都是這樣過來的？

又聽見老頭子接著說：「明天老大去親家報喜時，東西準備得像樣點。」

提起這個，姜老太太就肉疼，難不成得把金山銀山給老大媳婦娘家送去？

姜老丈和她說完之後，就翻個身睡了。

姜老太太還想和他說說家裡要開鋪子的事，還有現在三兒媳婦也有了身孕，轉眼就聽見老頭傳出了呼嚕聲，氣得她咬咬牙，捶了他一下。

轉眼間農忙已經過去。

晚上的時候，姜家眾人圍在一起吃飯，姜植把自己和大兒子姜宇要搬去住村南頭小棚子裡的想法說了出來。

且不說其他人，姜老太太的第一想法就是：大房想要分家，這可不行！

要是分了家，姜植每回做了木工，掙得的銀子可不會再像現在如數上交了。家裡這麼多人，一大家子吃喝若只靠著地裡的收成，雖然家裡的田地不少，但家裡這麼多張嘴，也難存下來銀子。

姜植會做木工活，手藝好，十里八鄉的人有需要的都來找他，花費幾十文到幾兩銀子不等，碰上結婚嫁娶，給女方打一套嫁妝，就能得幾兩銀子咧。

這樣想著，姜老太太把筷子往桌上一放。「我不同意，你當我跟你爹是死了？這就想搬出去住，看看別人家哪有這樣的？到時候還不戳你脊梁骨。」

姜娉娉正看著桌上的雜糧粥和鹹菜，也不知道什麼味道，被姜老太太的大嗓門嚇了一跳，她沒有想到她爹會有這個想法。白天的時候娘還說著家裡住不下了，大姊、大哥也大了，一家人住在一起多多少少有點不太方便，她也是這樣認為，不過當時姜植只是聽著，沒有說話，她還以為她爹不願意。

其實不只姜娉娉沒有想到，連王氏也沒想到自家夫君會在飯桌上提出，她安撫的拍了拍嚇了一跳的小閨女，剛想說話，想起親娘柳氏說她心直口快，碰到什麼事要多想想再說話，再說了還有姜植在前面擋著呢。

她艱難地嚥下了差點說出口的話。

只聽見姜植接著說道：「娘，只是暫時住到外面，白天還是在家裡幹活，晚上睡覺的時候再去村南頭。」

姜娉娉看了看眾人的臉色。

姜老丈沒什麼表情，淡淡的抽著旱煙。姜三叔和姜三嬸有點擔憂的看著姜植，但又發覺姜植說的是事實，頓時不知道怎麼辦好了。

唯有姜二嬸眼睛滴溜溜的，看看這個、看看那個，唯恐天下不亂的開口道：「娘，大哥肯定不是這想法，要知道大哥掙的錢，不還是如數都上交了？」

姜二嬸說到了姜老太太的心裡，她吵嚷道：「怎麼著，掙的錢也不想交給你娘了？想當初我一把屎、一把尿的把你拉拔大，送你上學堂，送你去學本事，給你娶媳婦，到頭來你就這樣，啊？」

姜植一聽，嘆了口氣。

他知道這件事沒這麼容易成功。每回他娘總是拿這些事說嘴，但誰知道事實？她是送了姜植去學堂不假，但是也很快就因為嫌棄交的束脩太多，不讓他繼續上學堂。姜植能理解他娘的選擇，畢竟當時他是家裡的老大，弟弟妹妹們還沒有成年，他是應該挑起生活的重擔。

姜植退一步的說：「不然我帶著兒子去東頭鋪子裡打個地鋪，孩子他娘她們還在家裡住著……」

「那不行！」姜植還沒說完，姜老太太就打斷了他，在鋪子和老大家搬出去中選擇了後者。「行了，你們大房就先去村南頭住著，但是我先說了，你在外打了家具收了錢還是要交上來的。」

大房若不交錢，這一大家子吃喝從哪裡來？再說二房和三房，沒有手藝活，只能去鎮上打零工，但那累死累活也不能掙幾個錢，還風餐露宿的。

本來姜植學完這木工手藝之後，姜老太太就說讓他教給家裡人，這不是什麼難事，他也願意教，就是二弟，耐不住性子，打家具一打可能要一天坐在一處不動的打，學了兩天打死就不學了；三弟倒是願意學，只是他那毛毛躁躁的性子，又加上力氣沒大沒小的，做出的家具還沒浪費的木料多，最後也就不了了之。

姜老丈敲了敲煙柄，算是默許了，最後只是說道：「不必著急搬，讓你弟弟幫忙修整之後再搬過去也不遲。」

夜裡，姜娉娉因為白天睡得足，晚上倒也不睏。

只聽見王氏說道：「白天的時候，你也沒先和我商量一下，我還當你沒有想法呢！」聽她的聲音都能聽出來她是高興的，不用再擠在這小小一間房子裡，雖然還沒有分家，但至少有了盼頭，本來她今天是想正好趁此機會分家來著。

連姜娉娉都能聽出來王氏未開口的話，姜植更是聽出來了，他只是沈默著。

姜植也沒想到能這麼容易，所以他想著要是娘不同意就提出去鋪子裡住，王氏這時說出來。「你以為娘為什麼願意讓咱們去南頭住？還不是你提了鋪子。鋪子還沒開呢，娘是以為咱們打起了鋪子的主意，要不然哪有這麼容易鬆口。」

姜娉娉忍不住扶額，王氏說話太直，對著姜植就是有啥說啥，也不知道委婉一點。

所幸姜植早就習慣妻子如此，也不介意，兩人說著說著就說到搬家的事情上面去了。

這幾天姜植先帶人過去看看，也不大動，畢竟還沒有分家，就把漏風漏雨的地方整理整理，這一段時間他們還是先住在老家，也不差這幾天的時間，等王氏坐完了月子再搬，小閨女的滿月宴肯定還是要在老家辦的。

其實也就是搬個睡覺的什物，但王氏還是很高興，盤算著帶什麼過去，連著幾個小孩也嘰嘰喳喳說個不停。

姜娉娉聽著爹娘、姊姊和哥哥們的說話聲，慢慢睡著了。

夢裡還能聽見二哥的說話聲。「我能有自己的床嗎？隔壁小胖都自己睡了。」

大哥嚇唬他。「你可以自己睡啊，到時候有鬼把你抓走，鬼可是最喜歡抓小孩了。」

姜娉娉抓緊了王氏的衣服。

最後還是王氏說了句「趕快睡覺」，說話聲才停息下來。

轉眼就到了給姜娉娉辦滿月宴的時候，姜家想要乘機宣布要在村子裡開鋪子的消息。

最開心這天到來的不是姜娉娉，而是王氏，坐月子可把她給憋壞了。這天一大早，王氏洗了洗頭髮，又洗了洗澡，給姜娉娉餵飽收拾好後抱了出來。

姜老太太看見後，撇了撇嘴，到底沒有說什麼。

此刻，姜娉娉被王氏抱著站在院子裡，她被一個婦人從王氏手裡接過，這個婦人捏捏她的小臉，說道：「也不知道妳是怎麼養的，將閨女養得白白胖胖。」這個婦人轉過頭，四處看了看後湊近王氏說道：「這回妳婆婆倒是大方，讓妳坐這麼長時間的月子。」

這個婦人叫王秀，在王氏坐月子的時候來過幾回，順手幫了些忙，或是陪王氏說說話。她是和王氏娘家一個村裡的人，碰巧都嫁到了涼山村裡，兩人慢慢熟了起來，兩人脾氣倒也是合得來。

王氏聽見，回了句。「哪是她讓我坐月子的啊？後面這半個月妳沒來不知道，要不是我娘隔三差五的讓我幾個哥哥來送吃的堵住她的嘴，她可不會讓我閒著這麼久！」

「妳娘手藝就是好，妳看這針腳密實，就是好看。」王秀看著姜娉娉身上的衣服，是她外祖母柳氏用上等的細棉做成的，上面繡了虎頭的圖案。

王氏低頭一看。「就是有些浪費了，她這麼小的孩子，一天一個樣，過些日子就不能穿了。」小孩子長得快，沒有必要用這麼好的布，但是是孩子她外祖母的心意，她心安理得的接受就是了。

不只是衣服，就連姜娉娉身下的尿布都是平常捨不得用的細布，家裡還有好幾塊這樣的，都是她外祖母特意做好送過來的。

要說鄉下的婦女，哪個不會縫製衣服，尤其還是在古代。但是王氏就不會，在娘家時，小的時候大家寵著，也用不著她，到後來大了，王氏也沒那個心思，連她幾個嫂子都說，到時候光她們幾個做的衣服就夠外甥穿不完了，所以柳氏也就沒有要求她掌握這項女子必備技能。

王氏一轉頭看見王秀臉上一閃而過的羨慕，用手肘碰了她一下。「說起來我還羨慕妳呢，妳婆婆對妳多好，就差把妳當成親閨女疼了，哪像我。」

第三章

王秀的娘家不提也罷，她是家裡的老大，早早就下地農作，各種家務活都幹，要是她父母知道心疼也好啊，只是他們認為這是她應該做的，做牛做馬也得不到一句好；所幸嫁過來之後，婆家對她這個麻利能幹的媳婦頗為滿意，倒是比親生父母疼她。

王秀想到婆家，內心傷痛被撫平，笑了笑。「妳也別打趣我，不說其他的，姜大哥對妳還不好啊？光是那天下著雨，他還去村外的河裡捕魚，就為了妳能吃口好的，想想那河水多急啊，妳就知足吧！」

聽她一說王氏想起來那天，下著大雨，她擔心得不行，生怕姜植有個三長兩短，幸好到天快黑的時候姜植提著三條魚回來，一條當下就在廚房裡剁了煲了湯，端回屋裡了。

那時王氏吃得不好，已經兩天沒有奶水了，怕餓著孩子。

偏偏姜老太太聞見香味，罵罵咧咧的，什麼有了媳婦忘了娘，什麼把你養到這麼大，就沒見過你給一口吃的。

姜植也不吭聲，任由她罵。

聽了一會兒，王氏忍不住了，她在娘家就嬌慣出來的脾氣，要不是姜植攔著，不顧下著大雨就要出去和婆婆吵。「也不想想，孩子他爹每天起早貪黑掙的錢都交給了誰？沒有一天閒著的時候，牲口也沒有這麼幹的啊！就這樣還不滿意，那分家過得了，省得總覺得大房人多，吃得多。」

這不是王氏第一次說出這種話了，自從小閨女出生後，王氏這個想法就冒出來了。這過得什麼日子啊？她就不信，要是分了家，還能讓孩子天天吃不飽？

院裡的人漸漸多了起來，將王氏從回憶裡拉回來。

姜娉娉被一堆人圍了起來，來個人都要捏捏她的小臉，逗逗她。被傳來傳去，一會兒她就被傳得看不見王氏了，忍受不了這些大嬸大媽們的喜愛，她故意哼哼唧唧了兩聲，做出尋找王氏懷抱的姿態。

看著這麼個招人喜歡的娃娃，眾人心都化了，忙將王氏喊來。

王氏接過姜娉娉，單手往懷裡一抱，招呼著眾人進屋裡。

姜娉娉趴在王氏懷裡，她將頭埋得深，大嬸大媽們的愛意太多，她承受不了。

今天來的人不少，姜家在涼山村算是一個大家族，在村裡也很有威望。而姜老丈本身又是村裡的老人，在村子裡說話辦事很是讓人信服。

姜老丈年輕時在鎮上的一個鋪子裡做帳房先生，鋪子雖不算大，但很得東家器重。

東家見姜老丈為人老實，做事穩重，本想將女兒許配給他，但誰知他家裡已經訂過親了，也就是姜老太太，說親的事只能作罷。

家裡依靠著姜老丈打拚下來這一份產業，日子倒也過得可以，只是家中人口多，花銷也大，姜老太太又生性節儉，恨不得將一個銅板掰成兩半花。

不一會兒，柳氏幾人就來了，放下東西後就將姜娉娉接了過來。

柳氏將外孫女抱在懷裡，幾日不見這丫頭，倒是越發的水靈了，跟王氏小的時候有幾分相似，只是瞧著比王氏小時候更加白嫩精緻。摸了摸小臉蛋，她心裡盤算著，過幾日天就要冷起來，給孩子的冬衣要趕緊做出來了。

到了快晌午的時候，姜娉娉才終於又回到了王氏的懷裡，懨懨的打著哈欠。

此刻日頭高照，日子也是個吉日。

同村的劉蘭嬸子是個全福之人，娘家和婆家父母俱在，兄弟姊妹和和睦睦，兒女雙全，夫妻幸福美滿，由她為姜娉娉來進行剃頭儀式。

姜娉娉被大舅母李琴抱在懷裡，由劉蘭嬸子給她剃頭。「今日剃髮，一生榮華！長壽大吉，百歲有餘！」

頭髮不全剃完，前面留一小撮胎毛，剩餘的眉毛之類的，沒那麼多講究，也就不剃了。剃完的頭髮不能扔，要團成一團由王氏收起來。

她皮膚嬌嫩，剃完頭髮後頭頂上紅了一片，劉蘭嬸子拿著紅雞蛋在她頭頂上滾了三圈，嘴裡念念有詞。「願平平安安、消病消災，願鴻運當頭、財運滾滾，願聰明伶俐、十全十美。」

剃頭儀式就在姜娉娉呼呼大睡中完成了，周圍熱鬧的聲音都沒能將她吵醒。

儀式完成之後，姜老丈拿出之前村裡老先生取的名字。姜家小輩的名字，大多都是這位老先生取的。

老先生是舉人老爺，留著山羊鬍，有時候紅白喜事都會找老先生寫個字或者幫個忙。老先生原先只寫了一個「娉」字，取「輕盈美好」之意，後來姜老丈一合計取倆，就定下了姜娉娉這個名字，與她上輩子的姓名相同。

王氏不懂這些，抱著閨女。「咱們有名字了，叫什麼……來著？」她又想了一下剛剛公爹說的。「啊對，娉娉，我們娉娉。」

接下來就是賓客吃席，姜家的人緣很好，全靠姜老丈和姜家大房的關係，故而來吃席的人很多。席面擺滿了一院子，有的坐不下，就乾脆端個碗站在院子裡。

莊稼人一年到頭靠著種地過活，也能混個溫飽，但也就只能混個溫飽，要說手裡能存下餘錢，日子就要緊緊巴巴的過一年。

姜家辦席用的食材，雖然說很多是自家地裡產的，但也是讓姜老太太心疼了好久。只能想著以後雜貨鋪開起來，這些都能慢慢賺回來，心裡才好受點。

姜老丈站在院子裡咳嗽兩聲，待眾人安靜下來，他開口說道：「今天是我家孫女的滿月，各位吃好喝好，過兩日，村東頭姜家鋪子開張，大家都去熱鬧熱鬧。」

眾人一聽，都說著恭喜恭喜，到時候一定去光顧。

姜家大辦滿月宴的原因，就是因為想趁此機會在村子裡宣傳一下。

姜老丈在鎮上東家那兒幹了幾十年，這幾年退了下來，有認識的熟人，也就有了貨源，想著在村子東頭開一間雜貨鋪，賣一些柴米油鹽醬醋茶，賺得不多，倒也是一個小本進項。

一個穿著藏藍上衣的婦人吃得滿嘴流油，看到姜老太太過來，說道：「姜嫂子，今兒個這席面不錯，妳孫女的滿月宴都快趕上人家成親的席了！」她來到主家吃飯，總要說些好聽的討個開心。「前幾天，村頭的李老頭家得了個大孫子，就沒辦席，要不說還是姜嫂子大方呢，光是買這些東西都要花費不少吧？」

這婦人知道姜老太太素來愛面子，喜歡聽這些好話，這樣說了，主家高興。

果不其然，姜老太太聽見後，臉上笑開了花，她當然知道自家辦的這場宴席有排面。

起初她是不打算辦的，一個閨女，又不是頭一胎，但是因為要給王家一個交代，又加上姜老丈拍板同意，王家也出了一些力，姜娉娉的這場滿月宴比之以往才隆重了一些。

「這些都是老頭子之前在鎮上做工的時候，認識了一個商家，從人家那兒便宜買來的，花費不了多少，就是因為價格公道，老頭子打算啊，讓咱們鄉親也能不用跑那麼遠，在村門口就能買到這些東西，過些日子等鋪子開張了，才要請你們去捧捧場！」

村裡人吃完席面，抹抹嘴說著，今日的席不錯，很地道，就像姜家的人一樣實在。

瞧著村裡人的反應，倒是都挺好，因為不用跑那麼遠去鎮上了，又知道姜老丈的為人，價格肯定公道。

姜家這好人緣主要是姜老丈和姜家大房積累出來的，姜植和王氏為人熱情好客，辦事踏實可靠。特別是姜植又做著木工，鄰里鄉親的找他修個桌椅或者是家具鬆了需要修一下，他順手就給人修了，也不收錢。

今日的滿月宴，賓客盡歡。

出了月子，王家人接走王氏回娘家住了兩天。

王氏特別願意回娘家。在姜家的時候，王氏每天都是天不亮就起來，先把家裡的牲口餵了，再把院子裡裡外外打掃一遍；要是趕上農忙季節，她還要跟姜家的男人們一樣，下地幹活，等到坐下吃飯，已經是累得前胸貼後背了。

而回到娘家，她只須帶著兩個小的就行，整天不是串門子嘮嗑，就是跟著幾個嫂子幫忙打個下手，但往往她還沒有什麼動作，幾個嫂子就把活幹完了。

平常王氏只帶著孩子也沒什麼事可做，就經常帶著姜娉娉和姜凌路出去串門子，有時候往大街上一站，就是半天。

姜娉娉已經琢磨出了規律，每當村裡有一個人路過的時候，這些大嬸大媽們，包括王氏，正說著話就自動消音了，並且對對方行注目禮，等人家路過之後，就開始小聲叨叨。

因為王氏和這些大嬸大媽們，姜娉娉的日子也不會太無聊，她連村裡頭誰家養了幾隻雞，誰家豬剛生了崽都知道。每天她們都能聊出新鮮的話題，並且都帶著一種神秘的色彩。

不過孩子的身體專注度維持不久，姜娉娉聽著聽著有點睏了，就將頭埋在王氏懷裡。

「也不知道是怎麼養的，這閨女水靈靈的，十里八鄉也沒有見過這麼俊的閨女，那個詞是怎麼說來著？粉啥玉來著？」旁邊的嫂子說道。

「是粉裝玉琢，快別說了，妳這老粗還會用成語了。」其他人笑作一團。

她說這話倒也不算恭維，明眼人都瞧得出來。

王氏看著閨女這個樣子，知道她是睏了，便有一搭沒一搭的拍著哄她睡覺。她們現在在一棵老樹下面坐著，王氏打著薄扇，微風陣陣，非常舒適。

她朝著王氏懷裡一趴，聽著周圍婦人的說話聲，慢慢的睡著了。

快到晌午，王氏抱著姜娉娉，回過頭喊著姜凌路回家。

這時候姜娉娉已經醒了，她一眼就看到了院子裡的大姊。

姜薇和大舅母坐在水井旁邊洗著菜，身上穿的正是大舅母春天裡做的衣裳。看得出來她在這裡一點也不拘謹，比在姜家小心翼翼的樣子活潑多了。

姜娉娉伸著小手朝著那邊，想要過去，她好幾天沒見著大姊了。聽到動靜，姜薇擦了擦手接過她來，抱在手裡只覺得她這幾天又重了些，也長開了些。

大舅母看著她這熟練的姿勢就知道沒少抱，瞥了一眼王氏，對著姜薇說道：「薇丫頭現在都是個大姑娘了，知道照顧妹妹了，看著比妳娘還像那回事呢。」

王氏聽見大嫂笑話她也不羞，哈哈一笑，轉頭看到小兒子姜凌路直奔堂屋，就知道肯定是去吃上午沒讓他吃個過癮的桃花酥了。

「姜凌路你給我站住，看你渾身是泥，也不知道去哪兒瘋了，去洗洗手老實給我坐著！」王氏看見他還想往屋裡去，又吼了一聲。「別逼我動手！」

王氏嗓門大，王家的整個院子都能聽見。

柳氏聽了，看見小外孫委委屈屈的抿著嘴。「別吵了，孩子想吃啥就吃啥。」又看見王氏不服氣。「妳別逼我動手。」

王氏聳了聳肩膀，瞥見小兒子在那兒和柳氏撒嬌，時不時的還轉頭看看自己。臭小子這就是挑釁啊！她覺得自己的拳頭硬了。

這是在王家大舅的家裡，前面是二舅家的院子。王家外祖父前幾年去了，留下外祖母柳氏，現在跟王家大舅住在一塊兒。

後院，姜植和大舅、二舅正和著泥，將不結實的地方重新翻整一下。

姜植看到大女兒抱著小女兒過來，拍拍身上的泥土，擦了擦手小心翼翼的碰了一下閨女白白嫩嫩的臉頰。

「別在這裡站著了，等會兒把身上弄髒，去玩吧。」姜植揮揮手說道。

剛說完，柳氏來喊他們吃飯了。「快去洗洗手喝口茶，來了一上午了都沒歇一下，剩下的讓你幾個哥哥幹。」說完轉過頭看著兩個兒子，白了他們一眼。「人不在這兒的時候不知道幹，讓你們幹個活還要拉著人。」

「娘，這不是妹夫在行，把活整得漂亮嘛！」二舅嘿嘿一笑，解釋道。

柳氏哼了一聲。「行了，都去洗洗準備吃飯吧。」

一個女婿半個兒，這句話柳氏深有體會，而且姜植隔三差五的來家一趟，來了也不用招呼，看見活自己就去幹了，家裡的桌椅板凳和家具什麼的都做得整整齊齊的，就連這泥活，也做得像模像樣。

女婿本身是沒有什麼問題，踏實能幹，對閨女又好，也不是個二愣子，懂得人情往來，比閨女強。要說柳氏有什麼不滿意的，大概就只有姜家那一家人了。

雖然她也清楚閨女的脾氣，但姜家的老太太也不是好相與的，更別說姜家二房，心眼子多得跟馬蜂窩一樣。閨女這直來直往的性子，到了他們家，可不得兩天一小吵，三天一大吵？

她是管不了姜家的事，只能勸著閨女收斂些脾氣，別讓人當槍使，但也不用太委屈自己，幾個哥哥都是她的底氣。

吃過飯，姜植接王氏他們回了家。

回去的路上，幾個孩子在前面走著，姜植抱著姜娉娉和王氏在後面走著。

現在的日頭不是很曬，但姜娉娉皮膚嬌嫩，曬一會兒就紅了。

王氏拿著軟布輕輕的搭在她身上。「好日子又到頭了，回去不用想，娘肯定又是一頓說教。」她嘆口氣，但是也沒辦法。

總不能一直住在娘家，除非分家。她不只一次出現這樣的想法，也和姜植說過。但每次說了個頭，他就不再說話了，她也不知道他心裡怎麼想的。

「娘現在沒工夫說啥，在鋪子裡幫忙看著呢。」姜植說道，又接過王氏手裡的東西。

王氏一聽。「鋪子裡生意怎麼樣？忙不忙？」

「還行，爹在鋪子裡看著，娘每天會先去鋪子裡轉一圈看看。」姜植回道，他沒有說，家裡的小孩都笑祖母像門神一樣盯著去鋪子裡的人。

王氏知道婆婆這是不放心，但有什麼不放心的？都是鄉里鄉親的還能白拿東西不成？

回到姜家的第二天，王氏坐不住，一大早就要去村南頭那個棚子看看，幾個小的也跟著，就連最愛睡懶覺的姜凌路聽見動靜也跟著起床了。

姜娉娉也好奇新房子，伸著手讓王氏抱。

王氏是個急性子，說出去就馬上出去了，嘴裡喊著。「薇兒，帶著妳妹妹，娘先去看看。」

看見妹妹已經醒了，姜薇捏捏她的小臉，給她裹上毯子。

第四章

這邊，姜植和王氏走了大約一刻鍾，到了村南頭，看著面前兩間棚子，兩人思索著從哪兒開始修繕。

先把屋頂拆了，姜植做家具還剩下幾塊木頭，剛好可以用來做棚頂，就是中間的梁不好找，只能等會兒去後山看看有沒有合適的木頭。一旁的牆也需要修整一下，之前只是為了能看顧菜園子，還有農忙的時候歇歇腳，就隨便用泥堆成牆，現在要是想住人，自然要好好整頓。

剩下缺少的家具，都能從東屋裡拿過來用著，等到時候看看還缺少什麼再準備也不遲。這兩間棚子，一間大點的，可以分成堂屋和裡屋，堂屋到時候讓姜植再做張桌子，裡屋就讓王氏帶著閨女住，另一間小點的，姜植帶著兒子住。

「這樣看來屋子還是可以的，趁著這幾天天氣好，抓緊時間修整，過兩天就能搬進來了。」王氏樂呵呵的，想想就挺開心，終於不用在老家裡約束著，到時候自己一家在這邊，想怎樣就怎樣。

姜植聽見這話，點點頭，是要好好修整一番，現在天氣熱不覺得，等到天氣冷了，這樣的屋子住起來可是四面透風。

「爹，咱們的牆呢？咱們沒有牆啊！」姜凌路打斷了爹娘對房子的暢想。

他們一看，確實，還少了圍牆，現在就是兩間光禿禿的屋子，又是在村子邊緣。

想到這，姜植又想到一個問題，但早上的時間不充裕，現在只能作罷。

他們稍微整理了下，早早又回去老家幹活了。

王氏今天幹勁十足，手腳麻利，連姜老太太的挑刺都不搭理了，整個人從裡到外都散發著高興。

吃過飯，院子外，姜植喊著往鋪子去的姜老丈。「爹，我有件事和你商量下。」

姜老丈停下來看著大兒子，眉宇間放鬆了許多。「啥事？」

「爹，咱們村南頭的那兩間棚子今天我去看了看，這兩天修整一下就可以住了，就是這牆頭怎麼整？」姜植問道。

姜老丈一想，知道他說的是什麼事了，牆頭倒不是主要的問題，說壘就可以壘上。只是這村南頭的地不是住宅地皮，而是姜家一塊小地皮，因為不是能耕地的田，加上這地方就在村南頭沒占多大的地，索性就不種莊稼了，又搭了兩間棚子。

看著大兒子，姜老丈其實心裡是很欣慰的，這是他第一個孩子，從小就懂事，凡事都讓著弟弟妹妹，這麼多年，大大小小的事讓孩子受了不少的委屈，也沒見他抱怨一句。但做人父母，也不能因為這孩子懂事就覺得這些都是應該的。

雖然姜老丈平時嘴上不說，但他都看在眼裡。「等到晚上的時候，我給你拿一壺酒你提著上你劉伯家去。」說著從兜裡又拿出半吊錢來，放在姜植手裡。「這錢你也拿著，將這塊地換成宅子，能換多少就多少吧。」

姜植看著手裡的銀子。「爹。」

不等他說完，姜老丈擺擺手，轉身走了。「行了，就是進貨的時候少進點罷了，收起來別讓你娘知道。」

姜植看著姜老丈的背影，眼圈紅了。

等到晚上，姜植提著一壺酒，拿上村南頭那一小塊地的地契去了里正劉伯家。

姜植走後，王氏好一通抱怨，氣呼呼的小聲咕噥。「我存這些銀子容易嗎？一下子就全都拿走了，這是孩子們的壓歲錢，攢了這麼長時間，一文都沒有了，怎麼不去跟你娘要錢？平時做的工錢都交上去了，要用的時候倒是一文錢也不給。」

說著說著又生氣姜老太太摳摳索索，也不想想姜植這些年給家裡掙了多少錢。

姜娉娉聽著，嘴裡無聊的吐著泡泡，她知道王氏只是心疼錢，但能用這些錢去換屬於自己的宅子，聲音裡還是能聽出來高興的意思。

再說，也不能真去找姜老太太拿錢，這不是明擺著說大房要分家嗎？肯定又要鬧。姜老丈雖然是給了錢，但要換地契明顯是不夠的，先不說換地契需要錢，就是里正往上報也是需要銀子打點。

王氏雖然不愛動腦筋，但也知道這個道理。

不多會兒，姜植回來了，臉上掛著明亮的笑意。
姜娉娉鮮少看見姜植在這個家裡露出這樣的神色，看來宅子的事情辦妥了。
王氏也看到了，在自己屋子裡，左右看看孩子們都睡著了，忙小聲問道：「怎麼樣、怎麼樣，劉伯怎麼說的？」
姜植嘿嘿一笑。「成了，這是房契。」
王氏探過身伸著頭去看，也看不懂。「這是多大啊？上面寫了什麼啊？」
油燈下，光線有些昏暗，但依舊不影響兩人此刻的心情，姜植上過學堂，他對王氏說道：「咱們村南頭兩間棚子那裡，足足換了兩畝地的大小。」看到王氏驚訝的眼神，他停了下攤開手心，又說：「就是錢花得只剩下這些了。」
「我的娘啊！這麼大塊地方是咱們的了？」王氏接過錢激動的說，聲音突然一高將小兒子姜凌路吵醒了。
「娘，你們說啥呢？啥是咱們的了？」姜凌路迷迷糊糊的問道。
王氏哈哈一笑。「沒啥事，趕緊睡覺！」
「哦！」姜凌路又迷迷糊糊的睡了過去。
姜娉娉聽到也吃了一驚，兩畝地的房契，要知道一畝地相當於六百六十平方公尺左右，這兩畝地可就將近一千三百平方公尺了，怪不得王氏這麼激動。
王氏被小兒子這一打岔給冷靜下來。「為啥換了這麼大的地，別是又有什麼事吧？」

「放心吧，沒有啥事，南邊那塊地本來就是在村子邊界處，又是咱們的地方，只是換個地契的問題，不費什麼事，劉伯也是看在咱們兩家交情的分上。」

然後姜植略一沈吟又說道：「這不是劉伯到這年底就要卸任了，咱們村裡有幾個人要出來競爭，劉伯的兒子劉東哥也在這幾個人當中。」

聽姜植這樣一說，王氏明白過來，她頓時放下心來，這都不是什麼大事。「以後這就是咱們的宅子，很快咱們就有自己的家了。」

姜植摟著王氏。「這些年讓妳和孩子受委屈了。」以後他會給王氏和孩子們更好的生活。

看著懷裡的小女兒，王氏順勢依靠在姜植肩上。「不委屈，只要咱們一家都好好的就不委屈。」

姜娉娉看著爹娘這難得膩歪的模樣，嘿嘿一笑打個哈欠也睡了。

王氏看著女兒的睡顏。「閨女也知道高興呢，不早了，睡吧！」

過了幾天，幾個兄弟加上村裡人家都來幫忙，村南頭的院子很快就修繕好了，還剩一點就能收工。

這天下午，眼看就到飯點，王氏做好了飯出來招呼。「都快來歇歇，這幾天累壞了，家裡也沒啥好東西，將就些吃點，可不能推讓啊，都快坐下來吃吧！」

她在院子裡架起了一口大鍋，在門口屋簷下擺了一張桌子，桌子上有葷有素，看著就讓人食慾爆棚。

眾人一聽，都知道王氏是謙虛了，笑著說：「姜嫂子這是謙虛了，這幾天誰不知道咱們幹活伙食好，都羨慕咱們呢！再說了，嫂子這手藝，就是去外面開個館子也是使得的。」

王氏知道他們在說客氣話，心裡也高興。「你們先吃著，還有兩個菜，我去端來，快坐下吃別客氣！」

看著姜植招呼他們都坐下，王氏鬆了口氣，天知道她這兩天是怎麼絞盡腦汁地做飯，人家來家裡幫忙，飯食差了自然不行，想做好的又沒有食材，還是娘家人知道了讓哥哥送來一塊獵來的野豬肉，才不至於失了禮數。

熱鍋涼油，王氏將切好的辣椒倒入鍋中，「嗤啦」一聲，辣椒獨特的辛香飄散出來，翻炒一會兒，加入已經煸炒好的野豬肉，野豬肉的肉質緊實肥美，加上辣椒的辣味，勾得人肚裡的饞蟲都出來了。

不知姜植從哪裡又找出來兩瓶酒，酒不好，解乏就行，眾人也不挑，一時之間，姜家這個院子熙熙攘攘的好不熱鬧。

眾人吃得肚子圓滾、滿嘴流油，不停的誇讚王氏做飯的手藝。

等吃完走罷，姜植幫著王氏收拾了殘局。

王氏抱著姜娉娉和姜植在院子裡走著，兩人說著話。

圍牆是用泥土、草木灰加上稻草堆成的，圍了很大一圈。

「這院子一圍起來，我這心裡啊，就踏實，就像心裡有了著落。」王氏輕輕的拍著姜娉娉，看著院子裡，雖然兩間屋子在這大院子裡顯得院子過於空曠，但就是踏實。

姜植點點頭。「咱們院子就先圍起來這一塊，其餘的看看可以種上點什麼，大圍牆等以後再說。」

「是了，趕明兒我去找點大白菜的種子，這幾天就能種上了，冬天裡也能有點菜了。」

王氏又接著說：「雖然咱們現在還沒有分家，吃飯什麼的要回老家去，但你還是砌一個土灶，回頭去集市時拿上錢買口鍋，眼看孩子們都大了，正是長身體的時候，說啥也不能缺了他們吃的。」

王氏說著說著就想哭，姜植趕緊哄住。「知道了、知道了，有集市就去買，這麼大的人了說哭就哭，看看孩子們笑不笑話妳？」

王氏低頭一看，小女兒正笑得瞇眼睛，又聽見小兒子大嗓子笑道：「娘哭了，羞羞，羞羞。」

「姜凌路這是看你娘的笑話來了，行，讓我看看你哥教你的三字經都會默寫了沒有！」

不一會兒，院子裡又開始雞飛狗跳起來。

房子修繕好了，挑了個晴天，姜植和王氏帶著孩子們住了進去，原本空曠的院子漸漸有了人氣。

姜植將他做木工活的工具也一併搬過來了，在房子旁邊搭了個簡易的棚子放這些工具。

日子這般過去，天氣越來越冷了，北風呼呼地吹，枝頭的樹葉黃了紛紛飄落下來。這裡的冬天冷得要命，讓人只想躲在房子裡不出來。

姜家老家的炕早早的燒了起來，一大家子都窩在各自的屋裡，院子裡空盪盪的。

這天姜植和姜三從後山上砍完柴回來，大冬天的裡衣還是都被汗浸透了，他們將木柴放到廚房。

姜植來到主屋。「娘，柴砍回來了，足夠燒到明年春天，這裡沒什麼事我就回南院了，還有一點木工活沒做完。」

姜老太太一聽，連忙從屋裡出來，先是到廚房裡看了看，又極為隱蔽的揪了揪姜植的袖子。「行了，那你去幹活吧，工錢說是什麼時候結？眼瞅著快過年了，可不能讓人給拖到年後去了。」

她自認為這些做得很小心，殊不知都被姜植和姜三看在眼裡，姜植早已習慣。「這兩天完工就結，娘我先回去了。」

「等會兒，這吃完飯你媳婦就躲回南院去了，也不知道整天往屋裡一杵幹啥，家裡的活難不成都等著我做？」姜老太太的嘴不饒人，姜植走出院子還能聽到她的聲音。「見天的就知道領著孩子往炕上躺，哪家的婆娘有這麼懶？」

姜植走後，姜三看了一眼姜老太太。「娘，妳這是做什麼，大哥和咱們都是一家人。」

姜三是姜老太太的小兒子，自小受寵，她聽見小兒子這樣說也沒生氣。「知道你跟你大哥親行了吧，眼裡還有沒有我這個娘了？小時候總跟在你大哥屁股後面，我看你大哥的話比你娘我的話還管用。你看看他搬去南院了，他是啥心思我能不知道？」

「大哥能有什麼心思？他是家裡的一分子，錢是他掙的，家具是他做的，就連現在柴也是大哥砍的！」姜三嗓門大，稍微用力說話就跟吵架一樣，他之前和姜老太太因為這不知拌了多少回嘴。

姜老太太見小兒子認真起來。「行了，我不管這些，我只知道現在咱們姜家還沒分家呢，這個家裡的東西還是我說了算！你還管著你娘我了？」說完看見兒子額頭上的汗珠。「大冬天的，別感冒了，快進屋去，讓你媳婦給你熬一碗薑茶喝喝。」

兩人誰也說不過誰，姜老太太岔開了話題，姜三也只能就此打住。

回到房間裡，姜三媳婦聽見了外面的說話聲，從廚房裡端出來熬好的薑茶，拿了手巾給姜三擦擦汗。「你和娘爭什麼？知道你是看不得大哥受委屈，可爭有啥用？下回你就少說兩句。」

姜三接過薑茶一飲而盡。「我知道，這些我都知道，但是娘對大哥這樣我看著心裡難受，說不出來是什麼感覺，只覺得娘這樣做不對。」

作為被偏袒的一方，姜三小時候還沒感覺，等長大了之後，突然某一天，他意識到大哥和自己一樣都是姜老太太的孩子，手心手背都是肉，又想起小時候自己那霸道任性的模樣，只想回去大罵或者揍一頓那時候的自己。

所以現在每次看他娘那般做派，他心裡總是充滿了對大哥的愧疚。

姜三媳婦看著他。「這不是你的錯，我知道你心裡也很難受，咱們以後跟大哥、大嫂走近點就是了。」

姜三點點頭，是這個道理。

姜植頂著冷風回到村南頭家裡，一身的汗已經被冷風吹乾了。掀開簾子，屋裡屋外的溫度差不多，看著一家人都在炕上，他打了個噴嚏。「這麼冷怎麼不燒炕？」

說起這個王氏就有話要說了。「我倒是想燒，這不是你大閨女說柴不多要省著點嗎？你瞅瞅你閨女知道心疼她爹。」

姜娉娉聽著咧開嘴笑了起來，王氏就是嘴上要強，這話說得好像她不心疼，也不知剛剛是誰一會兒讓兒子看看姜植回來了沒有，一會兒又說讓大姊將薑茶熬上，姜植回來就能喝。

姜植摸摸大閨女的頭，又看著小閨女咧嘴歡笑，心裡暖洋洋的，搓搓手就要抱。

王氏攔著他。「剛剛還打噴嚏，別過來，先去喝了薑茶暖暖身子。」

姜薇去小廚房端來了一碗薑茶。

姜植三兩口喝完。「都坐炕上吧，我去燒炕，這幾天再去砍點柴來，眼看著冬天就來了。」

「過來讓我看看你的手。」王氏對著姜植說。

冬天裡姜植的手總是容易皸裂，一道道口子看得人心疼。

炕燒起來後屋子裡不一會兒就暖和起來。

王氏抱著姜娉娉打瞌睡，姜凌路在逗著妹妹，兩個人也不知道誰逗誰，玩得很開心。

姜薇在炕上給家人縫著手套，這還是有一天看著妹妹總是伸著小手在外面凍得通紅，姜凌路說要是將妹妹的手包起來就凍不到了。經過她一番研究，還真做成了，雖然樣子沒有多好看，但勝在暖和。

第五章

王氏打了個盹，睜眼就看見小女兒哼哼唧唧的不停的看著外面，又聽見小兒子說道：「娘，大哥怎麼還沒回來呢？」

王氏看著外面的天色，對著姜植說：「往常這個時候宇兒已經回來了，冬天夜長日短，學堂下學較早，但今天這麼晚還沒回來別是有什麼事，咱們家住得靠邊，你到門口看看，我實在放心不下。」

就是王氏沒說，姜植也有這打算，他披上斗篷，出門往村口走。

大約過了一刻鍾，天色暗了下來，姜植遠遠的就看見一人走來，他快步的走上前去，離得近了，看見那人背上揹著一捆細木柴，手上戴著手套，正是大兒子姜宇。

姜植一把接過兒子背上的木柴，看著他小臉凍得通紅，又聽見他說道：「爹，等會兒回家了，你和娘說，我可不是出去玩，也沒去遠的地方，下了學走到村頭後，我就去後山腳下撿了些樹枝回來。」

姜植點點頭「嗯」了一聲，拍拍他還有些弱小的肩膀，用斗篷裹住兩人一起朝家的方向走去。

兩人回到家，王氏知道後好一頓數落，姜宇看著姜凌路幸災樂禍的給他做了個鬼臉，捏著他的小臉，直到他求饒才鬆手。

姜凌路氣鼓鼓的和王氏告狀，又看著妹妹。「大哥是個壞人，妹妹不要理他，哼！」

姜娉娉也伸手按了按二哥的臉頰，果然好捏。

幾個孩子在炕上玩做一團。姜植看著孩子們，拿出打磨了一半的木料。

這是一塊之前幫人打家具剩下的邊角料。木料是塊好料子，泛著淡淡的光澤，湊近了聞有一種淡淡的香味，這種木頭戴久了也是養人，就是太小，大約只比他的大拇指甲蓋大一些。

當時他去縣城給人打家具，當時一起的還有來自其他地方的木匠，主人家看他手藝好，也不偷工減料，又聽聞他剛得了閨女，就當作是賀喜大手一揮將剩餘的這塊小料送給了他。

屋裡暗，他將燈點燃，在燈光的照射下，這塊木料這幾日被打磨得逐漸光滑，顯現出原來的紋理。現在的形狀不圓不方，四周光滑沒有稜角，說不出是什麼形狀。

姜植看看小閨女又看看這塊木料，覺得就這樣的形狀也不錯。

在這塊木料上，姜植拿出小刻刀雕了一個「娉」字。

接下來姜植拿出看家本領，打磨拋光包漿，漸漸的木料顯現出原有的光澤，渾然天成，散發出淡淡的木香，很難輕易察覺出來，但又縈繞在周圍。

找出一根吊繩串了起來，姜植拿著吊墜來到姜娉娉身邊。

姜娉娉看著姜植手裡的吊墜，聽見姜植說道：「看看爹給咱們娉娉做的吊墜。」

她一眼就看出姜植是下了工夫的，這吊墜經過打磨拋光之後整體通透，中間還刻有她的一個「娉」字。

姜娉娉咧開嘴，伸手讓她爹抱，垂眼又看到姜植手上細小的傷痕，她用小手握住她爹的手，雙眼亮晶晶地看著她爹。

這是姜植用他能夠給予的最好的東西來給孩子，雖然話不多，但他用自己的方式來表達對孩子們的愛。

「這就是你天天一回來就坐在那角落裡做的吊墜？樣子不錯，這上面是什麼字？」王氏接過吊墜給姜娉娉戴上。

姜植笑笑。「這是咱們閨女的名字，娉。」

「嗯不錯，之前我總覺得你做得粗糙，現在看起來還是可以的。」王氏難得的誇起了姜植。

王氏看看家裡的家具，她以前都沒注意到這些，只是經常見到姜植一坐就是一天，又將自己身上弄的都是灰塵木屑。

姜植笑笑不說話，逗起了閨女。

姜娉娉很給面子的配合，一會兒王氏沒看見時，姜植竟抱著她舉高高。

惹得姜凌路也眼饞，丟下大哥、大姊，將寫得亂七八糟的字放在桌上，嘴裡喊著。「我也要飛，我也要飛，爹，到我了。」

姜薇和姜宇兩人無奈的對望一眼，然後姜薇接著練習剛剛學到的新字，姜宇則複習學堂裡夫子教習的內容。

王氏連忙接過閨女，看她有沒有嚇著，誰知閨女兩眼亮晶晶的還躍躍欲試的樣子。「小人精。」

不大的屋子雖簡陋，但充滿溫暖的氣息，足以抵過外面呼嘯的寒風，撐過冰冷的寒冬。

轉眼冬天過去了三分之二，到了過大年的時候。過年對於現在不能動、不會說話的姜娉娉來說和平常的日子沒有什麼區別。

等開了春，厚厚的冬衣換上了春衣，姜家的老老少少就忙了起來。

姜娉娉已經半歲了，經過她幾次三番的「鍛鍊」已經可以自己坐了，輔食也被提上日程。

每天一大早起床後，姜植和王氏會領著孩子們從南院來到主院。

男人們一起去地裡幹活，女人們就開始餵豬餵雞，做飯幹家務，分工合作。孩子們相對沒有那麼多事情，被爹娘喊起來後大大小小就開始讀書習字。

這天姜娉娉醒來，察覺氣氛不對，居然不是被小孩的讀書聲吵醒的，往常她一醒總是看到大姊在旁邊看著她，但今天映入眼簾的是王氏充滿怒容的臉龐，她不知道發生了什麼事，往四周看了看，就看見大姊在旁邊抹眼淚。

大哥滿臉不忿地握緊拳頭，要不是旁邊大姊拉著他，他就要衝上去了。

她咿啞咿啞的揮著手，從王氏懷裡坐起來，只聽見姜二孀笑著說：「大嫂，別生氣，本來就是小孩子小打小鬧，我是管不了他們這些潑猴了，妳要是有什麼不滿，只管打他們，我二話不說。」

話音未落，又朝著兒子們說道：「快去給你們大伯母賠不是，什麼時候大伯母原諒了你們，你們什麼時候才能吃飯。」

姜家二房的兩個男孩子來到王氏面前，大的姜松十歲，小的姜楊舒八歲，正是頑皮的時候。

姜二媳婦看著王氏的臉色，又拿出木條塞到王氏手中。「大嫂，我知道不打他們一頓妳難以消氣，妳只管狠狠打，也讓他們長長記性。都是一家人，誰讓你們欺負姊姊了？今天就讓你們大伯母好好的管教管教你們。」

王氏還沒說一句話，就被姜二媳婦的話堵住了嘴、絆住了手。兩個孩子東瞅西看，臉上沒有一絲一毫的害怕，彷彿料定王氏不會打他們。

姜娉娉一看這情形，還有什麼不明白的？

姜二孀總是這樣，話說得漂亮，王氏本來就不會說話，又是個張揚的脾氣。現在這情形任誰看了都認為是孩子們玩鬧，姜二孀好言好語的道歉，王氏得理不饒人。

姜家眾人馬上就都回來吃早飯了。

姜薇擦擦臉上的眼淚，強忍著委屈，拉拉王氏的袖子。「娘。」她知道娘想給自己出氣，但是每次娘和姜二嬸對上，都是娘吃虧，每次都是娘挨罵受罰，她不想讓娘因為她再受罰了。

王氏此刻心裡有火發不出。總是這樣，只要和老二家的對上，她好像怎麼說、怎麼做都是不對，她真想不管不顧的和老二家的大吵一架。看著大女兒懂事的樣子，她心裡難嚥下這口氣，恨恨地將手中的木條扔在地上。

姜二媳婦正是知道王氏這個性子，又加上現在院裡就只有她們兩個大人，所以才這麼篤定，退一步說，就算王氏真的打了孩子她也有辦法討回來。

就在這時，姜娉娉聽見院子外面的腳步聲，看著天色，想著是姜家眾人就要回來了。她發出了一聲嘹亮的哭聲，眼淚瞬間流了出來，她邊哭邊伸著小手輕輕擦著大姊臉上的眼淚。

這個動作一下惹得姜薇也掉下熱淚，一時間抱著妹妹哽咽的默默流淚。

姜凌路看見向來乖巧可愛的妹妹哭得那麼大聲，眼淚跟斷了線的珠子一樣，也禁不住哭了起來，邊哭邊朝著姜家二房的兩個哥哥說道：「你們欺負我姊姊，你們都是壞人！」

幾個孩子哭成一團，王氏心裡也不好受，眼圈紅了強忍著才沒哭出來。

姜家眾人還沒進到院子裡，就聽見幾個孩子的哭聲。

姜老太太從村頭鋪子裡回來就聽見向來不哭不鬧、逢人就笑得瞇眼的姜娉娉哭得最大聲，以為出了什麼事。她雖然不喜歡女孩，但是對於一個乖巧聽話又長得可愛，看一眼心都能化了的小孩也是有那麼一絲寵愛的。
她來到院裡，先看到的就是大兒媳婦一家哭得淒淒慘慘，二兒媳婦像是沒有料到有這麼一齣，有些尷尬的站在一旁。
「這是幹啥呢？」姜老太太問道。
姜二媳婦上前一步。「娘，沒多大點事，幾個孩子鬧了矛盾，也是怪我，沒有看住他們。大嫂別生氣了，別跟小孩子一般見識。」
王氏氣急，忍不了了，當下就跟姜二媳婦吵了起來。
院子裡一下子亂烘烘的，姜老太太看不下去了，揮手讓她們散開。「行了行了，大清早的，吵什麼呢！瞅瞅都多大的人了，也不怕讓人看笑話。」
走在後面的姜植回到家看到的就是這一幕，他知道王氏脾氣跟炮仗一樣一點就著，但也知道她要強的性子，現在這要哭不哭的樣子肯定是受了委屈的。他來到孩子們身邊，摸摸大女兒的頭頂安撫一下，抱起小兒子。「哭啥？有啥事說出來。」
姜二媳婦聽見，連忙說道：「大哥，沒啥事，就是幾個孩子鬧了矛盾，沒什麼大事，做好飯了，這就吃飯吧！」
姜二吊兒郎當的站在一旁，顯然沒當回事。
聽見這話，姜娉娉知道姜二嬸想將這事揭過去，她嗚嗚的哭出聲，拉著二哥的衣角，偏不讓姜二嬸如意。

姜淩路邊哭邊指著姜松和姜楊舒，一股腦兒地把事情都說了出來。「是他們……嗝，欺負大姊，他們都是壞人！」哭得打著嗝，還要說：「大姊在廚……房裡燒鍋做飯，嗝，他們扯著大姊的頭髮，又將老鼠……丟在大姊身上，老鼠掉進鍋裡，二嬸說都怪大姊。」

姜老太太一下子火了，她雖然平時跟王氏不對盤，又比較偏疼二房的孫子，但要是涉及到糧食、錢財，她可是半點情面也不留的。

姜二媳婦最會察言觀色，看到姜家眾人的神情後，一把拉過兩個孩子朝他們打了幾下。「給你們大姊賠禮道歉，就是再貪玩也不能找你們大姊玩啊！」又朝著王氏說道：「大嫂別生氣了，小孩子貪玩，我讓他們跪下給妳賠禮道歉，罰他們今天不許吃飯！」

姜二媳婦知道今天這事不好解決，只好以退為進，先將姿態放低。看著她將今天的事情說成孩子們之間的玩鬧，姜娉娉撇撇嘴，要不是二哥說出來，還真讓她矇混過去了。

剩下的就是大人們之間的事情了。

姜老太太火力全開，將二房罵得是狗血淋頭，幾人吶吶不敢言語，知道這次觸了姜老太太的逆鱗，被罰他們以三天食量減半來彌補今天浪費的吃食，也不許再捉弄別人。

吃飯的時候，姜老太太破天荒的給了姜娉娉一個雞蛋。「可以吃點軟和的了，慢點餵她吃。」

眾人看著姜娉娉坐在王氏的懷裡，眼睛都哭得紅腫了，兩隻眼睛瞇得像兩彎小小的月牙兒的慢慢啃著雞蛋黃，有點好玩。

晚上回到南院之後，王氏抱著姜娉娉，看孩子們都睡著了，只剩下小女兒眼睛滴溜溜的看著自己。

她想起白天的事，看著姜植。「雖然今天這事情解決了，但我這心裡仍然不舒服，這樣的日子什麼時候是個頭啊！」

姜娉娉聽著很認同。確實是，王氏是個直來直往的脾氣，真的和滿是心眼的二房相處不來，要是姜二嬸像姜老太太的脾氣，她們兩個人吵一架或打一架王氏一點也不怵，反而是這種各種彎彎繞繞讓人無計可施。

聽出王氏想要分家的念頭，姜娉娉也是這樣想的，分了家，這些人不想理少來往就是了，到時候關起門來過自己的日子，不比現在舒坦？但她也知道，在現在這個時代，分家不是那麼容易的，別人嘴上不說，背地裡也會說三道四，像姜老太太這麼愛面子的人，怎麼會答應呢？不過經過今天的事情，她發現也不是完全不可能，看來只有觸及到姜老太太最在乎的東西時，才有機會。

看著姜薇恬靜的睡顏，王氏嘆了口氣。「咱們女兒什麼都好，就是性子隨了你，是個悶葫蘆，什麼話都不說悶在心裡，我真怕她以後受了欺負也不和我們說。」

姜娉娉聽見王氏這樣說，嘴裡發出抗議的聲音。

大姊雖然是不愛說話，但她有自己的想法，並且心性堅韌，溫柔善良，是最最好的大姊了，有她在，不會讓人欺負大姊的。

姜植嘿嘿的笑笑逗著女兒沒說話。

王氏的脾氣來得快、去得也快，她不是那種傷春悲秋的人，看著女兒的笑顏。「今天我們娉娉真棒，多吃了半個雞蛋黃呢，要好好吃飯，長得白白胖胖的。」

現在她抱著姜娉娉出去，可羨慕死村裡的婦人了，見了都想抱抱親親她，走過一條街得走半個時辰。

二房一家人餓得肚子咕嚕叫。

姜二翻了個身。「妳說妳惹他們幹啥？連累我也吃不上飯，明天妳去好好給大嫂說說讓她消了氣，這樣不就什麼事都沒有了？」

聽見這話，姜二媳婦惱了。「我不去，憑什麼我要去跟她道歉，本來就是小孩子之間的玩鬧，是她一個大人非要跟小孩子計較；還有，白天你就這樣看著大嫂他們一家人這麼欺負你媳婦，你能不能……」

姜二媳婦壓了一天的火氣爆發出來，脫口而出的話有點不符合她以往的形象，她猛然止住，深呼了一口氣，將火氣壓了下去。

「我這樣還不是為了咱們兒子，為了這個家嗎？你看看他們還這麼小，要不是我在娘面前討好賣乖她能看咱們孩子一眼嗎？現在倒好，你倒是嫌棄我算計了。」

她再接再厲，聲音裡帶上哽咽。「馬上這老三家的孩子就要出生了，不是我瞎擔心，到時候咱們孩子可怎麼辦呢?!」

姜二一聽媳婦的話，忙安慰起來。「我能不知道妳都是為了這個家嗎？想這麼多幹啥？咱們兒子是娘的親孫子，只要沒分家，咱們的日子還是照樣輕鬆安樂的。」

姜二媳婦一哽，無法反駁，話鋒一轉。「現在是還沒分家，等著看吧，大哥、大嫂肯定是有了這想法，從他們一家搬出去就能看得出來；退一步說，就算大哥、大嫂不打算分家，說句不好聽的，娘的年紀漸漸的大了，到時候還是會把管家這個差事交給大嫂，你想想，到時候還有我們的好日子過嗎？」

第六章

姜二一聽，原本在他看來，跟著爹娘、跟著大哥，什麼都不用他操心這哪裡不好，這樣的日子不知道有多快活，但是媳婦說的話也有道理。

又聽見媳婦說道：「你說大哥搬到南院去住，他掙了錢還能都給娘嗎？自己能不留點？」看來趕明兒要和娘說一下了。

姜二懂他大哥是老實性子，媳婦這話實在老掉牙，他都聽膩了，便打了個哈欠，他覺得媳婦就是想太多。「以後的事以後再說吧，睡覺吧睡覺吧，肚子餓死了。」

姜二媳婦默默的白他了一眼，知道他胸無大志，扶不上牆，只能自己多謀劃一點。

「等會兒，先別睡了，你先說說，那生意怎麼樣？」姜二媳婦說著說著幻想起來。「要是那生意能做，等有了錢，不等大哥、大嫂說，咱們就跟他們分家過……」

話音未落就聽見旁邊響起了呼嚕聲，他倒是睡得香，什麼事也不管！

姜二媳婦氣也無可奈何，打定主意後，她就開始總是不經意的向姜老太太上眼藥。

姜老太太本身因為對這些糧食、銀錢之類的就敏感多疑，又加上姜二媳婦一挑撥，就對姜家大房一家起了疑，總是有一搭沒一搭的去南院搞突然襲擊。

這天姜老太太又一次來到南院，姜娉娉正在練習走路，她如今已經十個多月了。

正值夏天，空氣燥熱，樹上的蟬不停鳴叫，叫得人心情浮躁。

姜娉娉看見姜老太太滿頭大汗的直奔主屋過來，心裡有種不舒服的感覺，這樣的事情不是第一次了。

第一次的時候，姜老太太也是這樣如入無人之境地來到主屋，這兒翻翻、那兒看看，還是她哼哼唧唧的提醒在後面整理菜園的姊姊和哥哥過來，當著孩子的面，姜老太太才沒有那麼明顯的翻看。

現在，姜娉娉站在門口，仰臉看著姜老太太，嘴裡咿啞咿啞的讓她抱。現在她也不知道今天姜老太太又是為了什麼而來，總之先占著人再說。

姜老太太停下，看著小孫女穿著沒有袖子的上衣，下面是只到膝蓋的褲子，露出藕段般的小胳膊和小腿。「哎喲，這是穿的啥？怪……」怪怪的，但姜老太太不得不承認，還挺好看的。

看著姜老太太抱起她，她咿啞咿啞連說帶比劃的回答了姜老太太的話，意思是：大姊給我做的。

姜老太太也聽不懂她說了什麼，左右看看家裡沒有大人，就抱著她往屋子裡走去。低頭看見姜娉娉脖子上戴著吊墜，她不懂木頭，但看這個吊墜也知道是塊好料，心裡起了心思。

剛想摘下來，就看見小孫女睜著水靈靈的眼睛看著她，彷彿在說：這個是我爹給我做的，祖母要拿我的吊墜嗎？

姜老太太素來不知道心虛為何物，但此刻被小孫女清澈的眼睛看著，心裡竟湧出了一絲心虛。不就一個破吊墜，有什麼大不了的？

她心虛的轉過頭，看著屋裡的擺設。這桌子怎麼沒見過？還有這小櫃子，看著怪精巧的，剛好前幾天大閨女來說她缺個櫃子。

姜娉娉看著姜老太太，心裡說不定已經開始盤算著怎麼將這些東西拿去老院了，見姜老太太的目光放在爹剛給大姊做的小櫃子上，她不樂意了。

大夏天的被姜老太太抱著出了一身汗，她掙扎著要下來。

顧不得地上的灰塵，她爬到炕邊，心裡默唸：對不起了二哥，為了大姊的小櫃子，只能委屈你了。

她趴在姜凌路的耳邊，「哇」的一聲，聲音之大，熟睡的二哥都被嚇醒了，姜老太太這作賊心虛的更是嚇了一大跳。

姜娉娉看二哥已經醒了，仗著姜老太太聽不懂嘰哩咕嚕、咿咿啞啞的說了一堆話。「快點哭，抓著祖母的褲腳哭，我們倆一人抓著一個褲腳哭！」

姜凌路停了一下，聽懂了妹妹的話，他雖然不知道妹妹為什麼要這樣做，但他向來比較聽妹妹的話，爬下炕，走到姜老太太腳前，往姜老太太腳上一坐，嚎了起來。

姜娉娉爬了過去，有樣學樣的也抱著姜老太太的褲腳嚎了起來。

一時間，姜老太太只感覺兩個耳朵裡充斥著比外面蟬叫聲更大的聲音，腦子嗡嗡作響。

她抬頭看看天色，晚霞慢慢布滿天空，恐怕等會兒姜家眾人就要回來吃飯了。

姜娉娉看出姜老太太速戰速決的心思，更加大聲的嚎著，又看著二哥。

姜凌路得令，繼續拖著姜老太太。

姜老太太被兩個孩子絆住腳，又見門口有人張望了一下。

「姜嫂子，發生了什麼事，怎麼兩個孩子哭得這麼厲害？」說話的是王秀嬸子的婆婆，王氏有時會帶著姜娉娉找她串門子，她對長得精緻可愛又乖巧聽話的姜娉娉很是憐愛，看她哭得這樣大聲，以為是出了什麼事情，所以來問問看。

姜老太太沈默了一下，尷尬的笑笑。「孩子睡醒了找不到娘，在這裡哭鬧呢，沒啥事，妹子放心吧！」

王秀嬸子的婆婆點點頭，別人家的事也不太好摻和，抬頭看見姜家眾人正從大路的那頭走過來。「這不，他們回來了，快走到小池塘那裡了！」

姜娉娉一聽，放下心來，知道姜老太太今天只能是空手而歸，要不然繼續嚎下去她這嗓子可受不了，她和二哥對望一眼，慢慢停下了號哭，改為哼哼唧唧。

姜老太太是個重面子的人，她放下小櫃子，低頭看著兩個小孩，嘆了口氣，瞪了他們一眼。這就是她不願意帶孩子的原因，只要一聽見小孩子的哭鬧聲，腦子就跟炸了一樣。趕在眾人回來之前，姜老太太掙開兩個小孩，回去了。

姜娉娉看著姜老太太離去的背影，嘿嘿笑了，轉過頭看著二哥，吧唧親了他的臉頰一口，嘰哩咕嚕的說了一句。

「二哥今天真聽話，保住了大姊的小櫃子！」

姜凌路看妹妹親了他，又聽見妹妹誇了他，開心得想轉圈圈。

姜植和王氏走到家門口見到兩個孩子，抱起他們往老院去，路上姜凌路剛想說話，就被姜娉娉的咳嗽聲打斷了。

姜凌路不明白妹妹為什麼不讓他說話，不過聽見妹妹嘰哩咕嚕的說：「回家了再說。」他聽話的點點頭。

姜家眾人看到這一幕，都笑了起來。

姜三從姜植手裡抱過姜凌路。「你知道你妹妹說什麼了，你就點頭。」

「我當然知道了，我不說。」姜凌路反駁道，眼神中還帶著一副「你們都不知道，就我知道」的驕傲感。

他這小模樣，惹得姜三哈哈一笑將他扛到肩頭。

最後還是姜植解釋說：「也不知道他們兩個小孩是怎麼溝通的，只有這小子能知道他妹妹說了什麼，連我們都需要他來傳話才能知道。」語氣中難掩酸味。

姜娉娉在王氏懷裡伸手讓姜植抱，她正在努力的學習說話呢，只不過小孩子的身體，哪裡都沒辦法像大人般運用自如，腦會了，身體還不會，還好二哥能聽懂。

回到老院，姜薇正在水池邊洗衣服，姜娉娉探著身子就要過去。

不知道大姊看見她這小花貓的模樣會不會生氣。

果然姜薇看見妹妹這滿身灰塵的模樣，嘆了一口氣。「怎麼回事？弄得身上這樣髒。」妹妹嘴裡嘰哩咕嚕的說著什麼，像在回答，不過沒有姜凌路在這兒，她聽不懂就是了。

姜娉娉笑著蹭了蹭姊姊，讓姊姊幫她擦擦手臉。

一會兒姜凌路過來了，她嘰哩咕嚕的說了一句話。

姜凌路瞬間領會，模仿著她的語氣說：「大姊，我們今天幹了一件大事，妳猜猜是啥？」

姜薇看著這兩人人小鬼大的模樣笑著搖頭。「猜不出。」接著又說：「讓妹妹和我說好不好？」

姜娉娉嘆了口氣，這一段時間大姊總是逮著機會就讓自己學說話，還有模有樣的教自己一個字、一個字的發音。但她說出口總是嘰哩咕嚕、咿咿啞啞說不清楚，舌頭有自己的意志，所幸有旁邊這個小包子二哥能聽懂，她平時也就不著急學說話了。

現在大姊眼睛裡露出一絲期待，但又很溫柔的鼓勵自己，她想要試一下了。自從她出生在這個家以來，由於爹娘平日忙著地裡的活計，大部分時間都是大姊在照顧著自己，就連身上的衣服都是大姊做的。

不想再看到大姊失落的眼神，她嘗試著發出一個音節，輕輕的、短短的一聲。「姊……姊。」

姜薇一愣，小妹自從出生以來，她看著小妹從小小的一團到現在開始學習說話、學習走路，心裡很是高興。

現在聽見妹妹開口說話，喊了她一聲姊姊，那種從心底裡湧出來的驚喜與愛意就要將她淹沒，眼淚不由自主的湧了上來，她趕緊脆生生的應了。「哎。」

姜薇跑過去王氏身邊，忍不住炫耀。「娘，剛剛妹妹喊我姊姊了。」

王氏一聽，從姜薇手裡接過小女兒。「我們娉娉喊姊姊了，來，喊一聲娘，娉娉。」

姜娉娉滿臉黑線，王氏這樣子跟在逗小孩一個樣，雖然自己現在本來就是小孩。

「爹，剛剛妹妹會說話了，喊我姊姊了。」姜薇看見姜植大聲說道。

姜植轉過頭，看著大女兒高興的模樣很欣慰，這才有點孩子的樣子，平時跟個小大人一樣，接著從王氏手裡接過小閨女，雙手抱著舉過頭頂，逗得姜娉娉一陣哈哈大笑。

此刻夕陽餘暉灑滿天際，映在眾人臉上，溫暖又美好。

姜娉娉會說話的事不一會兒就在姜家傳開了，吃飯的時候，就是姜老丈臉上也帶了點笑意的逗她。

只是這片刻的歡樂氣氛突然被打斷了。「媳婦，妳怎麼了？」姜三給自己媳婦挾了一筷子菜放進碗裡，接著就看見媳婦頭上不斷的冒出冷汗，抓起她的手，手心裡都是虛汗。

「……肚子有點疼。」姜三媳婦隱忍著說道，她本想撐過吃完飯的。

這讓眾人嚇了一跳，還是姜老太太先反應過來。「你媳婦這是要生了吧！趕快扶她去炕上躺著，你去找接生婆，前兩天打過招呼了，應該是在家等著。」

姜老太太說完就指揮人去燒開水，她自己也忙得腳不沾地。

這是小兒媳婦的頭一胎，可要好好的不能出事啊！

接生婆是姜老太太特地從娘家那邊找來的，在那邊很有名，接生婆來了後，一切很快就變得有條不紊起來。

王氏心裡也掛念著這個總是溫溫柔柔叫自己「大嫂」的妯娌，她們的相處總是王氏話說得多一點，姜三媳婦靜靜的聽著，偶爾才說上一、兩句話。

姜娉娉本來還沒有太多的感覺，只是向來溫溫柔柔，有著江南女子柔弱氣質的姜三嬸發出的慘叫，還有從房間一盆一盆端出來的血水，讓她害怕起來，她緊緊摟住王氏的脖子，想著當初王氏是不是也是這樣過來的。

看著王氏緊皺的眉頭，她小手輕輕地撫了上去，又親親王氏的臉頰，自然而然、沒有阻礙的喊出聲。「……娘。」

王氏聞言一愣，喜悅掛上眉頭，連忙應了下來。「哎！我們娉娉會說話了啊，娘真高興，乖，不怕不怕啊。」感受到小閨女略微有點顫抖的肩膀，王氏以為姜娉娉是害怕了，她抱著閨女，有一搭沒一搭的拍著。

姜娉娉見王氏誤會也沒說什麼，想著王氏生她的時候也經歷過這麼一遭，可能比現在這情況還壞，她的心裡就泛著疼。

此時天色已經完全暗了下來，白天留下的燥熱也被晚風輕輕的吹散。

等幾個孩子回去後，王氏抱著小閨女在這兒等著。

姜老太太一拍額頭。「看我這記性，老大家的妳去逮隻老母雞，等會兒老三家的生完孩子定是沒啥力氣，可要好好補補。」

王氏看著姜老太太那緊張的模樣，扯了扯嘴角，也懶得和她說什麼。

姜娉娉感受到王氏的心情，她剛出生的時候，就察覺到姜老太太對王氏的態度，和現在對比，簡直是有著天壤之別，怕王氏心裡不舒服，她朝著王氏笑了笑，小聲的喊了聲「娘」。

王氏拍拍小女兒，倒是沒怎麼放在心上。愛怎樣就怎樣，她早已習慣了。

姜娉娉被王氏揹著來到廚房，她玩著王氏的頭髮就聽見姜二嬸的聲音。「大嫂，咱娘可真是……唉，想想咱們生孩子的時候，哪有這待遇？」

怕自己這個娘又著了姜二嬸的道，姜娉娉貼在王氏耳邊嘰哩咕嚕的說了一通，只可惜這回沒有姜凌路在旁邊傳話，幾人都不知道她說的什麼，她略微噘了噘嘴，想念二哥。

側頭看著小閨女古靈精怪的模樣，王氏被治癒了，哪裡還有空去想姜二媳婦挑撥的話。

看著王氏不為所動，姜二媳婦再接再厲。「也不知道弟妹這一胎是個閨女還是兒子……」

姜娉娉被王氏頭上的簪子吸引住了注意力，姜二嬸真煩人，就不能消停一會兒。

王氏經姜二媳婦一說，瞬間想起來了當初剛生大閨女時姜老太太那臉色，心裡一寒。

她深呼出一口氣，側頭看看玩著自己頭髮的小閨女，心裡一暖。雖然她已經對姜老太太不再抱有希望，但因為姜植，她會儘量忍讓姜老太太，眼不見為淨，但這並不代表她會忍受姜二媳婦一再挑撥。

她手上動作不停，拿著大菜刀將案板上的雞剁得砰砰響。

「管他什麼兒子、閨女，只要平平安安的生下來就行，妳以為誰都跟妳一樣？生個兒子敲鑼打鼓，生個閨女就當沒這個人。」王氏直接說道。

王氏這話說得不留情面，不過她說話素來就是如此。

看著姜二嬸吃癟，好一陣沒說話，姜娉娉就高興。也不知道為什麼，姜二嬸重男輕女的程度比姜老太太是有過之而無不及，同為女人，竟然還這麼重男輕女，實在令人想不通！

姜娉娉不再擔心王氏的戰鬥力，打了個哈欠，手上還纏繞著王氏的頭髮，邊看戲。

姜二媳婦眼睛滴溜溜的轉了一下，忍下王氏的嘲諷。

她左右看看，聽見姜老太太在主屋裡碎碎唸的聲音，想到她這幾天一直壓在心裡的事情，朝著王氏開口道：「大嫂，為了這個家，大哥累死累活的掙的錢都交給娘，可妳看娘也不記著大哥、大嫂你們的好，就從老三家的懷孕這事說吧！大嫂妳第一胎的時候哪有這待遇……」

王氏將菜刀往案板上一撂，手負在身後把姜娉娉往上抱了抱，打斷她。「妳到底想說啥？天天這麼說話也不嫌累得慌。」

王氏和姜二媳婦交手這麼多年，知道她這是話裡有話，但她不耐煩姜二媳婦說個話這麼拐彎抹角的。不過順著姜二媳婦的話，王氏想到了她懷胎時候的情形，不管是哪一胎也沒有像老三家的這麼受重視。要說心裡沒有芥蒂，那是騙人的。

第七章

姜二媳婦看著王氏的表情有點鬆動，知道自己的話起了作用，她像是不經意的接著說：「大嫂別急，我這不是替大哥、大嫂感到不平嗎？眼看著薇兒都快十三了，大嫂可得早早的給女兒攢嫁妝了。」

她知道姜植、王氏心疼閨女，故意順著他們的想法說，接著又說道：「不過話又說回來，大嫂，大哥掙的錢可是都交給娘了？你們竟是一點也沒留下來點，要是每回只交一部分，恐怕閨女的嫁妝也早已攢夠了。」

姜二媳婦的話說到了王氏的心坎裡，大女兒今年都十三了，再過兩年就要開始相看人家了，但是看著閨女身上一件像樣的首飾也沒有，她不禁打算起來。

不過她又轉念一想，老二家的會有這麼好心提醒自己？「當然是都交上去了，怎麼，妳有啥想法？」

看著王氏不接這話，姜娉娉也鬆了口氣，生怕娘著了姜二嬸的道，不過，大姊的事是要開始準備起來了。

姜二媳婦聽見這話，心知王氏心裡已經明白過來了，她心裡一喜，這樣事就好辦了。

「說起來我也是替大嫂操心，看著娘這樣偏心老三家的，大嫂你們辛辛苦苦掙的錢全部都交上去，也不給孩子們留下點，我是孩子們的嬸嬸，心裡也是希望姪子、姪女們好的；妳說，往後咱們掙的錢要是只交一半，剩下的自己攢著，日子也不會這麼難過是不是？」

王氏點點頭，剛想說話，就聽見姜老太太喊著。「老大家的，熱水呢？熱水好了沒？還有老母雞湯，可要小火慢燉。」

王氏應了一聲，舀出熱水，端著走了。

姜二媳婦看著王氏離去的背影，只差一步，不過沒事，王氏已經產生想法了，剩下的就差一個引子了。

這邊小火燉著雞，只等著姜三媳婦順順利利的把孩子生下來，幾人來到主屋這邊繼續等著。

不一會兒伴隨著小孩的啼哭聲，聽到接生婆的聲音。「生了生了，是個閨女，六斤八兩！」

接生婆趙娘子心裡想著，賞錢是沒有指望了，又白來一趟。

誰知姜老太太拍著大腿，說：「好，好，好，平平安安的就成！」

這是三房的第一個孩子，她回屋拿了一早就備下的賞禮。「辛苦趙娘子了，別見外趕快收下，趕明兒滿月的時候還請妳不要嫌棄，可要來吃席。」

趙娘子推辭了一下，接過賞禮，手裡暗暗掂量著，本以為是白來一趟，誰知這賞禮還挺豐厚，比別人家生大孫子時也是一點不差。她笑意更深，擦了下額頭的汗。「嬸子客氣了，到時候就是嬸子不說，我也要來討一杯喜酒喝。」

說著話，幾人送趙娘子來到院裡。

趙娘子擺擺手。「我這就回去了，嬸子別送了留步吧。」

姜老太太熱熱情情的將人送出了門口後，王氏抱著姜娉娉去看了看姜三媳婦。

姜娉娉看著剛出生的小娃娃，只覺得皺皺巴巴的也沒什麼好看。

等老院這邊事情忙完，王氏抱著姜娉娉往家趕。雖然王氏說好不在意的，但是止不住的想起她第一胎生大女兒的情形，那時候姜老太太的態度與此刻是有如天壤之別。

就連生大兒子的時候也沒見過這待遇，那還是姜家的長孫呢。

姜娉娉像是察覺到王氏的心情，又加上出生以來的種種情況，她小手抱著王氏的脖子，拍拍王氏的肩膀，嘰哩咕嚕的說著話。

王氏雖然聽不懂，但心裡也不再想著老院的事，現在的日子也挺好的，她挺知足了。

姜娉娉打了個哈欠，嘴裡一個字、一個字的往外蹦倒是口齒清楚。「娘……睏。」

王氏拍拍她的小肩膀，聞著王氏身上的氣息，她安心的睡了。

夜裡雖黑，但月亮很圓，頭頂上落滿星星。

農忙的日子過去，又到了孩子們上學堂的日子，晚上，姜家一家人坐在院裡吃飯。

姜家有三個孩子要上學，大房的姜宇、二房的姜松和姜楊舒。眼看明日就是去學堂的日子，飯桌上仍是沒有人提起這件事。

姜植嚥下嘴裡的飯，抹了一下嘴。「娘，明天就是交束脩的日子了，一個人五百文，咱們家三個人需要一千五百文。」他對於開口向姜老太太要錢的事還是不能適應。

果然，話音剛落就聽見姜老太太的聲音。「你不說我也知道是一千五百文，上個學堂這麼貴，要是真能考上個秀才回來也行啊，這交了錢什麼都得不到，我就是扔水裡還能聽個響。」

姜老太太對於孫子們上學堂這件事並不是多麼熱衷，在她看來只要能認個字，不被人欺矇就行了，至於說要考個秀才、舉人光耀門楣，她沒想這麼遠，單是半年五百文的束脩就夠她捨不得的了。

頓時安靜了，沒有人搭話。

要是按照往常，姜二媳婦定是會在旁邊煽風點火，但這次，要上學堂的有她的兩個孩子，她自然是少說話不去觸姜老太太的霉頭。

姜老太太見沒人說話，又看見大孫子姜宇，正在低頭扒著碗裡的飯一言不發，她哼了聲。「要我說，上學堂會認字就行了，還能一輩子一直住在學堂裡不成？我看宇兒也這麼大了，要不宇兒就不上了，跟著老大在家學本事怎麼樣？」

話音一落，姜娉娉先看到姜二嬸嘴角翹起一抹微笑。

姜二媳婦心裡確實高興，她就不信，大房能真的不讓孩子上學，再加上前兩天她在王氏心裡種下了種子，此刻總能發芽結果了吧。

姜植沒有想到姜老太太會說出這番話，當初他沒有繼續學下去就是因為束脩，如今到自己兒子身上又是因為這個原因，他自然是不能讓自己孩子吃自己吃過的苦，受自己受過的委屈。

「娘，宇兒現在還小，家裡的活還用不著他，再說家裡如今也寬裕了些。」

姜老太太一聽就打斷他。「十一、二歲了還小，不都是這個時候下地幹活嗎？就是你，當初不也是這個時候就不上學堂了，還是早早的跟你學手藝為好。」

說到這個，王氏忍不住了。「當初就是因為束脩不讓孩子他爹上學堂，當時他的學問多好啊！十里八鄉的也找不出來這麼一個，娘以為他不想繼續學嗎？還不是因為妳說他是家裡的老大，要養家餬口，到現在娘又因為這不讓俺孩子上學堂，這我不同意！我們大房這些年掙了錢都交給娘了，做牛做馬沒有一句怨言，如今因為五百文錢就不讓我孩子上學，我不答應！」

王氏又深吸了一口氣，接著說：「爹，娘，我說話向來就是這樣，有什麼說得不對的你們多擔待，今天只要宇兒說一句不想上，我以後再也不提一句上學堂的事！」

王氏心裡其實一直都在替姜植委屈，她真希望姜植當時能接著上學堂，哪怕他們以後可能因為姜植考上科舉而不會相識、不會成親，她也希望姜植能夠繼續上學堂，今天趁著這個機會終於把這個話說出來了。

王氏的氣勢一展現，姜娉娉只想拍手叫好，她兩眼崇拜的看著王氏，王氏雖然大剌剌的，但是若牽扯到孩子，她就像一個女英雄一樣穿著盔甲，無所畏懼，將孩子們護在她的羽翼之下。

姜老太太無法，只好順著王氏的話問大孫子。「你是怎麼想的？」

姜宇看看眾人，見爹娘都鼓勵的看著自己，眼睛裡滿是支持，連弟弟、妹妹都是如此，他點點頭。「想，祖母，我想上學堂。」

姜老太太深知這事就這樣定了，心裡正心疼著銀子，接著就看見二房的兩個孩子湊到身邊拉著她說道：「祖母，怎麼不問問我們？我們不想上！我們不想上！」

兩人這一番話，眾人是真沒想到。

姜二媳婦正看得起勁，沒想到兩個孩子來了這麼一招，她知道這兩個孩子不是討好賣乖，而是真心實意的不想上學堂，現在這種情況下，哪怕姜老太太平時多麼寵他們，也可能會來真的。

她暗暗的瞪了兩個孩子一眼，掐了吃飯吃得起勁的姜二，笑道：「娘，別聽這兩個渾小子胡說，他們這是知道心疼祖母呢，今天早上還跟我說『祖母管著這一大家子，處處都需使銀錢，辛苦著呢』！」

姜二媳婦說話還模仿著小孩的說話語調，引得姜老太太臉上露出笑容。

姜老太太對於二房的兩個孫子還是很寵愛的，拍拍他們兩人的小臉，欣慰的說道：「行了，祖母知道你們是想為家裡省銀子呢！放心吧！少不了你們的。」

兩個孩子還想說什麼，但迫於自己親娘的眼神，不敢再開口了。

最後姜老丈放下筷子。「行了，就這樣定了！」

接著他看看下面坐著的大房、二房和三房這一大家子人，點燃旱煙，吸了一口，緩緩的吐出一口煙說道：「關於掙了錢全數上交這件事，說說你們的想法。」

姜老太太一聽，這宛如要動她碗裡的肉一樣，她如何能忍？可剛要開口說話，姜老丈將旱煙桿在桌子上敲了敲，不大的聲音，卻也阻止了姜老太太想說的話。

王氏藏不住心思，她抬頭看了看姜老丈，正要說話，又看見姜二媳婦眼睛滴溜溜的轉著，眼睛裡滿是算計。

王氏覺得自己還是該說，大女兒此時拉了拉她的衣袖說：「娘，妹妹睏了，妳哄哄她。」

被放到王氏懷裡的姜娉娉愣了。她不睏，正看得起勁呢！

被一打岔，王氏這時聽見孩子他爹說道：「都聽爹和娘的。」

王氏無法插嘴，只能暫且壓下心裡的想法，看著事態發展。

姜家三房沒什麼意見，姜三現在是有女萬事足的模樣，跟著姜植表態。

輪到二房表態了，姜二剛要說話，被姜二媳婦拉了一下。

姜二媳婦本來覺得今天正是個機會，誰知現在就剩下他們二房沒有說話了，要是他們二房也跟著說「都聽爹和娘的」，那他們還掙什麼錢？掙的錢也落不到自己的口袋；但是要是她直接說出自己的想法，恐怕也不太合適，這不就暴露了她的打算嗎？她得好好想想要怎麼說才合適。

想到這，姜二媳婦斜眼瞪了一眼王氏，怎麼平時風風火火的，結果到關鍵時刻那麼不靠譜。

姜二媳婦未語先笑。「爹，娘，我們自然是想要聽爹和娘的，我們能有什麼想法呢，但是有一句話我不知道該不該說。」

她停了一下，想要有人附和，但沒人說話她只能接著往下說：「大哥、大嫂這麼多年對家裡的付出我們都看在眼裡，如今各房也都有了孩子，大的有十幾歲了，小的是弟妹剛生的，要說誰家能不為自己的孩子打算呢？想來大哥、大嫂也是有這個想法，只是不好意思說，那就由我來替他們說……」

姜二媳婦還沒說完，王氏就打斷了她。「妳說妳自己的想法，別加在我們頭上，什麼都讓我們大房給妳揹鍋，想得美！」

王氏是聽見姜二媳婦這樣說話就煩，說一大堆偏不說目的，還要把責任推給別人。

姜二媳婦被王氏的直接噎得一哽。「大嫂妳別這樣說，妳的想法我知道，我這不也是為了大嫂，為了這個家嗎？」

王氏哼了一聲，不接姜二媳婦的話。

見沒人說話，姜二媳婦想著她放在枕頭底下的錢，事到如今，得抓住這個機會過了明路。「既然大嫂妳不願意承認，我也不勉強。是，我們二房是跟你們的想法不一樣，我們是想自己攢點錢給孩子，我這也不是為了自己，都是為了娘的孫子啊！大哥、大嫂你們搬去了南院住，離得遠，什麼情況誰知道呢？」

姜二媳婦將她的目的說完，也不忘刺一下姜植和王氏。

王氏一下子惱了，自家清清白白，哪能任由她在這裡血口噴人。「我們就算住在南院，家裡有什麼你們不還是一清二楚嗎？」

這話說的正是姜二媳婦挑唆姜老太太時不時的去南院搞突然襲擊，前幾天還看上了大女兒的櫃子，要不是兩個孩子在家就被姜老太太拿走了。

姜二媳婦接著說道：「瞧大嫂這話說的，咱們如今父母都在，又沒有分家……」

眼看鬧烘烘就要吵起來了，姜老丈咳了一聲。「行了，我跟你們娘身子骨兒還硬朗，你們各自的孩子也大了，從明天起，你們每房掙了錢只須交上來一半，剩下的一半，自個兒留著。」

姜老丈直接拍板決定，姜老太太還想說什麼也沒得說了，銀錢的事就這樣定下了。

王氏沒想到還能有這樣的好結果，頓時開心起來。

姜娉娉也高興，在這個時代，分家的事不是說分就能分的，但起碼有了進步。

二房兩人心裡更是高興目的達成，特別是姜二媳婦，笑得眼睛都瞇成了一道縫。

姜家眾人散了之後，姜二媳婦坐在炕上盤算著。「如今這銀子算是過了明路，扣掉咱們之前跟爹借的一兩，足足賺了有一兩多，比翻了一倍還要多呢！」

姜二打了個哈欠。「這有什麼，要是多投進去一點，賺得比這還多呢。妳知道就咱們那個表哥，他東拼西湊的投進去快五兩，這次連本帶利賺了將近十兩。」

「這麼多？減去成本也賺了不少呢！」姜二媳婦吃了一驚，不過靜下心來她又有點擔憂。「你說這麼掙錢的生意，他怎麼不自己做，卻找上了咱們呢？該不會有什麼問題吧？」

姜二笑了一聲。「能有啥問題？找我們他又沒少賺，不過就是他想找個一塊兒的，咱們又是親戚，放心吧，絕對信得過。」

姜二媳婦點點頭。「等明天咱們把銀子都投進去，收回來之後再將向爹借的銀子還了，這樣本錢多了掙得也多，咱們這是加入進去了吧？你明天跟著看看，這到底是什麼買賣。」

「行行行，睡吧，有這時間妳還不如好好想想怎麼跟咱娘說呢。」姜二翻了個身睡了過去。

第八章

回去南院的路上，姜植抱著睏倦的姜凌路，看著前面大兒子舉著小女兒坐在他的肩頭上，連背影都透著快樂，和旁邊的大女兒說著什麼，時不時穿插著嘰哩咕嚕的聲音。

他呼出了一口氣，朝著王氏說道：「這次不僅孩子上學的束脩有了，咱們也能存錢了。」

王氏點點頭。「可不是，我就說呢，前幾天老二家的為什麼總跟我說這事，我當時還以為她又是煽風點火呢，結果沒想到她是這個想法。」

姜植將衣服給姜凌路蓋上免得著涼，接著說道：「不管他們什麼想法，都和咱們沒關係，咱們過好自己的生活就好了。」

王氏突然想到了一件事。「還說呢，剛剛你為什麼不跟我商量就說話了？萬一老二家的也同意了，那怎麼辦？」

「今天咱爹剛起了話頭，我看老二家兩個人的神色都有掩蓋不住的興奮，恐怕不只我看見了，咱爹、咱娘和其他人也都看見了……」

姜植的話還沒說完，就被王氏打斷了。「所以就算咱們啥都不說，老二家的自己也憋不住會說出來吧？就算最後都沒人說，咱爹可能也會是這樣決定對吧？」

姜植點點頭。「對。」

「我明白了，以後我儘量少說話！」王氏哈哈笑道。

兩個人說著說著又說到了姜植做的家具上面，這下生活更有奔頭了，大閨女的嫁妝也不用愁了，一切都會越來越好的。

到了農忙的時候，王氏不放心讓姜老太太照看孩子，將姜薇、姜娉娉和姜凌路送回了娘家。

來到外祖母家，姜娉娉受到了眾人熱烈的歡迎。當天晌午，王家大舅母就將獵來的野豬肉煮了，香味飄出幾里遠，吃過了飯，一家人在門口柿子樹下納涼。

姜娉娉依偎在柳氏身旁，摸摸吃撐的肚子，真美。

歇了會兒，王氏吃完了手裡的瓜。「娘，我們先回去了，他們就留在這裡了，別讓他們亂跑，不聽話了該打就打。」

柳氏擺擺手，給姜娉娉打著薄扇頭也不抬的道：「知道了，你們快回去吧。」

王氏沈默了一下，蹲下來看著躺在涼蓆上的兩兄妹。「你們在這裡要聽話，就在家附近玩，知道沒？要是讓我知道你們不聽話就等著瞧吧！還有啊，娘，你們別總是慣著他們。」

姜娉娉扭著身子站起來，抱著王氏的脖子撒嬌，肯定的點點頭。「嗯，娘，放，心，聽，話。」她一低頭，和姜凌路的視線對上，從他眼睛裡也看出了笑意。

姜凌路也坐起來。「娘，放心放心，我們最聽話啦，大姊也在這兒呢，妳和爹快回去吧，晚了路上不安全。」

王氏看著兩人，一點都沒有不捨的情緒，哼了一聲。「行了，知道了。」轉過頭，摸摸大女兒的頭。「娘走了，你們在這裡好好的。」

柳氏見她一直不放心。「磨磨蹭蹭的，趕緊回去吧！」

王氏站起身，望著三人，也就大女兒臉上能看出點不捨，另外兩個，要不是自己和孩子他爹還在這兒，臉上的笑意就要控制不住了。來的時候，她本來還擔心這兩個會哭著不讓自己走，畢竟從沒分開過，現在看來是自己想多了。

等爹娘走後，姜娉娉兩人笑了起來。

柳氏點點她的小腦袋。「小人精。」

姜娉娉嘿嘿一笑，抱著外祖母的胳膊撒起嬌來。要說捨不得的情緒她是有一點，但這又不是旁人家，這是經常來的外祖母家。旁邊大舅母、二舅母說著閒話，那邊還能聽到幾個舅舅說著打獵時候碰到的趣事，姜娉娉聽著聽著便安心睡著了，連柳氏將她抱到屋裡都沒醒。

第二天姜娉娉被一陣飯香勾醒，是蒸雞蛋的味道，又加了香油，還有泛著香氣的大米粥。她現在人小，牙還沒長齊，只能吃些軟和的東西。

姜娉娉小口喝著糯糯的米粥，吃著雞蛋羹。「香。」

桌子上還有一盆燉得軟爛的肉。

柳氏在一旁縫著衣裳，她用針在指頭上摩擦了一下。「妳大舅母聽見該高興了，一大早起來就說給你們做好吃的。」

姜娉娉點點頭，確實，大米在這地方不多見，偶爾才能吃上一回，平時喝的米糊都是地裡產的小米加麵粉做成的。

看了一圈，沒瞅見大舅母。「去，哪，了？」

「找你們二舅母，兩人下地去了。」柳氏低著頭，時不時的看看旁邊姜薇的繡活。

現在正是農忙的時候，王家村是在山腳下，山多、耕地少。

王家雖然地不多，但也有活需要幹，男人們上山打獵，女人們耕地幹活，這是整個王家村的現狀。柳氏跟著大兒子住，另外兩房的院子一個在前、一個在後，沒分家，只是分院住了。

「等，大，舅，母，回，來，誇。」姜娉娉一字一斷的說道。

姜凌路將粥喝得呼嚕響。「知道啦，知道啦，妹妹快吃。」他著急出去玩。

吃過了飯，兩人出去玩，就在家門口，也沒走太遠。

「看！王大伯扛了一頭野豬回來。」有個小孩指著前面從山上下來的人。

姜娉娉抬頭一看，走在前面的正是大舅，旁邊還有二舅、三舅，他們抬著一頭豬，這野豬的獠牙好大，背上插了根木棍。

聽著他們的交談聲，才知道這頭野豬掉進了之前挖的陷阱裡，今天帶回來的還有一些野兔、野雞之類，完全是大豐收，姜娉娉和姜凌路興奮得湊過去看，然後跟在舅舅的身後回了家。

還沒到門口，就見柳氏迎了上來。「這麼個大傢伙！」她心裡欣喜又發愁，家裡前幾天的肉還沒賣完，再放就要壞了，這可怎麼辦？

這大塊頭確實不好處理，現在天氣熱，她們將肉放在井水裡用籃子吊著，也只能保存幾天，還有屋簷那繩上掛著的一串一串風乾的肉條，現在天氣還不到存肉乾的時候，但想要保存的時間長點，也只能這樣了。

舅舅們放下野豬，歇了口氣，吃著端來的冰鎮西瓜，商量著怎麼處理這個大傢伙。

姜娉娉坐在石桌前面，吃著西瓜，這瓜剛從井水裡撈上來，甜甜涼涼的剛剛好，一塊瓜吃下去，身上的燥意就消得差不多了。

大舅他們在後院已經開始整理豬肉了，姜娉娉想去看看，但姜凌路拉著她說：「太嚇人了，妹妹不要過去。」

行吧。姜娉娉點點頭，不去就不去吧，她也只是好奇。

到了吃午飯的時候，一家人圍在一起，桌子上又是一大盤燉的豬肉和炒的豬肉，大鍋裡燉著的還是豬肉。

姜娉娉發現了，一連三頓都有肉，但是青菜比較少。這青菜還是他們來的時候在家裡摘的，本來姜娉娉還想著只拿些青菜過來是不是不太好，但是現在看著這一盤青菜一上桌，很快就被清空了。

她拿著勺子和姜凌路搶起了最後的一片青菜，柳氏看到後，將那盤炒得噴香的五花肉往他倆面前推了推。「別光吃菜，快吃肉，看看你們瘦的。」

姜娉娉點點頭，有一種瘦是長輩覺得你瘦。在家的時候，她和姜凌路是搶肉吃，在外祖母家的時候，她和姜凌路是搶菜吃。

她還算是比較喜歡吃肉的，無肉不歡，但是扛不住一天三頓都是肉啊，加上現在的做法只有燉肉、炒肉、蒸肉，每天幾乎是三肉一菜。不知道外祖母他們吃不吃得慣，她是有點吃不消了，雖然她吃得不多，但也得換換做法吧。

上午扛回來的野豬也已經收拾好了，等會兒吃完飯，舅舅們就要去村頭賣豬肉。

姜娉娉和姜凌路也跟過去瞧瞧熱鬧。

大舅他們在村頭支了個攤子，將半扇豬肉擺了上去，今日能賣多少是多少，剩下的明天拿去鎮上賣。

這樣不行啊！姜娉娉見人來人往的，卻很少有人停下來看，皺眉扯著姜凌路的袖子，讓他幫忙吸引人過來。「哥，吆，喝。」

姜凌路看著這來往的路人，有點不明白。「怎麼喊啊？」

姜娉娉張著嘴，一急就更說不清楚，嘰哩咕嚕的說了一堆，也不知道他聽懂沒。

見姜凌路似懂非懂的點點頭，然後放開嗓子喊道：「賣豬肉啦，新鮮的豬肉，噴香的豬肉啦，價格實惠！」然後說得越來越起勁。「快來瞧，快來看，新鮮的野豬肉，肉質緊實鮮美，走過路過不要錯過，過了這個村可就沒有了。」

姜娉娉看著她二哥，著實沒想到他領悟能力這麼強，還能無師自通，舉一反三。就連大舅他們也被這叫賣聲搞得哭笑不得，不過效果好，立刻吸引了一些人上前來問。

「獵了這麼個大傢伙，怎麼賣的這豬肉？」

大舅手上的刀不停，將肉割下來擺整齊。「瘦的十五文一斤，肥的十八文一斤，帶骨頭的十文錢一斤，這些豬下水，買得多了就送。」

野豬肉質緊實，做成料理味道更加鮮美，是以價格比家豬還貴了幾文錢。

路人一聽，覺得這價格還算能接受，也都知道他們家的斤數實在不少給，不一會兒的工夫，豬肉攤子算是開張了。

姜娉娉這時才對這裡的物價有些瞭解，豬肉十幾文錢一斤，倒也還合適吧。

一直到太陽西斜，半扇豬肉才只賣了一小半。

大舅將剩下的豬肉扛在肩上。「走，回家，今天你倆的功勞可不小，等回去了讓你們舅母給你們做肉吃，好好的補補。」

姜娉娉兩人對視一眼，不要啊！

等回到家，果然，大舅母已經做好了飯，還是肉，沒有什麼新意的吃法。

姜娉娉拿著勺子，一時不知道該吃什麼飯了，桌子上，燉豬肉、蒸豬肉、炒豬肉，都是些家常的做法，再好吃也膩了。

接著她就聽見旁邊姜凌路也是拿著筷子表示疑問。「外祖母，這豬肉不是要留著賣嗎？」

姜娉娉立刻看向柳氏。她也想知道啊，賣錢多好啊？

柳氏咳了一聲。她當然也是想賣出去啊，這天氣熱，放不了多長時間，但她只說道：「吃吧吃吧，還有好些呢。」

姜娉娉無奈，挖了一勺燉得爛爛的肉，挖了一勺炒的肉，用一個餅子包起來，夾著吃，騙自己說這是肉夾饃。

姜凌路有樣學樣，沒想到味道不錯。兩人向桌上其他人推薦，果然得到認可。見反應不錯，姜娉娉又給唯一能聽懂她嘰哩咕嚕的姜凌路說了一些她能記住的肉夾饃的細節。餅子要外焦裡嫩的，肉夾饃的肉是滷肉，加上一些配菜，就差不多是肉夾饃了。

說到滷肉！那味道一下子強勢的霸占了姜娉娉的腦海，潤而不膩，香氣撲鼻，想想口水都要流下來了，瞬間就把肉夾饃拋到腦後。不知道這兒有沒有人做滷肉，就這個季節，只要一盤滷肉，就算其他什麼都沒有，就是一道下酒菜。

姜娉娉看了一眼姜凌路，見他被自己說得也饞出了口水。

兩人嘰哩呱啦半天，最後還是姜凌路說出了口。「想吃滷肉。」

「滷肉？」柳氏他們聽到這個名詞，都不知道這兩個小孩口中說的滷肉是什麼。看來這個時代還沒有滷肉，或者是醬肉？

想著滷肉的味道，姜娉娉慢慢蹭到外祖母旁邊。「想，吃。」

柳氏不知道她說的滷肉是啥，只是點了點她的小腦袋。「行，想吃咱就做，還能缺了咱們娉娉一口肉了不成？」

吃過飯，柳氏帶著他倆來到廚房。「來，讓這兩個小孩給咱們說說怎麼做。」語氣滿是調侃，不只是外祖母，就連對新事物接受能力良好的大舅母臉上也笑盈盈的，顯然不太相信小孩子說的什麼滷肉。

廚房一進門是灶臺，上面有兩口鍋，側面有個水缸，後面有個櫃子，姜娉娉認出是姜植的手藝，櫃子裡擺著鍋碗瓢盆和做飯用的食材。

姜娉娉倒是對吃精通，但動手做就沒有信心了，只知道大概，不確定能不能成功。看出她的遲疑，大舅母摸摸她的頭髮。「放心做吧！剛好咱們有剛獵的大野豬，做不成咱也能留著吃。」

遲疑只是一瞬間，看了一圈廚房，她發現還缺少滷水的必須材料，熬製的大骨頭湯。將這個想法讓姜凌路傳達，就見二舅母一拍手。「這個好辦，咱們剛獵的野豬不正放在這兒？」

「薇丫頭，妳在這兒看著他倆玩吧，缺啥了找你們舅母要。」柳氏拍拍姜薇的肩膀，將廚房留給他們。

大人們顯然沒有將孩子要做滷肉這件事放在心上，各自忙碌去了。

姜娉娉嘰哩咕嚕的說，姜凌路轉達，姜薇動手做，三個人分工明確。

「四個時辰？妹妹，妳別說錯了，這都要一夜了。」姜凌路簡直不敢相信自己聽到的，這才只是熬個骨頭湯，就要這麼長時間，他本以為，做個滷肉很快的。

姜娉娉咿咿啞啞表示，美味都是值得等待的。

期待感一下被打擊到，姜凌路垂著肩膀，連傳話都變得不太專心起來。

先將骨頭湯熬起來，姜娉娉撓撓腦袋，想著做滷水需要的香料，她本不敢說得太明顯，怕震驚到外祖母她們；但再看看大姊，似乎覺得很正常，前面還有個姜凌路擋著，並且他倆經常想一齣、是一齣，應該只會覺得他倆古靈精怪，不會覺得有什麼好奇怪的。

指著櫃子裡的香料，姜娉娉讓大姊拿出來，香料的種類挺多，但每樣都不多，想必是香料價格貴的緣故。不管見沒見過，她一樣拿了一點點，沒有的就用其他的代替，指揮著姜凌路做出來一個滷料包。

接下來就是浸泡要滷的東西了，姜薇找出來一個乾淨的盆子，將一些清洗乾淨的豬下水按照姜娉娉的說法泡在水裡，加入薑、料酒、花椒、香葉等，也要浸泡一個晚上。她以為妹妹用這些豬下水是因為捨不得用好肉，又放了一塊五花肉進去。

誰知道姜娉娉兩眼發光的直看著這些豬下水。香！做出來比肉都香！

準備得差不多了，剩下的就是等著明天早上骨頭湯熬好之後，放入滷料包製作滷水。

姜娉娉打了個哈欠，揉了揉眼睛。

「你們先去睡吧，我在這裡看一會兒火。」姜薇看著兩個小孩一個比一個睏，不住的點頭。

想了想，姜娉娉正打算說什麼，就聽見大姊接著說道：「等會兒大火燒開之後，要用小火，快去睡吧，我記著呢！」

她嘿嘿一笑，吧唧一口親上姜薇的臉頰，眼睛裡盛滿笑意。「睡，覺！」

晚上姜凌路翻來覆去的睡不著，倒是姜娉娉睡得很香。

第九章

第二天，早上天矇矇亮，幾乎是柳氏剛有動作準備起床，睡在她旁邊的姜娉娉就醒來了。她萬分期待，隱約聞到骨頭湯的鮮美香味，撞了撞還睡得流口水的姜凌路。「滷，肉，起，來。」

聽見滷肉兩字，剛被吵醒的姜凌路瞬間不睏了。「起來起來，我去喊大姊。」

他一溜煙地跑到裡間，姜娉娉喊都喊不住，接著就聽見他驚訝的聲音。「大姊已經起來了？不在這兒。」

兩人來到廚房，姜薇正在小心的搧著蒲扇，鍋裡咕嚕咕嚕冒著熱氣，熬得濃白的骨頭湯，飄出剛剛聞到的骨頭湯的香味。

大舅母在旁邊鍋裡烙了餅子。「你倆小饞貓起來了，快去洗洗小手吃飯了！吃完飯再接著做你們的滷肉。」

「香！」姜娉娉吸了吸鼻子，餅子的焦香加上骨頭湯的鮮香，口水都要流下來了。

她小口小口喝著湯，吃著餅子，太香了，最後還是柳氏看她吃得不少了，怕她吃撐才攔著她停下來。

拍拍吃飽的小肚子，姜娉娉愜意的瞇著眼睛，真舒服啊。

吃飽喝足，他們三個人接著做滷肉，將骨頭湯舀出來放進小鍋裡，加入香料包。拍拍手，姜娉娉嘰哩咕嚕的對姜凌路說，還要煮半個時辰才行。

說完她就看見大舅母揹著筐子、提著籃子出去，她趕緊拉著姜凌路，用眼神示意：大舅母她們幹啥去？我們也去。

「大舅母她們去後山，剛剛聽見她們說要去找點野菜和蘑菇。」姜凌路眼睛轉也不轉的看著小鍋裡的骨頭湯，他現在一心都撲在這滷肉上面。

吃飽喝足，對於做滷肉，姜娉娉現在的熱情已經遠不如姜凌路，她倒是想去山上看看，邁著小短腿跑過去拉著大舅母的衣角。「去。」

大舅母本不想讓她去，但架不住她一直賣萌。「行吧！帶著妳去看看。」出了門，大舅母將她放進背上的筐子裡，打趣她。「怎麼？不做滷肉了？」

被裝進筐子裡的時候姜娉娉還好奇的四處看看，覺得還挺好玩，聽見大舅母的問話，她肯定的點點頭。「做！」

等下山回來估計就能做好滷水了，到時候把食材放進去煮，很快就能吃了。

大約過了一個時辰，大舅母看看頭頂的日頭決定回家了。家裡的男人去鎮上賣肉了，下午才能回來，也不知道能賣掉多少。

她們從山上回來，剛走到門口那棵柿子樹下，就聽見王氏的聲音。「姜凌路！你給我站住！幾天不見，我看你們是要上房揭瓦，浪費糧食，看我不揍你！」

不用看就知道王氏在發飆，姜娉娉悄悄的將頭往筐子裡躲了躲，想要逃過一劫，她怎麼忘了娘要來啊？不過，娘也發太大脾氣了。

幾人一從門外進來，王氏就看見，小閨女貓著頭將身子往筐子裡埋了埋。「現在知道怕了？下來，聞聞這是什麼味。」

剛進院子的時候，姜娉娉就聞到了一股臭烘烘的味道，像是夏天飯菜放了好幾天的餿臭味，還有點苦。

總不能是滷水吧？不可能！

正想著，她被王氏從筐子裡提溜出來。「看看去，做什麼滷肉？我看你們怎麼不上天呢！」

離廚房越近，那味道更加明顯，小鍋裡咕嚕咕嚕煮著的竟是綠色的「滷水」。

完了，這回鐵定要被揍了。

果然，「啪」的一聲，接著她就感覺到屁股上一陣刺痛。

夏天穿得薄，這一聲響得厲害，姜凌路原本哭著也不哭了，跑過來拉住王氏。「娘，不要打妹妹，不要打妹妹。」

姜薇也過來攔著。

大舅母和二舅母剛放下揹回來的東西。「幹啥打孩子呢！想做就做了，孩子想吃點肉有什麼呢？咱們家就肉多得吃不完，不就是多費些香料罷了，再說了今天咱們娉娉還立了大功，妳還揍人。」

從王氏手裡抱過姜娉娉，大舅母不再賣關子，接著說：「今天去山上，咱們娉娉竟然找到了一片野生的香料，瞧著成色比咱們買來的還要好些，這不，香料也補上了，妳還有啥好揍人的？」

聽見這話，王氏懷疑的瞅著自家閨女。「大嫂，妳是不知道，這兩個混世魔王在家的時候就總是搗鼓這兒、搗鼓那兒，淨弄些稀奇古怪的東西，一點也不讓人安生，說過他們多少回了，一點也不長記性！」

剛說完，大舅母就打斷了她。「快別說了，趕緊哄哄這兩個小哭包，一會兒可要掉金豆豆了。」

姜娉娉本就要哭不哭的，正忍著呢，被人一哄，眼淚直接掉了下來。本來她從山上回來還挺高興的，聽見王氏的聲音，就迫切的想和王氏說上山的趣事，但王氏上來就罵她，還揍她屁股，現在屁股還疼著呢！

她扭過頭，不看王氏伸過來的手，她還在生氣呢。

接著就被王氏拉過去，和姜凌路一人一邊被王氏摟在懷裡，聽見上頭傳來王氏的聲音。

「好了好了，娘錯了，不該揍你倆。」

王氏的脾氣來得快、去得也快，剛剛發了火，現在只能給兩個小孩賠禮。

悶在王氏懷裡，姜娉娉哼哼唧唧地撒嬌，這股委屈才算消散。

吃過了飯，姜娉娉和姜淩路躺在樹下鋪著的涼蓆上睡覺，旁邊有王氏打著扇子搧風。迷迷糊糊之間，她看到大舅母走過來。

「娉娉，娉娉，跟大舅母來廚房。」大舅母聲音輕輕的。

揉了揉眼睛，姜娉娉跟著大舅母來到廚房，廚房已經被收拾得非常乾淨。

「娉娉，這骨頭湯熬得濃稠鮮香，接下來怎麼做啊？」本來她看著大鍋裡的骨頭湯，覺得倒掉可惜，還有浸泡了一夜的五花肉和豬下水，一下子來了興趣，想嘗試一下，她素來是喜歡研究的，王氏做飯的手藝就是跟她學的。

將剩下的骨頭湯舀出來倒進刷乾淨的小鍋裡，接下來就是香料的問題了。

姜娉娉努力的回想著必須的香料，花椒、八角、香葉、白芷、小茴香、丁香……這些都有了。

對了，丁香不能多放，不然會有苦味，她懷疑之前聞到的苦味就是丁香放多了。

還缺點什麼呢？她邊想邊扒拉著從山上揹回來裝著香料的筐子，看到了草果，這個也是做滷水必不可少的香料，不過草果的外殼要拍裂，要不然煮不出味道。

她說的這些香料，大舅母相應的加加減減，然後碾碎，用白棉布包起來放進湯裡煮；剩下的調味的鹽，上糖色的糖和醬油，姜娉娉不知道多少量合適，大舅母是做慣了飯的，憑著感覺放了些。

小火燉煮的過程中，大舅母講著故事，臉上還帶著期待的表情，姜娉娉都不知道若是失敗，等會兒要怎麼安慰她。

隨著時間一分一秒的過去，姜娉娉簡直不敢相信，鼻子聞著越來越香、越來越熟悉的香味，她的表情也越來越多變。

好像是這個味道沒錯！

旁邊大舅母問道：「現在是不是要放肉進去煮啊？」

算算時間，煮了也有大半個時辰了，可以煮了，她點點頭，倒是又期待起來。

將肉和豬下水放進去又燉了一個時辰，顏色純正，直到香味飄得滿院子都是，正午睡的眾人都被這味道勾醒了。

不顧剛出鍋的肉還冒著熱氣，大舅母撕下來一塊吹了吹，拿給姜娉娉。

姜娉娉早就迫不及待了，她將肉放進嘴裡，一瞬間，滷肉的香味占據了她的味蕾，比她想像中的味道更好吃。

心心念念的滷肉，終於吃到了！圓滿了。

王氏不知道什麼時候來了廚房，見她瞇著眼睛吃得香，嚥了一下口水。「好吃嗎？我嚐嚐。」說著從盆裡拿出一小節大腸，咬了一口。

吃到嘴裡，這才知道滷大腸原來這麼好吃，她之前吃過爆炒大腸就以為是唯一好吃的大腸了，沒想到這滷的也這麼好吃，還更香。

人多了廚房站不下，大舅母直接將一盆滷肉搬到院子裡的石桌上。

其他人一邊吃、一邊驚奇，竟然真這麼好吃！

姜娉娉從那盆裡找出一塊姜凌路特別愛吃的五花肉，跑到樹下，想想等會兒姜凌路流口水的樣子就開心。

她將肉放在姜凌路的鼻子旁，見他還睡著，又晃了晃手上的五花肉。

陽光透過樹葉的縫隙，照在五花肉上，肉的色澤紅亮，令人垂涎欲滴，滷肉的香味飄散在空氣中。

果然，就見姜凌路皺了一下鼻子，咂了一下嘴。

姜娉娉又晃了幾下肉，想著他怎麼還不醒，要是醒來看見這肉會不會大吃一驚？

果然，姜凌路醒來看見這塊滷五花肉時，懵了一下，然後也沒起身，閉上了眼睛就這樣抬頭咬了一口。

比聞到的更香！果然是在夢裡，才有這麼好吃的肉。

他閉著眼睛咀嚼，現在可不能醒，醒來就吃不上這麼好吃的肉了。

姜娉娉著實沒有想到還有這操作，她「哇」一聲喊醒了姜凌路。

姜凌路睜開眼睛，瞅見妹妹，嘴裡滷肉的味道更加濃郁，才反應過來這不是作夢，原來妹妹真的把滷肉做出來了！

他「哇」的一聲一下子奔到桌子旁，看見滿滿一盆的滷肉樂開了花。

真好！好香！

等到黃昏，大舅們回來了，肉沒賣完，還剩大半，剛到院子裡就聞到一股濃郁的肉香。

大舅母說了娉娉是怎麼「教」她做滷肉的，大舅立刻托起姜娉娉誇。「咱們娉娉就是聰明！做出來的這滷肉香著呢！」

王氏捨不得嚥下嘴裡的肉，太香了。「大哥你別誇她，回頭再整些亂七八糟的才管不住呢！」

聽見王氏的話，姜娉娉還沒說什麼，妹控的姜凌路忍不住了。「娘，妹妹做的滷肉就是好吃啊，妳都吃了半盆了。」

王氏被自己兒子掀了老底，臉一紅。「別說話！」

「集市上生意怎麼樣？」柳氏抹抹手上的油。

二舅拿了一塊滷肉，呼嚕呼嚕的吃了起來。「不算好，天氣熱，沒怎麼賣出去。」

氣氛一下子低落下來，姜娉娉看著這院子裡掛著的肉，井裡冰鎮著的肉，還有這車板上的肉，怪不得外祖母家這幾天都是肉，原來大舅母之前說「肉多得吃不完」是真的，看來要想個法子才行。

她視線落到滷肉上面，嘰哩咕嚕的說了一句。

姜凌路瞬間明白過來。「可以做滷肉賣啊，做熟的滷肉也更容易保存了。」他想了一下又說道：「鎮上不是有很多賣吃食的？滷肉做了也能賣，做得這麼好吃，一定會有人買，還可以加一些餅啊菜啊一起賣，也可以只賣滷肉。」

眾人一聽，是了，這麼好吃的滷肉，可以去鎮上賣啊。雖不知道能不能賣出去，不過，試試就知道了。

大舅母見做出來的滷肉這麼好吃，又聽見姜凌路的主意，如果真的能行，可算是解決了家裡肉賣不出去又吃不完的難題。

當下她張張嘴，想著怎麼開這個口。要是說給錢，只怕會生分，但她又不能白白占了外甥女的便宜。

王氏在旁邊瞧出了自家嫂子的意思。「大嫂，妳可別說什麼給錢分成啥的，咱們都是一家人，這本就是兩個小孩嘴饞了想出來的點子，要是能幫到咱家，這是他倆誤打誤撞成了好事，算大家沒白疼他們倆。」

姜娉娉在旁邊也點點頭。在做滷肉之前她只是想吃滷肉，沒有打著能掙錢的主意，而且她還以為會失敗呢！現在大舅母一插手就將滷肉做出來了，已經滿足她想吃滷肉的念想了，這已經足夠了。

再說了，這可是對她向來疼愛的大舅母，這是會給她做好多新衣服的大舅母；是每回都用大手揉揉她腦袋，然後再塞給她一兜零嘴的大舅母；是每回王氏在姜家受欺負了，衝在最前面為王氏討公道的大舅母；更是像超人一樣守著這個家的大舅母。

她朝大舅母伸出手，搖搖頭。「不，要。」

大舅母將她抱起來，拍拍她的背，眼睛裡慢慢蓄滿淚水。趴在大舅母背上，姜娉娉察覺到她的心情，她低頭朝著姜凌路使了個眼色。

姜凌路表示收到，清清嗓子，晃著頭。「妹妹說，以後要是滷肉管夠就更好了！」

大舅母被逗笑了，她轉念一想，反正是一家人，以後有的是機會回報。「小饞貓，放心吧！管夠！」

姜植到的時候，柳氏他們已經說好了今天晚上再做些出來，明天去鎮上試賣。

「快來嚐嚐你閨女做的滷肉，還真不賴呢！再晚一會兒就被這一群人吃完了。」柳氏見姜植過來接人，指著盆裡所剩不多的滷肉說道。

姜植嚐了一口，果然不錯，他揚了一下頭，別提多驕傲了。

過了會兒姜植和王氏就帶著孩子回家去了，走之前大舅母又拿了好些肉將他們送到門口，悄悄將王氏拉到一旁，掀開籃子上的布。「這上頭的一份你們拿去老院，下頭的你們就留在南院吃吧，給幾個孩子補補，別傻乎乎的都拿回老院了。」

王氏接下籃子，快走幾步，趕上前面的姜植和孩子。「放心吧大嫂，我曉得。」

路上，姜植駕著牛車，姜娉娉笑嘻嘻的躺在王氏懷裡，抬頭就能看見滿天星星的夜空。

這回無意間幫外祖母一家解決了肉的難題，最重要的是吃到了心心念念的滷肉，味道真的很香，她很滿足。

正望著頭頂上的星星，她就感覺到被王氏托了托，然後聽見王氏的聲音。「我怎麼感覺嫂嫂胖了，抱著重了不少呢！」

姜嫂嫂哼了一聲，她這是正在長身體呢！

第十章

過了幾天，姜娉娉和姜凌路正在門口玩著，遠遠就看見大舅他們趕著牛車過來，像是剛從鎮上回來。

大舅看見他倆，將牛車停在門口，從車上端下來一個木盆。「你們爹娘呢？在家嗎？」姜凌路拍拍手上的泥土。「爹在做木活呢，娘在前面路口和人說話，我去喊娘。」說著就跑了過去。「娘，娘，大舅、二舅、三舅來了！」

農忙的日子已經過去，王氏正在街上和人說著話，聽見小兒子的喊聲。「這就回去了，別喊了。」

大舅他們已經進了家門，姜娉娉被大舅抱著，指了指屋後的方向。「爹。」姜植前段時間在屋後搭了一個棚子，專門用來做木工活，這會兒聽見動靜從屋後走出來。「剛從鎮上回來？先進屋裡坐。」

大舅攔著他，擺擺手，指了指木盆。「先別忙活了，看看這是啥？」

姜娉娉來了好奇心，這木盆裡是什麼？她好像聞到了滷肉的香味，啊對，大舅他們肯定是去鎮上賣滷肉了，不知道情況如何。

接著就聽到大舅說：「今兒一大早我們就趕到鎮上了，你猜怎麼著？」

姜娉娉想笑，大舅居然還賣起了關子，此時日頭剛剛西斜，這可比他們平時賣肉回家的時間要早得多了，看著幾人喜上眉梢，肯定是好消息。

不等姜植說話，大舅又接著說：「這回做得不多，剛擺攤的時候我這心裡也犯嘀咕啊，不知道好不好賣，誰知，按照凌路的法子，先讓他們嚐嚐再說賣，慢慢就開了張，不一會兒就賣得剩了個底！」說完又加了一句。「這盆裡是我特意給我外甥、外甥女留下來的，可不能往外推。」

王氏從門外回來就聽見這一句。「留啥？我怎麼聞到了滷肉的味道？」扒拉開兩個小孩，王氏掀開木盆上的白布，只見一大塊上好的五花肉和一些豬下水，滷得正好，還有一些滷菜，看起來也不錯。

「這個我喜歡，今天晚上咱們吃肉！」王氏一拍手，已經想好怎麼吃了。

姜娉娉拉著王氏的衣角。「拌。」她想吃涼拌滷肉、滷菜了。

她剛一說，姜凌路就反應過來，嘰哩呱啦說了一堆，要怎麼拌，搭配著什麼。

大舅他們放下東西，歇了會兒就回家去了，大家臉上都喜氣洋洋，現在的日子過得越來越有奔頭。

漸漸的天氣冷了起來，天空灰濛濛的，像是快要下雪了。

這段時間，姜娉娉都老老實實的待在家裡。一是天冷，她懶得動彈，二是她開始想辦法幫家裡掙錢了。

經過這一段時間的學習，姜娉娉說話的能力直線上升。

這天早上，她將家人挨個兒叫了一遍，才說出了她的目的。

她先是對二哥姜凌路說：「哥……狗。」舌頭難控制，說話說不完整，只能這樣一個字、一個字的說，跟罵人一樣。

果然，姜凌路聽了，嘴角耷拉下來，瞪著眼睛。「妹妹怎麼罵哥哥是狗呢？看看哥哥，哥哥不是狗。」

姜娉娉搖搖頭，表示她不是罵二哥是狗，而是她想要一隻狗。「不……是……狗。」還以為妹妹聽懂了，姜凌路高興的點點頭。「對，哥哥不是狗。」

姜娉娉癟了癟嘴，明明之前很默契的，把字說清楚反倒不通了，她只能使出絕招，嘰哩咕嚕的說了一句。

「我明白了，原來妹妹不是罵我，而是想要一隻狗狗，是王大嬸家的嗎？」姜凌路明白過來，並將她剩下的話補齊。這王大嬸，就是之前經常找王氏嘮嗑的王秀嬸子。

姜娉娉點點頭。

兩人的對話，萌翻了眾人，大家笑作一團。

王氏抱起姜娉娉，親親她的小臉。「娉娉想要一隻小狗狗嗎？看來我們娉娉記事了，還記得前一段日子王大嬸家大黃剛生了一窩小狗是不是？走，娘帶妳去看看。」她算算日子，那一窩小狗也滿月了。

姜娉娉看著王氏一臉迫不及待，心道：這難道不是妳自己也想去找王秀嬸子嘮嗑嗎？

「我也去，我也去。」姜凌路喊著。

王氏一手抱著一個，從南院出發，王秀嬸子家離這邊不遠。

剛走出屋門口，姜娉娉掙扎著要下來，指著姜植做的小車說道：「娘，騎。」

這是姜娉娉和姜凌路最愛玩的小車，他們還給小車起了一個名字，最初叫「省力車」，後來姜娉娉嫌棄不好聽，改名叫「勝利車」，他倆經常是一個人坐上面、一個人推著。

車子的形狀類似於椅子下面多了輪子，輪子是姜植按照馬車的輪子做的，經過改良，輕便了很多，前面多了扶手，可以控制方向，後面多了兩節向上的木頭可以方便推著。

說起這個車子是怎麼做出來的，還要從姜娉娉剛會坐的時候說起。她那會兒剛學習坐著，就想學走路，但是她人小骨頭軟，估計還要等好長一段時間才能自己走路。

當初想到這，她還不由得嘆了口氣。

那跟個大人一樣的嘆氣逗笑了一家人，姜薇逗她。「妹妹嘆什麼氣呢？說出來想要什麼，姊姊都給妳。」

姜娉娉又一聲嘆氣，說出來又怎麼樣呢，也是沒有的。她是想要現代的那種學步車，再不行，那種小推車也行啊，總不至於一直待在家裡，要不就是去哪裡都需要人抱著去。

她咿咿啞啞的說了，眾人都聽不懂。

還是姜凌路似懂非懂的問：「車？什麼車？」

她仿照著現代的小車大概說了一下樣子，就看見姜凌路眼睛一亮說道：「我懂啦，妹妹真棒！」

姜娉娉瞪大眼表示，真的懂啦？

姜凌路肯定的點點頭。

然後她就看著姜凌路大概將她的意思表達出來，有些說不清楚的，她在旁邊提醒一下，姜凌路就瞬間明白過來，兩人合力總算是把意思說清楚了。

姜植隨著小兒子的敘述，在他腦子裡慢慢出現了雛形，他之前沒有嘗試做過家具以外的什物，如今腦海中這個小車的模樣一瞬間打開他從沒踏足過的領域。

姜植本身就喜歡木工，他喜歡看著原始的木頭，經過打磨、組裝，一點一點的變成自己想要的模樣，這時心裡會充滿成就感。此時，他心中湧現出了前所未有的熱情。

姜娉娉一開始其實也有點拿不准姜植的想法，她和姜凌路畢竟是小孩子，有時候話都說不清楚，讓一個成年人聽兩個話都說不明白的小孩子的主意，怎麼想、怎麼不可能。

在他們表達這個想法的時候，就連寵孩子的王氏都沒當回事，敷衍著哄了句。「行行行，知道了，玩去吧！」

但姜植並沒有敷衍他們，而是認認真真的聽著，有時候還穿插一個問題，或提供可行的辦法。姜植身為一個有了想法就會動手去做的人，中間不管過程如何艱難，他都一如既往的前行；本身又對木工有著很大的熱情，因為喜愛再加上願意動手去做，結果可想而知，就是完成了這臺「勝利車」。

如果說姜植是勤勤懇懇的老牛，那姜娉娉就是跳脫的螞蚱，幹什麼都是三分鐘熱度，對一件事情的熱情最多只能維持幾天。

是以姜娉娉就特別佩服姜植，能夠這樣一如既往的做著在她看來單調枯燥的木工活。看見姜植認真的態度，她腦海裡一下子蹦出了許多的想法。她最先想到的就是做沙發，主要是這裡的桌椅板凳太硬了，她如今又經常坐著、躺著，實在不舒服。

不過那時她並不著急著要有沙發，她只期待姜植先把這小車做出來，所以光顧著和姜凌路一來一回和姜植說車的樣子了。

回到現在，姜凌路看姜娉娉的舉動，瞬間領會。「妹妹坐，我推著。」待姜娉娉扶著車坐上去後，他推著車。「出發！妹妹坐穩了。」

王氏看著他倆安排得明明白白的。「那行，走吧。」

「勝利車」第一次公開在村裡露面，一下子受到了小孩子們的喜歡。

不只是小孩，就連在路上碰見的大人也都停下來看看這新奇的東西。真別說，看著姜凌路有模有樣的推著姜娉娉，這不是也省了照看孩子的工夫了嗎？是個好東西！

有人逗著姜凌路。「推著你妹妹去哪兒呀？」

有人笑了笑說：「這麼小的人就會照顧妹妹了。」

姜娉娉在旁邊，看到二哥在聽到後面這句話後，明顯的挺了挺小胸脯，就像上臺領獎的娃一樣，驕傲的說：「我最會照顧妹妹了，妹妹最喜歡跟我玩了，我們去王大嬸家看她家的小狗狗。」

兩人後面跟了好幾個小朋友，一窩蜂的都去了王秀嬸子的院子裡。

到了王秀嬸子院子裡，姜娉娉兩人去看小狗，大方的將「勝利車」借給這些等了好久的小朋友玩。

因為有大黃在旁邊低吼齜牙，兩個人並不敢靠得太近。

這邊王氏和王秀嬸子說著話，王秀嬸子的婆婆，在院裡看著這群小傢伙。

「我看這小車怪新奇的，薇兒他爹做的？有想法。」王秀嬸子看著院裡的小孩爭先恐後的要玩小車，哪怕是推人的位置也有人搶。

王氏點點頭。「是啊，還不是娉娉閒不住，總想著玩，和小路兩人嘰哩咕嚕的跟他們爹說了半天，他爹就做了這麼臺小車，他倆還取了個名字，叫啥……『勝利車』，有了這車，可不用我看著他們了，自己都能玩半天。」

姜娉娉聽見這話，嘰哩咕嚕的朝著姜凌路說了一聲。

姜凌路立刻明白，扭頭插嘴。「還可以拿去集市上賣，說不定很多人買呢！」

王秀嬸子聽見了眼睛一亮，點點頭。「是啊，這可以拿到集市上賣啊，村裡沒什麼玩的，看到這麼臺小車，想必家裡殷實的人家會買來給孩子玩。」

「妳當我們沒有想過這個啊？原先因為錢都得上交，我那婆婆管著孩子他爹只能做那種賺錢的大什物，現在是不管了，但這『勝利車』還是熬了兩、三個晚上才做出來的，多做也不知道能不能賣出去？」

王氏心裡有些忐忑，最開始，她就想到了這件事，但由於當時姜植手裡還有一大堆活要交工，加上又是農忙的時候，就不了了之。

姜凌路又插話道：「不管能不能賣，試試不就知道了？我和妹妹都很喜歡，看，他們也很喜歡。」

王氏和王秀嬸子一笑，這話說得跟個小大人一樣。

這句可不是我告訴他的！姜娉娉頗訝異哥哥的聰慧，說得很有道理，又能說服人。

王秀嬸子接著勸道：「妳呀，還沒孩子想得通透呢！這妳還看不出來？聽，這群孩子的尖叫聲都快把我家的房頂給掀了，做出來幾個去試試唄！」

王氏哈哈一笑，也是自己縮手縮腳了。「行，今天回去我就讓孩子他爹做幾個出來，等到趕集的時候去賣賣看。」

家裡現在是可以攢錢的！王氏掙錢的念頭更強烈了，一下像是被人突然喊醒了，渾身舒暢，腦子裡多了許多想法。

「一，二，三，四，妹妹，大黃生了四隻小狗。」姜凌路掰著手指頭說道。

這幾隻小狗長得不一樣，有黃棕色的，有純白色的，有黑色的，還有一隻黑白相間的，一道白、一道黑，讓姜娉娉想到了「斑馬線」。

小狗還要過幾天才能斷奶，今天抱不走，還要等幾天。

院子裡，那群小孩的熱情仍然沒有消退，天都要擦黑了，不少大人找了孩子好一會兒才找到這裡來，連哄帶罵的將孩子叫回了家。

有的小孩臨走時還說著。「明天接著玩，我去找你們玩。」

其他小孩紛紛點頭附和。

王氏領著他倆走到路上的時候，天已經黑了下來，北風呼呼的吹著，冷得刺骨。所幸頭頂有一輪明月，路上不至於太過昏暗。

回到家坐到暖烘烘的炕上，孩子們在一旁玩鬧著，王氏想到白天的事，看著姜植說道：「你不知道，今天我帶著這兩個去村裡玩，娉娉坐在『勝利車』上可饞壞了那些孩子，圍了一圈，都鬧著要玩呢。你說咱們能不能拿到集市上去賣？我看行，你多做幾個，等集市的日子拿去賣。」

然後王氏又盤算起來一臺能賣多少銀子。「這木材需要多少啊？做一個要多長時間？」

姜植聽著王氏這話，其實他也有這想法，只是不知道「勝利車」受不受歡迎，畢竟只是家裡的兩個孩子喜歡，還不能證明能賣得出去，但是經王氏這麼一形容，姜植信心倍增。

「可以試一試。」姜植說完就去找木材做小車了。

姜娉娉和姜凌路見狀又提了很多意見，比如加上腳踏板，後面可以加上小籃子，前面扶手上也可以加上小風車，會更好玩。

姜娉娉之前也想過對爹娘說這可以去試賣看看，但就像姜植擔憂的那樣，她並不知道現在的行情，也不知道銷路如何；不過現在爹娘的眼界和想法已經打開了，也很會舉一反三，應該不用她煩惱，真有問題她再動動嘴給建議。

夜裡，北風瑟瑟，大雪積壓了一天終於落了下來。

姜植想起一件事。「回頭我將院牆加高，再安上院門，孩子們在家也安心些。」

村裡民風淳樸，鮮少會有竊賊，涼山村雖說是靠著山，但山不高也不深，很少會有什麼大型動物，不過也不可不防，孩子們還小，現在的院牆又是從外面一眼就能看到裡面的格局，確實是不怎麼安全。

王氏點點頭道：「雖然這幾年世道比咱們那時候好了，但這日子好壞都是看收成，還是小心為妙。」

姜植應和。「嗯，放心。」

又過了幾天，王秀嬸子家的小狗已經斷奶了，可以抱回來養了。

姜娉娉實際上對於要養哪一隻狗，沒有太大的執念，就是「斑馬線」比起其他隻狗有點不是那麼好看，但是架不住姜凌路喜歡。她逗了二哥一會兒，先說就要養另外一隻好看的，一直到姜凌路委委屈屈的答應了才不再逗他。

將「斑馬線」抱回來之後，他倆央求了大姊給牠做個暖和的窩，又取了個名字——斑馬線。叫熟以後，姜娉娉喊一聲「斑馬線」，小狗就搖著風火輪一樣的尾巴跑過來，親暱的蹭著她的手心。

經過姜植幾天的不眠不休，終於做出了三輛「勝利車」，要不是因為下雪後山上的木頭太潮濕，姜植還能多做兩輛。

到了趕集這日，是個大晴天，姜植看著天氣，估計今天集市上人應該不少。天氣越來越冷，家家戶戶都要囤入冬的糧食，來度過這個冬天。

姜娉娉昨晚就已經和姜凌路商量好了，今天也跟著去集市。

待姜植一起床，姜娉娉就趕緊爬起來，催促著姜凌路，兩個人一人抱著姜植一條腿。

姜娉娉抬起頭看著姜植，企圖以撒嬌蒙混過關。「爹，去。」旁邊姜凌路也有樣學樣。

姜植搖了搖頭，集市上人來人往的，太亂了，這兩人去了他照看不了。

姜娉娉趕緊給姜凌路使了一個眼色：向爹保證，說咱們絕對不亂跑。

兩個小孩，一個咿咿啞啞，一個拍著胸保證，姜植被磨得一個頭兩個大。

王氏聽見吵嚷聲走過來，姜娉娉立刻轉換目標說：「娘，一起，去。」

王氏想了想，點點頭。「行，一起去。」這估計是年前最後一次去集市了，等大雪封路，想去也去不了了，是該準備點過冬的東西了。

兩個小孩頓時高興了，姜凌路高興得都要蹦起來。

「等等，我沒說你們也去，你們在家待著，我和你爹去。」王氏說道。

姜娉娉看見擺在一旁的「勝利車」，心裡有了想法，她嘰哩咕嚕的告訴姜凌路。

姜凌路點點頭表示明白。「爹，娘，你們看。」他說著，姜娉娉表演著。「這個『勝利車』放在這兒，妹妹坐上去後，是不是覺得這車變得好看起來了？這樣一看也知道怎麼玩了，要是別的小孩看見，是不是也會想著自己坐上去的樣子也像妹妹這麼可愛，再加上我這麼俊的小孩往旁邊一站，你們想人家能不買嗎？」

姜娉娉都沒想到姜凌路能自由發揮得這麼好，連她都覺得不去不行。

經過姜凌路的講解以及姜娉娉的演示，姜植和王氏不得不承認確實很有道理。小女兒今天穿了一件粉色棉襖，戴上虎頭帽，整個人就是一個胖嘟嘟、粉色的小團子，襯得這「勝利車」也好看了起來。

「行，咱們都去，一家都去。」姜植一手抱起一個，將兩個小的抱上車。「你倆不能亂跑，跟著你們哥哥、姊姊。」

「好耶，我們肯定不亂跑，大姊、大哥快上車。」姜凌路大聲歡呼。

看著孩子們歡呼一聲，都坐上了車，王氏將姜老太太會責罵的念頭拋在腦後。管她呢，隨她吧！

第十一章

姜娉娉一家人和村裡去集市上的人披著朝霞出發了。

這是姜娉娉第一次去鎮上的集市，一路上她都坐在王氏懷裡往四處看，出村後才發現，涼山村是個挺大的村子，村裡的田地也不少，地理位置便利，距離省城也不過幾十里的路程。

路過的幾個村莊，看著人稀稀疏疏的，田地貧瘠，甚至有些人大冬天的只穿著單衣，臉色蠟黃，氣色不好。

一家人路上說著話，趕著牛車走了大約半個時辰到了鎮上。集市在東邊，到了鎮上，眾人都下了車，分頭去置辦年貨，約定好兩個時辰後在此處集合。

姜植駕著車，找到在這鎮上做生意的同鄉，將牛車暫停在這兒。

一家人路過鎮上最繁華的一條街，街道兩旁都是鋪子，胭脂鋪子、首飾鋪子、布衣鋪子、酒樓、客棧等應有盡有，也有小攤販，賣包子的、賣小首飾的，再往前走就看到了東市，這東市類似於菜市場，又比菜市場裡的東西多些，就在一片空地上，每逢一、五才會聚集。

東市的攤子由於是自發聚集的，沒有攤位費，先到先得，但因為沒人管轄負責，有時也會遭到衙門的人驅趕。

姜植扛著「勝利車」找了一個空位，將車子放了下來，一家人都沒做過生意，不知道要怎麼辦才好。

旁邊是家賣包子的，吆喝得挺起勁。「賣包子，新鮮出爐的包子，走過路過不要錯過喲，一文錢一個大包子，香噴噴的大包子，這位小哥，來一個？」

「行啊，五文錢六個行不行？」那人還價道。

賣包子一咬牙。「行！」

一家人聽著，想學，但都張不開嘴，肚子倒是叫得挺歡。早上天一亮就駕著車趕集了，都沒吃飯呢，一家人聞著旁邊飄過來的包子味，都餓了。

這時一個人剛買完包子，咬了一口，讚道：「不錯，皮薄餡厚。」邊吃邊四處看著，剛好看見姜植這一家人，腳邊放著臺有點奇特的車子。

「這是？」他吃完一個包子抹了抹嘴，打量了一番也沒看出是個什麼東西來。這人穿著乾淨整潔，一身藏青色的袍子，腰間掛著配飾，看樣子只是隨口一問。

姜娉娉看見這人往這邊過來時就趕緊坐上「勝利車」，擺好姿勢，又讓姜凌路在後面推著她。

有人提問了，姜植親手做的「勝利車」自然是他最清楚，他便給人介紹，聽他介紹到哪兒了，姜娉娉和姜凌路就表演那處的用處。

這番動作吸引了一些人過來看稀奇，看著這麼小的人也在賣力的推銷，小胳膊小腿的，任何動作做起來都有一種天然的萌感，確實起到了很好的效果。

經過講解，最初發問的那人說：「不錯，有新意，多少錢一臺？」

姜植說道：「兩百文一輛。」

眾人一聽，有點貴，不就是用木頭做的嘛。

姜娉娉不瞭解這裡的物價，看眾人的表情，像是覺得有點貴，但姜植經常做這些活，應該清楚價格，不會亂報價，於是她更加用力的表演了。

那人想了想，還想還個價，但周圍都是熟人。

這時旁邊來了個人。「小趙公子，真的是你，在這裡幹啥？」

來人聲音洪亮，一下把小趙公子剛剛準備好的說辭打了回去。

「這不是見到個新奇的玩意兒，想著給我兒子買個。」小趙公子咂咂嘴，兩百文不算貴，還在合理的範圍之內，但他總想還價的毛病又犯了怎麼辦？

那人一看。「這倒是稀罕玩意兒，多少錢一輛？」

「兩百文錢一輛。」小趙公子說道，他還沒有放棄還價的想法。

「倒是可以，我要一輛。」那人說著掏出兩百文錢，遞給姜植。

姜植收下錢，給他拿出一輛，只聽見那人指著姜娉娉坐著的那輛「勝利車」說：「要這輛！」

那人撓撓頭，不知為何他總感覺這輛好看也好玩一點。

姜娉娉趕緊下來，姜植將車遞過去，那人直接扛著車走了。走時想起小趙公子，說：「你還買不買？要是買就快點，一起喝酒去，這天太冷了。」

小趙公子慢吞吞的說：「買。」

待這陣熱鬧過後，姜植將錢遞給王氏，王氏數了又數，嘿嘿一笑，看見孩子們亮晶晶的眼神，大手一揮，買了十文錢的包子，要知道，她也想吃這包子很久了。

大冬天裡，新鮮出爐的大肉包，格外有吸引力。

姜娉娉啃著包子，豬肉餡的包子，香得流油，她小口小口的吃著。她剛嚥下嘴裡的包子，不經意間抬頭一看，看見東邊街角那地方，姜二叔的身影一閃而過。

離得遠，只看到他和一個中年男子貓著腰，低頭說著什麼話，不時的向四周張望。那中年男子看著有些眼熟，想不起來在哪裡見過了。

她拉著姜植，提醒道：「二，叔。」

姜植抬頭，正好看見姜二拐進小巷子裡，旁邊還跟著姜老太太的姪子，也不知道他們兩人怎麼走到一起了，不過他也不好奇。

姜娉娉見姜植看見了，也就不再管了，這事輪不到她擔心，她繼續吃著手裡的包子。

她還沒吃完手裡的包子，見生意上門了，又連忙坐在「勝利車」上。

有了前兩次的經驗，第三輛「勝利車」也很快賣出去了，買主是一位老婦人，買給自家孩子的。

姜娉娉沒想到「勝利車」這麼好賣，本以為會賣不出去的，畢竟也不便宜，但是想到這是鎮上，離省府並不是很遠，交通便利，家家戶戶都有餘錢。而且也可能是因為「勝利車」比較新奇，或許下次就不一定這麼好賣了，但是他們不著急能慢慢來。

反正她還有很多想法，她爹也有手藝，到時她出嘴，她爹出力。

賣完了「勝利車」，時間還剩許多，一家人正好去鎮上逛逛，買些過年用的東西。

王氏在娘家的時候大手大腳慣了，住老院時憋得慌，現在手裡有了錢，看見什麼都想買點。姜植倒是沒什麼意見，就是幾個孩子心疼錢，每次她一想買什麼東西，孩子們就拉著她，讓她看幾人手上抱著的東西。

最後直接派姜娉娉上場，讓王氏抱著她，才算稍稍抑制住了王氏的購物慾。

姜娉娉不知道王氏是這樣的購物狂，不過，看她平時的做派也是不算意外，只是她現在對於家裡的攢錢計劃開始有了些擔憂。

等和村裡其他人會合後，姜植趕著牛車回村。回村後他先載王氏和孩子們回南院再去老院，順便把今天賣的三輛「勝利車」的錢交給姜老太太。

姜植拿出三百文錢，又將集市上買來的東西拿過來放在桌上。「娘，這是今天去集市上賺的銀子，一共賣了六百文，這三百文交給妳，這些東西是孩子他娘讓我拿來的。」

姜老太太連忙接過錢，揣進兜裡，接著看桌子上的東西，心裡盤算起來了。有一塊布，就是顏色老氣了些，要不然可以給老三做身衣裳，還有些糕點之類的，到時候可以拿來待客。

轉眼一想，本來六百文都應該交上來的，如今只交上來一半，她心裡實在是不好受，但也沒法子，老頭子已經決定了。

老大家實際上賣了多少錢姜老太太很想知道，可看著姜植坦坦蕩蕩的眼神，她沒問什麼，擺擺手讓姜植回去了。

姜植走後，姜家二房的兩個小子跑過來，祖母、祖母的叫個不停，一會兒給她捶捶腿，一會兒說笑話，哄得姜老太太很高興。

「我說怎麼找不到你倆，原來在這兒，找你們祖母來了，潑猴快回去，別鬧你們祖母了。娘妳看看他們，學一天的字了，得了一點空閒，就來給妳解悶逗趣，我這個娘只怕是被他們忘了。」姜二媳婦說到最後還用帕子擦了一下眼睛。

姜老太太哪看不出她是故意這麼說的，但心裡還是舒坦。「行了，還不知道妳？把這包糕點拿去給他倆吃了吧，上學一天了，也得讓人歇歇。」

「還不快謝謝你們祖母，你們祖母最是疼你們了，往後有出息了，記得好好孝敬你們祖母。」姜二媳婦給他們倆使了一個眼色。

兩人對視一眼，又是拉著姜老太太好一陣撒嬌賣乖，然後拿起糕點跑了。

姜二媳婦見他倆走後，左右瞧了瞧，壓低聲音道：「娘，我聽說大哥、大嫂今日去集市了，拉著幾輛小車，也不知道賣了多少銀子，想來是不少，回來的時候還有人見他們一家抱著滿滿的一堆東西呢！」

姜老太太才剛放下這念頭，又被姜二媳婦勾起，想著老大家不知掙了多少銀子。餘光瞥見姜二媳婦嘴角的笑，姜老太太想起一件事，板起臉問道：「上回說到掙的銀子只須上交一半，我看妳怎麼這麼贊成呢，怎麼著，掙了多少銀子了？」

姜二媳婦愣了一下，自從上回說過銀子的事之後，姜老太太總是有事沒事的提起這事，好在她早就想好了說辭。

「娘，我就實話和妳說了吧，這不是眼看著我們二房兩個孩子都大了，想著幫他們攢點將來成親的錢。孩子他爹不像大哥能做木工活賺錢多，我也沒有像大嫂那樣事事幫襯的娘家，我們只能早早的為孩子做點打算，雖說現在有爹娘你們幫襯著，可我們也不能一直靠家裡啊，總得掙錢好好的孝敬妳和爹吧？」

姜二媳婦見姜老太太表情有些鬆動了，又接著說：「孩子他爹這段日子一直在外面跑著做生意呢，在外面風吹雨打，凍得跟什麼一樣，昨兒個還說，掙了錢要給娘買東西呢，就連兩個小的，也都想著他們祖母呢，說要好好孝敬妳。」

姜老太太聽著姜二媳婦說著，想想確實如此。「你們有這個心就行了。」

姜二媳婦唯恐姜老太太找她要錢，說了幾句閒話，就說回房了。

這天晚上，姜娉娉窩在王氏懷裡，看著王氏拿出這一段時間存下來的錢。

王氏數了一遍又一遍，臉上笑意不斷，她每天晚上都要數一遍的，外面寒風瑟瑟，但心卻是火熱的。還是能自己攢錢的日子過著舒坦，幾個孩子在這段日子以來，臉上也都長了肉。

「加上前幾天你打的家具賣的錢，咱們一共攢了快二兩銀子了，等到開春再將你做的這些賣了，又能得不少銀子。」

姜植笑笑。「妳就這麼有信心？」

王氏一仰頭。「那當然了，你的手藝我自然有信心。」低頭看見小女兒也很有精神的聽著。「是不是啊？娉娉。」

姜娉娉點點頭，確實。

自從賣了「勝利車」之後，姜植又琢磨出了不少新奇的東西。他做活細心，又肯下功夫，在姜娉娉看來，這些東西就是放在現代，也是很不錯的。

她又聽見王氏說道：「到時候咱們多攢些錢，給薇兒置辦嫁妝，還有宇兒的束脩，還有咱們這房子，處處都需要用錢。」

姜娉娉嘆了一口氣，她倒是想趕快長大幫忙，現在這小胳膊小腿的，幹什麼都不行，心裡有許多的想法，只能等再長大一些了。

姜植和王氏兩人聽到她的嘆氣聲，兩人都笑出了聲，王氏更是揉揉她的臉頰，說道：「我們娉娉這是發愁了？哈哈哈有爹和娘在呢，你們啊，只要平平安安、快快樂樂的長大就好了。」

姜娉娉眼睛亮亮的看著爹娘，一想，也是。

冬去春來，這天王氏從地裡回來，懷裡抱著隻小貓。

姜娉娉看見湊了上去。「娘，這是哪裡來的啊？」

她小小的個子，站在王氏腿邊，仰著臉看著王氏，旁邊還有斑馬線一樣仰著臉看著王氏。

王氏看得心都融化了，彎腰親親閨女粉嫩的小臉。「撿來的，看著像是沒有主的。」拍了拍懷裡的小貓，那小貓細細的「喵」了一聲。她還特意去村裡經常嘮嗑的地方問了問，都沒人知道。

姜娉娉看著這隻棕黃色的小貓，是有點流浪貓的樣子，身上的毛髮有些長，亂糟糟的打著結。

趁著天氣暖和，姜娉娉幫這隻撿回來的小貓洗洗澡，她讓姜凌路先領著斑馬線出去玩一趟，省得搗亂。可這回斑馬線卻有點不樂意走，以往牠最喜歡跑出去玩。

這小貓有點怕水，掙扎著不肯下水，和斑馬線愛玩水一點也不一樣。

姜娉娉小心的安撫著小貓，撓一下牠的下巴，聽見牠喉嚨裡發出咕嚕咕嚕的聲音，又揉揉牠的腦袋。她輕輕的用手將水淋在小貓身上，等小貓身上都被水都打濕後，姜娉娉才看出來這隻小貓有多瘦，只剩下皮包骨頭，因為牠的毛髮特別長，如果不是被水打濕貼在身上，根本看不出來。

費了好一番工夫，她才幫小貓洗好了澡。

王氏在廚房裡不時的看看，任由她在這兒折騰。「給牠洗完澡，也給妳自己洗洗，看看你倆像不像雙胞胎。」自從小閨女說話和走路活動索利之後，就很愛折騰，比小兒子小時候可是有過之而無不及。

姜娉娉停頓了一下，才反應過來王氏說她是小花貓。

她笑笑，蹭到王氏旁邊撒嬌。「娘～～」

一不留神，小貓跳了下來，在地上踩出一串濕漉漉的腳印。

姜娉娉想再給牠洗洗，被王氏攔著。「再洗，那妳可要沒完沒了的給牠洗了，貓最愛乾淨，一會兒就能看見牠的貓爪子乾乾淨淨的，放心好了。」

姜娉娉還想說什麼，突然聽見門口的動靜，她連忙跑過去。「大姊回來啦！」

就見姜薇從門口進來，穿著一身青綠色衣裙，頭上插著一支朱釵，隨之晃動，亭亭玉立，她臉上噙著笑，看起來溫柔又有朝氣，像清晨枝頭上的花蕾，沾著露珠，沐浴在陽光下，即將盛開。

這兩年姜薇又長高了些，有一百六十多了。

姜娉娉飛撲她到身上，就連她都能明顯感覺到，今年來家裡給大姊說媒的人多了起來，都快要踏破家裡的門檻了。

想到大姊快要訂親嫁人了，她不開心的撇撇嘴，大姊要是在現代還是剛上高中的年紀呢，根本不急著嫁人。

「怎麼啦？看到我回來還不開心啦！」姜薇逗她。

姜娉娉放下心裡的想法，現在八字還沒一撇，還早著。「開心！開心！我超開心的，大姊這麼好看，我見了都要多吃幾碗飯。對了大姊，看，小貓，還沒有取名字呢，叫什麼好呢？」

聽到妹妹前半段話，姜薇有點哭笑不得，小小的人兒說話嘴甜得有時候她都招架不住。

「這小貓還挺可愛的，怎麼渾身濕漉漉的？」姜薇看見小貓在屋簷下，曬著陽光，有一下沒一下的舔著貓爪，棕黃的毛髮在陽光下泛著淡淡的光暈，甚是慵懶。

姜薇發現，這小貓懶洋洋的模樣跟妹妹有點相似，總是吃完飯就躺在小搖椅上曬曬太陽，眯眼打盹。幾天不見，妹妹好似又長大了點，整個人軟軟的跟個糯米糰子似的，忍不住想著她剛學會走路那時候還像是在昨天。

第十二章

過了會兒，姜植和姜宇從集市上回來了。幾人說著話，姜植伸手將錢袋子遞給王氏。

王氏在手裡掂了掂，估計有三兩銀子。「做了大半個月的木工活，都賣出去了？賣了這麼多？」

她有點驚訝，三兩銀子，要是除去上交給老院的，自家能得一兩半銀子。

姜植點點頭。「娉娉和路兒的點子新奇，剛擺上沒一會兒就賣出去了。娘的那一份已經送過去了。」這一段日子他又做了好些小物件，做得快，賣得也快，並且價錢還不低。

姜娉娉和姜凌路一聽在誇他倆，「謙虛」的笑笑，昂首挺胸。

王氏笑開了，收起錢袋子。「是是是，我們娉娉和路兒是大功臣！」

這三兩銀子還是給過老院的，自己家賺得了這麼多銀兩，放在前兩年想都不敢想，雖然現在要上交一半，但一點一點的這樣賺著銀子，閨女的嫁妝有了，兒子的束脩不愁了，家裡蓋房子的錢也要湊齊了。

她又對姜植說道：「快去打盆水洗洗。」

王氏都是把姜植的衣服單獨洗，因為姜植衣服上都是木屑，每回她覺得洗乾淨了，等姜植穿上還是會看到不知道從哪兒冒出來的小木屑，要是和他們的衣服放在一起洗，準會被扎得慌，特別是小女兒，皮膚嫩得跟滑豆腐一樣，不經扎。

她說的時候，姜植不以為意，他皮糙肉厚感覺不出扎。但王氏從那以後，就單獨洗姜植的衣服，先甩甩敲打一番，再浸泡很長時間，搓洗的時候還是能洗出小半盆木屑渣滓。

姜植打來水洗了手臉，用毛巾擦乾，將毛巾搭在了繩上，對著孩子們說道：「這一段時間，你們出去玩別走得太遠，宇兒去學堂的路上都要和你兩個堂弟一起走。」

姜宇一聽，點點頭。「好。」

「出了什麼事？」王氏問道。

想到回來路上聽說的事，姜植回答道：「今年的收成不太好，家家戶戶都是靠著地裡的收成過日子，以往好的時候是沒啥事，現在說不定……」

他的話沒說完，王氏也明白過來了，當下又交代了孩子們一番。

這邊正說著話，聽見有聲音從外面傳來。「有人在家嗎？」

聽著不像是認識的聲音，姜植、王氏互看了一眼，現在臨近黃昏，村裡人多在準備晚上的飯菜，不太會在此時來找，姜植乾脆直接走到門口確認來客。

門外是一個穿著青藍色衣物的中年人，留著鬍子，後面跟著兩個人。「打擾了，請問這是姜植家嗎？」

姜植點點頭，面上有些疑惑。「我就是姜植。」他沒見過這人。

中年男人拱著手笑道：「原來你就是姜植兄弟，鄙人姓張，這麼晚登門實在是冒昧，但確實是有事相商。」

這個中年男人也沒想到主人家說的姜植是個三十出頭的青年，要不是看到他衣服上的木屑，又聞到一股木頭的清香，他還以為找錯了人。

姜植讓開了身子。「原來是張叔，快裡面請，喝杯茶。」

這兩年生意多了之後，姜植也碰到了許許多多的人，自然也會這些客套話。

待人進了家門，姜植將人請到院子裡的石桌旁，王氏從廚房端出兩杯茶。「快坐下歇歇，這是幾個孩子鼓搗出的消暑茶，喝著確實涼快許多。」

王氏知道這大概是找姜植談家具生意的，連忙擺上茶，茶具還是孩子大舅從集市上買回來的，不是多好，但在家裡平時還是捨不得用，只有家裡來客人了才會使用。

張叔接過茶道謝，看了一圈院子。看得出來主人家很會打理，圍牆是一圈籬笆，在這面種上了菜，另外那面種的是花，合起來長成了茂盛的綠色圍牆，伴隨著微風輕輕晃動。

他低頭嗅了嗅茶碗，清香撲鼻，喝了一口果然連身上的暑意也消退不少。

他放下茶碗。「今日來，是有事拜託姜植師傅，我家小姐明年冬日大婚，需要打一套家具物件，東家聽說姜植師傅手藝好，特命我來跑一趟。」

本來還覺得東家說得有些誇大，此時看到右前方木工房裡的家具，才知道東家說得不誇張，仔細一瞧，確實是比其他木工好得多。

姜娉娉和姜凌路在一旁玩，聽見張叔一口一個師傅，偷偷的笑了，「師傅」是當地對手藝人的稱呼。

姜植自若的應了。「不知道東家是想要什麼樣式的？是什麼木料的？說出來我好提前準備。」

現在離明年冬日還有一年半的時間，時間應該夠。

張叔笑了笑。「木料是上好的紅木，對於樣式，東家的意思是做你拿手的，再加上點新的想法。」

姜植拿手的當然是傳統的家具，加上姜植不斷地鑽研琢磨，做得是端正大氣又經久耐用；而新的想法，大概就是近兩年以來，他的做工比之前精巧不少，巧奪天工又精緻舒服，兩相結合，是以姜植的名號就連遠在省城的張叔東家也都聽說了。

姜植點點頭，心裡已經有了大致想法。

最後張叔又拋出了最後一個問題。「姜植師傅的手藝我們自是信得過，只不過東家的意思是想讓你過去那邊，我們東家的一個莊子上，木料和工具都已準備好了，一切也都布置好了，姜植師傅的意思是？」

看出姜植有點遲疑，他又說道：「那莊子距離這兒不過十多里，趕著牛車最多一個時辰，家裡有事也能及時回來。」

把木料運過來得多跑兩趟，費時費錢，姜植明白這個道理，於是應下了。

姜娉娉在旁邊聽著，橘貓走過來她旁邊，這時候天氣熱，牠又是掉毛的時候，輕輕一蹭身上就是一撮毛。

姜娉娉將牠輕輕推開，將腿上的毛拿下來放到牠面前。「看看這是你的衣服，開線了。」

旁邊姜凌路接道：「要不咱給牠脫了吧！」

一人一貓同時抬頭看他，一個震驚，一個驚恐。

大橘瞄了他一眼，扭過頭邁著貓步走了。

姜凌路還有點納悶，他出的主意多好啊，斑馬線也剪了毛的。

姜娉娉扶額。斑馬線是剪了毛，但樣子別提多醜了，坑坑窪窪的，偏偏斑馬線還興奮得搖著尾巴，看得出來是涼快了。

被這一打岔，姜娉娉收回注意力，只看到張叔拿出一個錢袋子。「按照規矩這是訂金，做完之後會將剩餘的錢補上。」

待張叔走後，王氏接過錢袋子掂了掂，還挺重的。「剛剛怎麼說的？」

姜植說了要去莊子上的事，大約要離家幾個月，不過離得不遠，也能經常回來。又接著說：「東家先交了十兩銀子的訂金，做好之後再給五十兩銀子。」

王氏打開錢袋子，見裡面真的有十兩銀子，瞪大了雙眼。「真的這麼多！那你可要好好做！」

只是訂金就已經有十兩銀子，等做好之後再給五十兩，那打一套家具就得六十兩銀子，著實不少了。

不怪王氏震驚，姜娉娉也有點不敢相信，要知道姜老太太操持著這一大家子的吃喝、人情往來，一年到頭也才花了四、五兩銀子，當然這裡面也有姜老太太過於勤儉持家的緣故。

現在姜植打一套家具人家就給出六十兩，按照姜植的速度大概兩、三個月的時間就能做一套家具。此時此刻姜娉娉才對姜植的木工活有了一個清晰的認知，原來爹的木工活足以養活他們一大家子不成問題。

又聽見王氏問：「什麼時候去？總不能明日就去吧。」去莊子就去莊子吧，離得不遠也能經常回來。

姜植解釋。「東家知道現在是農忙的時候，說是等到農忙過去再開始，到時候莊子上也都準備妥當了。」

聽姜植這樣說，王氏也沒說什麼，只說讓姜植到時好好給人家做工。

稍稍歇息了片刻，姜娉娉他們一家人來到老院。

一看見他們，姜二媳婦笑了一聲。「喲，我還以為大哥、大嫂那麼忙，不來吃飯了呢，今天的飯也不知道娘做了你們的沒，應該是做了的，幹了一天活了，哪能不吃飯呢！」

聞言，姜娉娉看了一眼王氏，王氏臉上沒什麼表情，就像沒聽到一樣。

這兩年，別說是王氏，就連姜娉娉都習慣了姜二嬸這時不時的挑釁。

「還不過來幫忙，在那兒嘴碎啥呢！」姜老太太的聲音從廚房裡傳過來。

姜二嬸聽見，翻了個白眼，氣呼呼的去了廚房，她頭上的簪子隨著走動亂晃。她身穿嶄新的水紅色夏裙，坐在灶臺前燒火，小心翼翼的唯恐弄髒了衣服。

這衣服款式姜娉娉只在鎮上見過，村裡還沒有人穿過。

姜老太太看不下去她這副樣子。「看看妳這哪是做活的樣子？又不是黃花大閨女，都是幾個孩子的娘了，還打扮得這麼俏麗，想幹啥？」

姜二媳婦委委屈屈。「娘，我也沒幹啥啊，就是穿了件新衣裳，這衣裳再不穿就過季節了！」

姜娉娉看到她臉上塗了一層脂粉，頭上的珠釵隨之晃動，從翹起的蘭花指上可以看見她剛染的指甲。

接著就聽姜二媳婦話鋒一轉。「娘，我本是想給妳買件新的，但是我總不能越過大嫂去啊！」

姜老太太這回倒是沒有跟著姜二媳婦的思路走。「現在在說妳呢，少攀扯妳大哥家。」

姜二媳婦著實有些煩了。這樣的日子什麼時候是個頭啊？還不如分家過得了；但她又不能提出來，要是她提了，先不說別人，就是孩子他爹那關就過不去。雖然說現在做生意掙了些銀子，但她是過怕了以前那窮得耗子都不光顧的日子了。

現在她雖然不想搭理姜老太太，但還是說道：「那娘說怎麼辦吧？我們這日子過的，馬上妳兩個孫子就大了，到時候他們成家娶媳婦還得發愁呢！」

「我怎麼聽說你們掙了大錢，打算搬到鎮上呢？不管妳有沒有這個想法，我先把醜話說在前頭，現在還沒分家呢，就打著搬去鎮上的主意，怎麼著，當我和你們爹是死的？」姜老太太想起之前聽到的事。她可不管二兒媳婦在這兒哭窮，直接把之前聽到的事情說了出來，也不知道是不是老二家的手裡有了錢，心就野了。

姜娉娉一聽，原來二嬸一家打算搬去鎮上。

被說中心事，姜二媳婦臉上有些尷尬，她是有這樣的打算，但現在還不能承認。「娘，我們哪是掙了大錢，不過是孩子他爹做了一點小生意，掙個辛苦錢罷了，眼看著兩個孩子也不小了，到時候光是娶媳婦的聘禮就夠我們發愁的了……」

她還沒哭窮完，姜老太太不耐煩聽了，打斷了她。「行了，愣著做什麼，去端飯吧，每回一說妳，就來這一套，說要攢錢給兒子娶媳婦，還打扮得這麼起勁給誰看呢！」

姜二媳婦垮著臉，也不知道姜老太太相信了她這說辭沒有，只能端著飯出去了。

走到門口看見姜娉娉，也不知聽見了多少，但姜二媳婦也不在意，小孩子知道什麼呢？

姜老太太端著一盆湯出來。「起來起來，別擋路，等等碰到妳，妳娘又該給我找事了。」

剛看完一場戲，姜娉娉心情正好，轉身去幫忙了。不得不說看著姜娉娉這小胳膊小腿、有模有樣的幫忙，軟軟糯糯的小團子，姜老太太心裡本來正生著氣也好像散了，她哼了一聲沒說話。

眾人吃過飯，三三兩兩的坐著，拿著薄扇在樹下納涼。

姜娉娉吃飯的時候，喝湯喝得比較多，想要去茅房，但因為太黑，自己不敢去，就喊上姜凌路陪她一起。

兩人剛走到茅房旁邊，就聽見西屋傳來說話的聲音。一開始都沒在意，姜娉娉讓姜凌路拿著油燈，突然西屋裡傳來「啪」一聲東西掉落的聲音。

兩人對視一眼，嚇了一跳，接著就聽見姜二嬸的聲音。「你起來，這日子我一天也過不下去了，你是不知道剛剛娘拐彎抹角的想讓我給她買首飾，我也不是捨不得，就是咱們好不容易攢了這麼些銀子，還要留著給兒子娶媳婦。」

姜二挪了挪地方。「妳要是不戴出去，娘就不會知道，還不是妳自己非要戴出去顯擺！」

聽了這話，姜二媳婦氣笑了。「哪裡是我顯擺啊？現在娘是處處看咱們不順眼，再說了，我戴這些首飾還不是想讓別人看得起咱們，你去瞅瞅，我拿得出手的不就只有這些嗎？」

她停了一下，又接著說：「咱們還是得想個辦法，搬去鎮子住，我這也是為了咱們兒子，你想想，沒幾年他們也要說親了，到時候說個鎮上的媳婦，不比這村裡的瘋丫頭強？」

每回提到這個，都是她自說自話，姜二只是「嗯」了一聲，也不知聽沒聽進去。看見他這樣姜二媳婦就氣不打一處來，這兩年做生意要不是她在後面推著他，恐怕連這些銀子都掙不到。

姜二這人掙了點錢，就跟吃飽喝足什麼事都不想了一樣，要是真跟他想的這樣坐吃山空，姜二媳婦都發愁往後可怎麼辦。

她正想著，就聽見姜二的聲音。「咱們掙的銀子也夠了，我看這生意還是別做了吧，雖說咱們現在處處小心著，沒被發現，但難保有一天……」

「呸呸呸，別說這不吉利的話！」姜二媳婦連忙打斷他的話。「別人能做的，咱們自然也能做得，你可別扯後腿，趁著現在查得不嚴，為了咱們兒子，咱也得多掙點！」

她現在是看開了，什麼都沒有錢重要，有了錢她想要啥就要啥，還用得著在這兒看姜老太太的臉色？

掙了銀子，嚐到了甜頭，她當然不想放開這到眼前的銀子，想著再掙個兩、三回，攢夠銀子，搬去鎮上，再盤個鋪子，做個小生意；到時候再討兒媳婦，日子只會比現在更好。

姜娉娉兩人聽到這兒，沒繼續在這裡聽了，周圍的蚊子叮得他們身上一個又一個包。

第十三章

回去後，沒多久就看見姜二嬸笑盈盈的從屋裡出來。

姜娉娉兩個人也沒提起聽到的事，雖然好奇姜二嬸他們所說的生意，但轉過身就忘了，她依偎在王氏身邊，旁邊姜薇打著扇子納涼，遠遠看見一人朝這邊走來。

走得近了，王氏認出來人，只見姜薇臉一紅，朝王氏低聲說了一聲，回了屋子。

來人未語先笑，看著王氏說道：「在這兒納涼呢，吃過飯沒？本以為你們在南院呢，讓我白跑了一趟，不過好事不怕磨，這回可算是見著了。本來啊，我是打算農忙的季節過去再上門的。」

她停了一下，見王氏笑著迎了上來才繼續說道：「可妳不知道，那家催得急，非要我趕緊來你們家拜訪。剛剛那就是薇丫頭吧，瞧瞧，十里八鄉的也找不出來這麼水靈的姑娘，要我說，還是妳教得好，端莊大方，進退得宜。」

聽見這話，王氏臉上笑出了花，別人誇她閨女，她當然是心裡歡喜。這人是她娘家隔壁村一個說媒的，當初她和孩子他爹的媒就是這人說的。

姜娉娉一聽這話的意思就知道，又是個來給大姊說媒的，今年夏天以來，這已經是第五回了。她皺著眉，看著媒人，有點不開心，跟一旁她爹姜植完全是同款皺眉。

還是姜三媳婦見一直讓人這麼站著不像話，走上前來招呼。「走了這麼遠，嬸子渴了吧，快進家去喝口茶，歇歇腳。」

姜老太太年紀大了，熬不了夜，早早睡下了，姜三媳婦將人引到了院子裡的桌子旁。「大嫂，妳們先坐。」

姜二媳婦也來湊熱鬧。「說的是哪一家啊？出多少聘禮？」

「二嫂，我一個人不行，妳來幫幫我。」姜三媳婦柔柔的說著，拉著姜二媳婦走了。

姜植沒跟過來，留在外頭做木活，而姜娉娉一直跟在王氏身邊，豎起耳朵，想聽聽這回說的是哪一個。

待其他人走後，趙媒婆又往王氏旁邊挪了一步。「這回說的是隔了兩個村子的里正家的小兒子，妳應該是見過的，人長得周正，個子也高，在鎮上有個差事，家裡新蓋了三大間敞亮的青瓦房，家裡田地也有十來畝，以後要真是成了，吃喝不愁，就等著享福吧！」

姜娉娉看王氏聽見這話還沒說什麼，旁邊不知道何時湊過來的姜凌路已是不開心的撇著嘴。

趙媒婆往四處看看，又湊近了些。「我也是和妳相熟，要是旁人我才不說呢，這不，還是前一段日子，那小子求著他娘讓我說親的，我本來想等農忙過去，但男方那邊一直催我來，要不然我也不能在這個時候上門叨擾。」

王氏可是聽說過，那村的里正夫人和他家的大兒媳婦，都不是好相與的。想著大女兒的性格，王氏總是有些擔心女兒嫁過去會受氣，她不想讓女兒也過上她這種婆媳關係不和的生活。

姜娉娉看王氏眉宇間帶上一絲躊躇，便覺得是不是有什麼不好的地方。

趙媒婆自然也看出來了，她腦筋轉得快，一下子就想到了王氏顧慮的點。「還有一件事我忘了說，男方在鎮上找了個活計，里正家索性給他在鎮上置辦了宅子，到時候成了親，他們小倆口直接搬去鎮上，蜜裡調油的，平時也就逢年過節回來住上幾日。」

聽著趙媒婆的話，王氏心裡的顧慮消了大半，當下笑著和趙媒婆說著話。「這件事我得和孩子他爹商量商量，過幾日給妳回話。」

趙媒婆一聽，就知道這事差不多成了，她樂呵呵的又和王氏話了一會兒家常，見天太晚，納涼的人都回來了，就笑著謝絕了王氏的挽留回家去了。

待趙媒婆走後，姜凌路趕緊問：「娘，這人是來給大姊說親的嗎？前幾天妳不是說大姊還小，要再等兩年嗎？」

王氏聞言看了一眼身邊的兩個娃娃，之前她是說過這樣的話，但都是一些推辭，哪能真的再等兩年說親呢？那不真成老姑娘了。現在訂下來，等到明年或者後年，也有十六、七了，剛剛好。

「行了，回家再說，記住，這些事不能到外頭說去，聽到了沒有。」

見兩個小孩同款點頭，王氏才站起身喊上屋裡的姜薇，一家人回家去了。

回到家，姜娉娉兩人湊到王氏身邊，迫切的想知道剛剛那趙媒婆說的是哪一家。

王氏瞅瞅他倆。「跟你們說了你們也不知道，反正是和你們外祖母家隔了兩個村子。」

「那不是很遠嗎？」姜娉娉有點驚訝，為什麼這麼遠啊？要知道，去一趟外祖母家走路就要大半天，坐牛車也要將近兩個時辰，給大姊說的這戶人家比外祖母家還要遠。

王氏點點頭，她也是有這個顧慮。

看向姜植，見他正擰著眉做木工，王氏說道：「又開始了，只要是誰來給咱們薇兒說了媒，你就這副樣子，跟欠了你多少錢一樣，人家這是給咱們閨女說媒。」

王氏當然也捨不得大女兒出嫁，但女大當嫁，自古以來就是這樣的道理。

姜植沒吭聲，幾個小的朝著王氏撒嬌，很快，又其樂融融起來。

說了一會兒話，王氏想起來一件事，朝著姜植說道：「今天我聽見，老二家的他們想搬去鎮上，這是真的嗎？」

「真的！」姜娉娉從炕上探出頭，朝著王氏答了一句。

嚇了王氏一跳。「快睡覺，看看妳哥哥、姊姊都睡著了。」

姜娉娉說了聲「知道啦」，卻繼續聽著爹娘說話。

姜植回了一聲。「我那天聽二弟說了，像是有這打算。」

王氏撇撇嘴。「我就不信娘會願意，再說了，他們有置辦宅子的銀子嗎？」

姜植沒說話。

她又接著說：「管他們幹啥，咱們過好自己的日子比什麼都強，你猜猜咱們都攢下多少銀子了？」

姜植掙了錢除了上交的一部分，其餘的全部都交給王氏了，是以他並不知道詳細有多少銀子，但也知道自己大概賺了多少。「二十兩？」

姜娉娉一聽，居然這麼多了？

接著就聽到王氏一笑。「差不多，加上今天的，全部都算上，有三十多兩銀子了。」

兩人說著說著就說到蓋房子上面去了，見老二一家有了搬去鎮上的想法，王氏也起了心思。「你說咱們是蓋房子呢？還是再攢點錢也去鎮上買一座宅子呢？眼看著薇兒要說親了，還有宇兒的學堂也在鎮上。」

其實說到這個，王氏心裡面還有一個心結，原本大女兒是有一段好姻緣的，兩人也算是青梅竹馬一起長大，但是那戶人家搬去了鎮上，自此便沒了來往，因此讓她生了些執念。

王氏嘆了口氣，這事暫且不提。

姜植想了一下。「其實沒有多大意義，咱們離鎮上不遠，薇兒的親事重要的不是這，還有宇兒，過了年就要去省城的書院了，省城離咱們比住在鎮上近。」

「我支持爹。」姜娉娉也是這樣的想法，涼山村地理位置其實不錯，離鎮上近，離省城不遠，村大地多，有山坡，還有河流、池塘。

且不說鎮上的宅子，少說都要將近五十兩，好點的七、八十兩，再好點的就要一百兩，要是自己家在村裡蓋房，不用那麼多銀子不說，地方還寬敞。

記得年前里正家蓋的三大間敞亮的青瓦房，漂亮極了，聽說只花了二、三十兩銀子。自己家這麼大的宅子，就是再加點銀子，也比鎮上的宅子住著舒服。

王氏被這一打岔，也暫時放下了心思。「妳趕快睡覺，多晚了，明天又要賴床是吧！」

姜娉娉嘿嘿一笑。「這就睡了，這就睡了。」

到了第二天，在姜家老院吃飯的時候，姜娉娉就看見姜二嬸笑了一下，然後問道：「大嫂，昨天那媒婆來說的是哪一家？」

她看見姜老太太還不知道情況，攏了一下頭髮繼續說道：「娘，妳還不知道吧，昨晚，來了個媒婆給咱們薇丫頭說親，本來我還想聽聽給咱們薇丫頭把把關，可大嫂也不知道不相信我還是怎麼著，什麼都不說，太見外了。」

姜老太太聽見，看向王氏。「昨天有來給薇丫頭說親的？」

王氏不耐煩姜二媳婦那心眼多，只朝著姜老太太點點頭，敷衍了一下。「是我娘家那邊的，只是透漏個口風，還沒正式提呢！」

姜老太太聞言沒說什麼，倒是姜二媳婦還想問：「大嫂是哪一家啊？說出來咱們也好去給薇丫頭打聽一下，妳還不相信咱們不成？怎麼說也都是一家人。」

王氏大概說了一下是哪家。

眾人的反應都是欣喜贊成的，但姜娉娉卻看見姜二嬸臉上一閃而過的嫉妒神情，正當她想再看仔細些時，就聽見姜二嬸笑出了聲。「咱們薇丫頭的條件好，這家也不差，要不怎麼說大嫂好福氣呢！」

不管姜二媳婦說的是不是真心話，王氏聽了還是心裡高興。這戶她也覺得不錯，本來就是知根知底的人家，那孩子她也知道一二，打算等不忙了，回娘家再參謀一下。

說了會兒話，大家便都散了。

姜二媳婦眼珠子滴溜一轉，匆匆出了門，連姜老太太在後面喊她都聽不到。

這邊姜薇帶著弟弟、妹妹回了家，她現在不需要做活，只要在家裡做繡活、看孩子就行了。

又過了兩天，這天得空，王氏搭著大哥他們從鎮上回來的車去了王家村。

姜娉娉鬧著王氏也要一起去，她一直想見見傳說中的未來姊夫，還有姜凌路也跟上了。

王氏帶著他倆往大哥牛車上一坐，朝著姜植擺擺手。「今兒趕不回來了，明天去接我們。走吧！再晚到家天都黑了。」

等到了外祖母家，王氏是個憋不住話的，剛走進家門還沒站穩腳，當即就問道：「薇兒這事娘你們知道不？怎麼說的？」

柳氏點點頭。「知道，急什麼？快進屋去，來，讓我抱抱我們娉娉瘦了沒有。」

柳氏還沒走過來，姜娉娉就伸出手，脆生生的喊道：「外祖母！」旁邊姜凌路也跟著一口一個外祖母。

喜得柳氏笑眯了眼，直接將著急的王氏丟在腦後。

正在廚房忙的大舅母聽見聲音，端著一盤冒著熱氣的棗糕放在石桌上。「瞧瞧這是誰來了？原來是我們的小開心果來了，就知道你們要來，快來吃新鮮出爐的棗糕，但是別吃多，等會兒吃不下飯了。」

聞著棗糕的香氣，姜娉娉摸著肚子，好餓好餓，她從柳氏腿上下來，和姜凌路兩人快步走到石桌前擦了擦手吃起香噴噴的棗糕。

軟糯香甜，帶有紅棗特殊的香氣，做得非常可口，姜娉娉又咬了一口，在旁邊聽著王氏她們說著大姊的婚事。

「娘，這家到底怎麼樣啊？」王氏坐在旁邊，看著蓬蓬鬆鬆的棗糕也拿起一塊嚐嚐，但心裡還是沒忘記大閨女的事，又見自家老娘不緊不慢的伸手擦掉小閨女嘴邊的糕屑，一時間急得她頭上直冒汗。

姜娉娉嚥下嘴裡的棗糕，她其實也很著急，想知道姊姊的婚事到底如何，拉了拉柳氏的衣角。「外祖母，大舅母，快說說吧？」

還是大舅母看不下去，給王氏搧著風。「別急，娘她老人家早就幫薇丫頭問過了，陳家咱們也都知道，木林這孩子品行端正，老實能幹，他娘雖說是有點不好相與，但咱娘已經問過了，到時候他們二老要跟著老大在家裡住，這還有啥不放心的？再說了，薇丫頭幾個舅舅在這兒，還能讓她被欺負了不成？」

三言兩語，讓王氏寬了心。

說完這些話，放了心，眾人才覺出餓，所幸大舅母已將晚飯做好，只等著開飯了。

「我們倒是沾了娉娉的光，今天有白米飯吃了。」王氏見端來的一盆白米飯，冒著熱氣。

大舅母擺好飯。「知道你們要來，她大舅早幾天就去省城買了，等會兒吃完飯還有消食的零嘴。」

吃飯的時候，姜娉娉沒控制住多吃了一碗白米飯，主要是大舅母做飯太好吃了，滷肉好吃，滷菜也好吃，還有炒菜、排骨湯，最讓她驚喜的還有之前她提過一嘴的炸雞排，酥酥的外皮，再撒上孜然和辣椒，太香了。

大舅母還一直往她碗裡添飯挾菜，最後還是王氏攔了下來。「別讓她吃了，看她肚子已經撐起來了，像個大西瓜。」

姜娉娉正兩手拿著一根比她臉還大的排骨，聞言低頭看看鼓起來的肚子，哪有像大西瓜，頂多是顆小香瓜！

隔日上午，姜植也來了，先修理一下損壞的家具，又整整豬圈和雞欄。

姜娉娉在後頭跟著，大舅母家的日子好了起來，豬圈裡有幾頭養肥的豬，也餵了一隻羊，還有數不清的雞鴨，滿滿當當的。

吃完午飯，姜植、王氏就回去等消息了。

回去的路上，碰到陳木林駕著牛車從對面的路上過來，越走越近。牛車上坐著幾個婦人，正說著話，其中一個看到姜植他們，話音停了，也收起了臉上的表情。

陳木林臉色黑紅黑紅的打了個招呼，就站到一旁和姜植說話。

後面那婦人又重新臉上帶著笑。「回娘家了？這是你們家兩個小的吧？長得真俊。」

王氏笑著喊了聲嬸子，按照娘家這邊的輩分，她應該喊陳母一聲嬸子。又問了聲，得知陳母他們這是剛去涼山村吃了滿月酒回來。

這邊寒暄著，一點也不耽誤王氏上下看了幾眼這個站在一旁和姜植說話的未來女婿，她現在是越看越滿意，臉上的笑意更深了。

王氏從籃子裡拿出一塊滷肉來，用油紙包著。「這是自己家做的，拿回去吃。」

陳母笑笑。「你們留著吃吧，我們家都不愛吃肉，再停這兒就擋著旁人路了，我們就先走了。」

王氏以為她在客氣，又將肉往前送了一下，但陳母還是推辭著坐車走了。

見離王氏他們遠了，陳母旁邊有個胖胖的婦人，湊到陳母跟前。「這家就是要結親的人家吧？看著倒是實在人，先跟嫂子道聲喜……」

這婦人的話還沒說完，就被陳母的咳嗽聲打斷了，她見陳母變了臉色，忙將話題轉到其他地方去了。

第十四章

這邊王氏等人走後，瞅著兩個孩子。「見著了，怎麼樣？」

兩人沒說話，王氏也不在意，一會兒又說起來。「等過兩天見了禮，我這心才算是放下了，回去你們也別亂說話。」

「娘，應該是妳回去別出去嘮嗑了，怕妳……」控制不住嘴。姜娉娉拍拍王氏的肩膀，她扭過頭拉著姜凌路統一陣線。「是不是啊小路？」

姜凌路趕緊點點頭。「娘，妳別出去了。」

聽見兩個小孩說的話，王氏沒搭理他們，她現在心情正好，看什麼都好看。

後面幾天，姜家幾人就等著陳家來家裡正式提親。

王氏可是連著好幾天都是樂呵呵的，就連姜二媳婦時不時的找碴，她也一點都不放在心上，惹得姜二媳婦也沒什麼勁再挑撥了。

這讓姜娉娉開始擔心，王氏這可別是病了。

這天，姜娉娉正躺在樹蔭下她的小椅子上打著瞌睡，椅子慢悠悠的搖著，兜裡裝有大舅送來的果脯，桌上還有二哥在後山上摘的野桃子，腳邊是斑馬線和大橘在玩鬧，好不愜意。

正當她昏昏欲睡的時候，姜凌路湊了過來，推推她，獻寶似的說道：「看這是啥？」

她睜開眼，首先看見的就是自家二哥臉上那像貓鬚一樣的泥巴，她還沒說話，先笑開了。「這是斑馬線還是大橘為重？」

斑馬線聽見她喊牠的名字，倏地一下抬起頭，尾巴一甩，將身上的大橘抖到地上。

姜凌路不理會她的玩笑，繼續說道：「剛剛從後山上挖回來的泥巴，咱們去後院石頭上玩吧。」

現在天氣有些熱，她懶懶的不想動彈。「好吧，等會兒娘回來看到了，就說是你讓我玩的。」她故意逗他，玩泥巴肯定弄得渾身都是，以王氏的脾氣，看到了肯定會生氣。

姜凌路委屈點頭，見她站起來一塊兒玩，又高興起來，領著她來到後院菜地裡的一塊石頭旁，院子裡都是泥土地，不能在地上玩。

他們一人一小塊地方，就在這石頭上啪啪摔起泥來。

姜娉娉力氣小，姜凌路摔好之後才給她。她將這泥巴拿到手裡才發現，這不是普通的泥巴，黏性很大，可塑性很強，也容易定形。摔打之後的膠泥，韌性也更大，更黏更好塑形。

她嘗試著捏一隻胖胖的賤兔，胖乎乎的很可愛，捏成之後又繼續捏了唐老鴨、米老鼠、懶羊羊。捏好之後，她搓著手上的泥指揮。「小路，你把這些放到窗戶上曬。」

旁邊姜凌路和他的小夥伴正在將泥巴做成小圓球，他們打算將這圓球曬乾之後，拿上彈弓，就可以抓小鳥了，還有田鼠。

姜凌路接過來。「估計曬不乾。」

她抬頭看看，天上飄著一朵烏雲，天氣變陰了，風吹過來時涼爽許多，但確實曬不乾；不過……可以燒乾啊，就跟燒窯一樣，把這些放在裡面燒乾。

她沒投胎前，因為對手工藝感興趣，還真玩過這些，也大概明白燒窯的原理。

說幹就幹，她指揮著姜凌路挖了一個半個圓蛋狀的窯洞，裡面那層再塗上一圈膠泥，當她看見蛋形窯大致成形，突然想到似乎也可以燒瓷器。現在玩的這個泥土就很像陶土，更加容易成形又不容易裂開。

想到就做，她趕緊捏了幾個陶罐，雖然有些粗糙，先實驗一下。

她做好這幾個胖肚子陶罐之後，姜凌路也把圓蛋窯燒起來了，窯裡的水氣已經烘乾，她小心的將胖肚子陶罐和捏好的幾個動物放進去，差點燙到手。看來溫度已經達到了，燒窯的關鍵就在於溫度。

將要燒製的東西都放進去之後，她讓姜凌路留下一個出煙口，至於其他的要不要封上，她也記不清了。

「都封上吧！」想了想，姜娉娉決定還是都封上。

姜凌路對於她這新奇的想法早就見怪不怪，有時候不用她說，他就能明白下一步動作。

兩個人配合默契，唬得其他小夥伴一愣一愣的。

都做好之後，姜娉娉看著這蛋形窯期待著。

應該能做成功吧？做成功就可以賣錢，有了錢，大姊成親的嫁妝有了，大哥、二哥上學的束脩有了，家裡蓋房子的錢也有了，她也能吃好吃的了，想想就美。
正當她暢想著，突然聽見門口傳來聲音。「小路，快！娘回來啦！」
一群人一下子跑回院子裡。
姜娉娉也趕緊跟上，一回到院子裡就看到王氏提著一個木桶回來。
「娘，妳回來啦！我去給妳打盆水來。」她藏起滿是泥的手，往廚房跑去。
姜凌路跟上。「妹妹一個人提不動，我去幫她。」
其他小孩一溜煙的跑回家去了。
王氏剛將水桶放下，就看見小兒子彎著腰還就著小閨女，兩人一起端了盆水出來。「這是幹啥呢？平時也沒見你們這麼殷勤，又惹什麼事了？手怎麼濕答答的？」
兩人對視一眼，沒惹事，就是用了一些柴火，在菜地裡挖了個坑，又踩掉幾棵包菜。
姜娉娉嘿嘿一笑。「娘～～這是什麼啊？」
王氏見他們這樣，也不再問了。「今天吃魚！」
「哪裡來的魚啊？」姜娉娉看見水桶裡大大小小的魚有不少呢。
王氏解釋了一下，姜娉娉點點頭。原來因為今年雨水少，河裡的水位下降，這幾條大的就是大哥姜宇從河裡摸回來的，路上王氏碰見王秀嬸子，她又將這些小的送給了王氏，說是她家人口簡單，太多了也吃不完。
王氏收拾完魚就去廚房做飯了。

她在廚房做飯做到一半，就看見小兒子頻頻朝外面看去，還給小閨女使眼色。「幹啥呢？有什麼事還不讓我知道？」

姜凌路嘿嘿一笑，他心裡想著菜園子裡燒製的東西，想和妹妹過去看看，又怕王氏知道。

姜娉娉聽見聲音，把眼睛從鍋裡的小酥魚上移開，就看到二哥眨了下眼睛，她點點頭，和姜凌路走了出去。

想來過了這麼一會兒了，應該差不多了。

兩人來到後院，剛湊近蛋形窯就感受到一股炙熱的氣，因為東西不多，蛋形窯小，又加上當時姜娉娉聽見王氏回來的聲音把柴火一股腦兒都放進去了，火燒得太旺盛。

甚至能聽到裡面的呼呼聲，等一下，呼呼聲？

姜娉娉再聽了一下，來不及多想，她趕忙拉住姜凌路就往院子裡跑。

姜凌路不知道發生了什麼事，只知道妹妹拉著他的力氣尤其的大，不容他多想就被妹妹拉著走了。他倆剛出了菜園子，接著就聽到一聲「砰」的爆炸聲，身後也感受到了熱浪噴來。

蛋形窯炸了！菜園子被炸了！完了……屁股要開花了！

聽到聲音，王氏嚇了一跳，鍋鏟都來不及放下。「傷著沒有？過來我看看。」

她走到兩個孩子身邊，仔仔細細地看了一圈，見沒什麼事，放下了亂跳的心，然後問道：「怎麼回事？你倆幹啥了？這是什麼聲音？」

姜娉娉推了推自家二哥，她這小身板承受不住娘的怒火。

姜凌路推了推妹妹。他才不說，娘最疼的就是妹妹妳了。

見兩人推來推去，王氏笑了。肯定不是什麼好事，她還是自己過去看看吧。

兩人見王氏去菜園子裡，站在原地沒跟上去，一定逃不了一頓打，但還是想慢一些被打。

果然，就聽見王氏的河東獅吼。「站著別動！今天我非要好好教訓教訓你們不可！」

王氏看到菜地裡一片狼藉，當下就怒了，菜地禿了一小塊，這倒還好，問題是當她看到那炸開的圓坑時，心裡一陣後怕。她都不敢想要是兩人出了什麼事，雖說平時這兩人也鬧騰，但都是小打小鬧，想到那被炸開的坑，她咬了咬牙，抄起牆角的掃把。

這回姜凌路反應倒快，他拉著傻愣愣的妹妹就在院子裡和王氏躲貓貓，他有經驗，只要躲到他爹回來就行，至於他爹會不會揍他，現在來不及想。

「娘，鍋裡的飯糊了！」姜娉娉跑著，聞到一股糊味，她肚子咕嚕直叫，心裡想著飯，想著小酥魚。

趁著這娃恍神的工夫，王氏抓住他倆，分別給了他們屁股幾巴掌，又教訓了一頓。

姜娉娉揉了揉屁股，嘿嘿一笑。「娘，別氣別氣，等會兒該不好看了，小酥魚別忘了啊！」

旁邊姜凌路也是一樣的表情。「還有酸辣魚！我們去燒火！」

兩個小孩一個冰雪可愛，一個聰明伶俐，眼巴巴的看著王氏。

王氏被這兩個孩子弄得哭笑不得，跑了這麼一會兒，她脾氣來得快，去得也快，一下就心軟了，不一會兒，廚房裡就飄出飯香。

姜家眾人也都回來了，姜老太太抱著三房的閨女走在前頭，姜二媳婦、姜三媳婦走在旁邊，後面跟著一大幫人是從地裡幹活回來的男人。

王氏聽見姜老太太說話的聲音，猛然才想起，菜園子還沒收拾，她瞅了一眼有點惴惴不安的兩人。「現在知道怕了？早幹啥去了？」

她話音剛落，就聽見姜老太太嚎了一嗓子。「這是怎麼回事？老大家的妳出來！」

王氏按住要起身的兩個孩子。「你們在這裡等著，娘出去看看。」

她走出廚房，剛想說要把那一塊菜給補上，就見姜老太太一下竄到她跟前，指著她的鼻子。「妳幹啥了？將我好好的菜地給弄成這樣，妳拿什麼賠？」

姜老太太越想越氣，她本是想給小孫女摘個瓜，就看到菜地被弄成這樣，糟蹋吃的是大罪。「也不知道老大怎麼找了妳這麼個媳婦，什麼活也幹不好，還好吃懶做，就沒見過妳這樣的！」

姜娉娉兩人衝了出來，站到王氏身旁。「是我幹的，不關我娘的事，妳不能罵我娘。」

姜老太太見她如此說話，轉過頭朝著姜娉娉說道：「我想怎麼著就怎麼著，還輪得到妳管，跟妳娘一個樣，整天好吃懶做就知道玩，不幹正事就知道惹禍，跟個小瘋子一樣！」

聽到姜老太太說她，姜娉娉不生氣，但她聽不得姜老太太連著王氏一塊兒說，她正想說話，就看到王氏像座小山一樣站在她前面，還有大哥也走了過來，也站在前面。

「娘，妳說這話太不中聽，她可是妳親孫女！她人還小，闖了禍妳罵她兩句沒關係，但哪有妳這樣說自己孫女的！菜園子裡那些菜我們賠就是了。」王氏看著姜老太太，一點也不懼，小閨女和小兒子是她和孩子他爹捧在手心裡長大的，雖然平時頑皮了些，可是她打也打過了，罵也罵過了，後頭的事大人兜著便是。

姜老太太笑了。「三兩銀子，拿來吧！」她這是想到前幾天姜植收到訂金交上來一半，知道王氏那兒也得了五兩銀子，她也沒多要。

王氏一聽，氣笑了。「妳當我是傻的？就那一小塊地方，要三兩銀子？」妳怎麼不去搶？最後一句她沒說出來，孩子們炸壞的地就在角落裡，本來只是空地，沒有種多少菜。

誰的銀子都不是大風颳過來的，三兩銀子，想都不要想！

姜老太太自知三兩銀子離譜，鬆了口。「看在都是一家人的分上，一兩銀子！」

一家人？王氏哼了一聲，知道不拿出銀子姜老太太今天不會甘休，但她又不想就這樣直接給。「最多二十文，都是一家人！還有那一塊菜地以後就空出來讓我閨女、兒子在那兒玩，就空出來讓他們玩！我就想讓他們玩！」

姜老太太本不願意，砍價不是這麼砍的，但聽見旁邊老頭子咳了一聲，她不情不願的。

「行，二十文就二十文，摳摳索索的！」

她得了銀子，才不管牆角那一塊沒什麼用的菜地。「飯做好了沒？」

兩人一來一往的鬥嘴，姜家眾人都習以為常，等姜二媳婦過來，這件事已經翻篇了，她知道自己錯過了這場戲，可惜得直拍大腿。

一回到廚房，姜娉娉將自己攢的壓歲錢拿了出來，悄悄給了王氏。

王氏有點驚訝，以為閨女早就花光了，畢竟她經常見她哄著小兒子花他的錢。

姜娉娉當然不會說還有二哥的錢也在裡面，她放到王氏懷裡之後就出了廚房，怕再停留一秒就後悔了。

等到晚上，回到南院，姜娉娉兄妹兩人又被姜植訓了一頓，哭喪著臉躺下睡覺了。

但姜娉娉心裡其實還想著燒製陶器的事。

又過了兩天，姜娉娉又在姜家老院的菜園子裡捏著陶罐，這回她反思了一下，想著窯炸了恐怕有溫度猛地過高的原因，還有一個大概是胖肚子陶罐是空心的，遇熱膨脹。

這回她捏了幾個寬口的碗，還有瘦肚子陶罐。確認溫度是正常的以後，她小心的將碗和陶罐放進蛋形窯裡，只等著成品出窯。

她這邊正想著，就聽見大門「砰」一聲響，王氏一腳踹開門，大步走了過來，頓時被嚇了一跳。她從來沒有見過王氏這個樣子，頭髮亂了，氣喘吁吁的衝到姜二嬸跟前，像一隻被惹怒的獅子，眼睛狠狠的盯著姜二嬸，嘴裡吐出兩個字「關門」。

發生了什麼事？

姜娉娉心裡雖困惑，還是聽話的連忙跑過去關上門，將門口探頭探腦的視線阻絕。她剛轉過身，就見王氏捋起袖子，扯住姜二嬸的頭髮，左右兩個耳光搧了過去。

姜二媳婦「嗷」的一聲，也不甘示弱，她哪能站著不動讓王氏打？

此時姜家院子裡，大人出去幹活了，就連姜老太太也去了村頭的鋪子裡。

姜娉娉和姜凌路正準備動作，就被王氏喝住了腳步。「你們別過來！」

他倆停下腳步，看得出來娘親現在心裡憋了一股氣。

只見王氏騎在姜二媳婦身上，左右開弓，眼睛裡迸發出的狠意，像是要將眼前的獵物撕碎。

姜二媳婦被嚇了一跳，臉上、頭上、身上又傳來痛意，她當即也顧不得什麼臉面不臉面的了。「要打死人了，來人啊！快把她拉開，瘋子！」

被稱作「瘋子」的王氏不顧自己被扯住的頭髮，手上的動作不停，又給了姜二媳婦幾個拳頭。王氏本來就比姜二媳婦高，又全憑著心裡的惡氣狠狠地揍著姜二媳婦，壓得她動彈不得。

姜二媳婦此時也顧不得弄髒什麼衣服首飾了，只想趕緊讓人把發瘋的王氏拉走，她大聲喊道：「姜小玲！妳娘要被打死了！快去喊人啊！傻站著幹啥呢?!」

姜小玲向來膽小，本是在家裡看著小孩子，這回見大伯母和娘打起架來，一下子沒反應過來。這下被叫回魂，看著娘臉上被揍出的紅印，又聽見大伯母又搧了娘一巴掌，她也顧不得這麼多了，連忙往外面跑去。

這邊姜二媳婦吐了一口血水，但她還是狠扯著王氏的頭髮不放，嘴裡淒厲的喊著。「殺人啦！殺人啦！」

第十五章

聽見外面傳來腳步聲，像是姜老太太的，姜娉娉小聲的喊了一聲「娘」，提醒王氏人回來了。她雖然相信王氏不是無緣無故找事的人，但也擔心姜老太太他們不這麼想，並且姜植現在也不在家。

果不其然，姜老太太回來看見打架的兩人，大吼一聲。「這是幹啥呢？我看妳們這是反了天了！」

又瞥見門口聚集了幾個村裡的人，她「啪」的一聲關上門。「還不趕緊住手？老三家的，將她倆拉開，這是什麼樣子！」

姜二媳婦聽見聲音，直接順勢躺在地上不動了。「娘啊！妳們可算回來了，大嫂要把我給打死了，也不知道我做錯了啥，能讓大嫂把我往死裡打。娘，妳們可要為我作主啊！」

她總不能白白挨了頓打，今天勢必要讓大房出出血，說不定還能趁此機會分了家。

王氏坐在一旁的地上，瞪著她。

她緩了口氣又接著說：「大嫂倒是神氣得很，讓外人知道了還以為這個家是大嫂當家作主呢！想怎麼樣就怎麼樣。咱們都是一家人，有什麼事不能好好說？哪能不分青紅皂白地把我往死裡打？」

不知她的哪句話讓姜老太太回了神。

姜老太太看著坐在地上的王氏。「怎麼著？這日子不想過了？不想過趁早走人，省得在這兒礙眼。我看妳們這是日子過得舒坦了，連帶著心也野了！」

她最後這句話說的是地上的兩人。這兩年老大做木工活，因為奇巧新奇生意好，想著也攢了不少錢；而老二家，這些日子做生意，眼瞅著日子好過了，也學著鎮上人家那一套穿衣打扮，別以為她不知道打的是什麼主意。

「說說吧！到底怎麼回事？」她瞧著老大媳婦脾氣倒是比前兩年好了不少，也甚少跟人吵架，誰知道今天卻鬧了這麼一齣。

姜二媳婦一直在打量著姜老太太的神情，不等王氏開口，她抹了一下眼淚，哭哭啼啼。「還能因為啥？不就是前兩天我氣了大嫂一回，當時我也賠不是了，沒承想大嫂記到現在，幸好娘妳們回來了，要是再晚一會兒，我被大嫂打死了也沒人知道！」

聽見這話，姜老太太看了王氏一眼，還真是日子好過了？

姜二媳婦再接再厲，緊接著又說道：「娘，妳瞅瞅，大嫂跟我多大的仇！看看我這身上被打的，大嫂這脾氣也是誰都管不住。」她說著將右臉轉過來指了指。

姜老太太一看，確實，鮮紅的五指印，可見王氏用了多大的力氣。

她們一唱一和的，幾乎不給王氏說話的機會。

王氏不耐煩看，她嘴笨，怒上心頭更是說不出話，狠狠地轉過頭，只盯著地上。

是她打的沒錯！她還想再補一巴掌呢，不揍姜二媳婦一頓，難消她心頭之恨。

眼見門外又聚了更多人，姜老太太只想趕緊把這件事解決。「又不是因為什麼大不了的事，老大媳婦給老二媳婦好好的賠個禮、道個歉，再不行就讓老二媳婦揍回去。看看妳們這啥樣子，老大媳婦罰十兩銀子，兩天不准吃飯。」

她知道老大家掙了錢，上回還交上來五兩銀子。

見王氏被罰，姜二媳婦就開心，只是她還沒笑出來，就聽見王氏的聲音。「不可能！讓我賠禮道歉，作夢！」

姜老太太瞅見她這副樣子，火氣一下子上來了。「怎麼著？妳有啥不服氣的？這個家還輪不到妳當家作主，今日妳打了老二家的，明日是不是連我都打了？」

話音剛落，姜二媳婦笑了一聲。「哪能呢！娘，大嫂打我也只是為前兩天的事情生氣罷了，大嫂出了氣就好，我們都是一家人，萬不能因此傷了和氣。」

王氏原本一直不想解釋，此刻聽到她還有臉說是一家人，也氣笑了。「一家人？誰跟妳是一家人！」

「娘，妳看大嫂說的什麼話，咱們怎麼不是一家人了，還是說大嫂想要分家？」姜二媳婦攏了攏頭髮，慢慢坐了起來。

姜老太太聽見這話皺起眉。

今天這事，難道真是老大媳婦想分家找的碴不成？十有八九是了，看來大房掙了錢，心也大了。怎麼著？她想分家就分家，當她這個婆婆是死的不成？

姜娉娉見姜老太太被姜二嬸牽著鼻子走，心裡著急，見她娘還坐在地上，她上前拿出手帕替王氏擦了一下臉上的灰塵，又整理一下頭髮，喊了聲「娘」。

王氏雖然不知該從何解釋，卻也知不能任由姜二媳婦將這髒水往她身上潑。「我想分家？哼！今天我把話撂這兒！這個家有她沒我！」

王氏話音未落，姜家其他人下地回來，走到門口，正好聽見這話。

姜老太太一下子蹦起來了。「你們回來了正好，聽聽老大家的說的這是什麼話，本來就是她和老二家的打架，現在她倒是理直氣壯！老大今日不在家，我看妳是蹬鼻子上臉，沒有個做人媳婦的樣子！」

話雖是這樣說，但她也沒有將老大媳婦的話放在心上，只當她是說氣話。她生氣的是老大媳婦這個脾氣，一點就著，也不服管教，看來是有了錢不知道自己幾斤幾兩了。

她又「哎喲」一聲捂住心口，氣喘吁吁的坐在凳子上，姜二媳婦連忙上前扶住。「大嫂，妳別倔強了，再將娘氣出個好歹來，娘都這麼大年紀了，還要看兒媳婦的臉色不成？」

怎麼說，也不能頂撞長輩啊，這脾氣也是太大了。其他眾人聽見這話，均是帶著責備的目光看著王氏，就連姜老丈也咳了一聲。

王氏只當沒聽見，姜宇和姜凌路直接走到她身邊，姜宇將王氏扶了起來，撣了撣灰塵，站在一旁沒有說話。他現在已經有了大人的樣子，站在王氏側前方，比她還高一點。

王氏望著身邊的孩子們，眼眶一熱。

她不怕被人誤會，大不了跟人吵一架、打一架。

但現在，她轉過頭面對眾人，有點慶幸此時大女兒在她外祖母家，聲音異常平靜。「要是無緣無故我能跟她打架？要是無緣無故我能說出『這個家有她沒我』這句話？這還不得問問孩子的好二嬸，在外面是怎麼編排孩子的？」

一聽見她這話，姜二媳婦有點慌亂，但隨即又定下心來。「大嫂沒憑沒據的可不能亂冤枉人！」

眾人一聽這話，有點拿不准了。

但姜老太太卻認為這是王氏找的藉口，為的就是打算分家。「啥都別說了，我看妳是有了錢，心也大了，哪還有個做人媳婦的樣子？等老大回來，非要好好管管妳不可！」

她已經打定主意，等老大回來，好好說道說道他媳婦幹的好事！

王氏被氣得不輕，哼了一聲，厲聲說道：「是孩子的好二嬸，在外頭說三道四，壞我們薇丫頭的名聲！人家媒人親口告訴我的！我倒是想問問她二嬸，妳這樣做對妳有什麼好處！」

自從上回從娘家回來，她這幾日就日日等消息，一會兒想著人怎麼還不來，一會兒又想著要是對方想太早成親可不行，患得患失的，可誰知等了這些天等來的卻是這個消息。

「大嫂可不能這樣冤枉人，我什麼時候出去說了？妳不能因為陳家的人不來提親就編這麼個理由。」姜二媳婦打死不承認，反正她當時說的時候，旁邊沒有其他人，只有陳家老嫂子在，她不信王氏還能找人對質不成。

王氏見她這樣無恥，氣得說不出話來，偏偏她嘴皮子沒有姜二嬸俐落，只能乾巴巴道：「是人家媒人親口告訴我的還能冤枉妳？」

姜二媳婦笑了。「人家媒人還能告訴妳這個？恐怕是隨便找個藉口吧！」

王氏不想跟她繼續在這裡掰扯，也不想管其他人怎麼想的，撂下話。「我說的是不是真的妳自己心裡清楚！」說完就直接領著幾個孩子摔門出去了。

姜老太太看著被摔得震天響的門，在後面喊道：「妳給我站住！聽到沒有？等著吧！等老大回來，看我不讓他好好教訓教訓妳，在這兒給誰甩臉子呢！妳要是不想過了，趁早說！」

王氏不想聽見姜老太太的聲音，帶著幾個孩子回了南院，要不是現在天色晚了，她真想帶著孩子回娘家。

一回到家，姜娉娉就看見王氏哭了出來，看得她也想哭了。

她抱住王氏的胳膊。「娘。」

看得出她娘壓抑得厲害，抱住她嗚咽的哭，她放軟身體，邊拍著娘的背，邊擔憂不知道大姊知道這事會怎麼樣，胸口只覺酸酸疼疼。

沒多久，王氏情緒發洩出來了，抬頭看到幾個孩子一瞬不瞬的看著她，她不好意思的攏了一下頭髮。「看什麼看，等會兒你們爹回來不給他開門！」

正說著，聽見外頭有聲音。「是爹回來了！」姜凌路一聽腳步聲，就知道是姜植。

王氏直接扭頭回到屋裡，躺在炕上，一言不發。

姜植剛回來就感受到家裡的氣氛有點不對勁，放在往常，兩個小的早就迎了上來。他放下手裡提著的綠豆糕。「這是怎麼了？」

王氏哼了一聲，不理他，連他也氣上了。要不是想著姜植，她今天非要討回公道不成。

姜植摸了摸鼻子，看著姜宇詢問。

他還沒聽見什麼，王氏就出聲了。「自己想吧！現在不想看見你！走走走。」

姜植等了一會兒，見真的沒人和他說，便拉著姜宇出去了。

王氏抬頭看了一眼他的背影，又哼了一聲撇過頭。她心裡也不知道是什麼想法，狠話她已經說出去了，也不知道最後能怎麼解決。

陳嫂子也算是清楚大閨女的為人，怎麼不相信自己看著長大的人，反而相信其他人說的呢？但是她又轉念一想，這事要是放在自己身上，或許也是會介意的。

屋裡氣氛太差，姜娉娉心裡頭也泛著緊張，她坐在王氏身邊愁眉苦臉，按照自己爹以往的軟和性格，她也說不準，今日的事爹會怎麼處理。

最後她睏得不行，打個哈欠眨巴出眼淚。突然想到她的陶罐還在窯裡燒著呢，今天發生的事情太突然，她都給忘記了。她悄悄推了推姜凌路，不敢讓王氏知道，雖然說她這次的把握比上次高，但結果沒出來，她心裡也沒底。

兩個人小聲嘀咕著商量怎麼辦，生怕再和上次一樣炸了。

但現在天都黑了，也不能出去看。說了一番，想著應該沒什麼事，他們這次做的是小的蛋形窯，經過改良，在上面加了一個冒煙筒，而且燒到現在火應該都熄了。

王氏瞥見兩人小聲說著話。「說啥呢？」

姜娉娉心虛一笑，晃晃王氏的胳膊，現在想再多也無濟於事，還是等到明天再說吧。

姜植走到了老院門口，在路上姜宇已經說了今日的事。

姜植聽完之後，沒說話，他知道大兒子的性子，絕對是沒有說謊，也沒有誇張。

沒推開門之前，還能聽見姜老太太的聲音，中間摻雜著姜二媳婦的哭腔。

姜植推開門，聲音停了。

他把手裡提著的東西往桌子上一放，就聽見姜老太太的抱怨。「老大，你可得好好管管你媳婦，你還不知道吧？你媳婦今天可真是威風，把老二家的按在地上打。」

姜二媳婦抹抹眼淚。「可不是，也不知道大嫂在哪兒聽說的瞎話，回來二話不說就動手。」

姜老太太接著她的話。「你媳婦眼裡更沒有我這個婆婆，說她一句蹦得三尺高，哪有這樣當人家媳婦的？」
兩人一人一句，直到聲音漸漸停了下來，姜植還是沒說一句話，只是聽著。觀眾不賞臉，空氣頓時有點凝滯，寂靜無聲。
姜二媳婦甩了一下袖子，人朝外面走去。「時候不早了，衣裳還沒洗呢。」只餘下姜老太太坐在主屋裡面對著姜植。
姜植朝著在外面乘涼的姜老丈喊了一聲，待二老都坐在椅子上後，他跪了下來，沒說一句話。外面院裡，姜宇看見這一幕，眼眶瞬間紅了。
姜老太太被嚇了一跳。「你這是幹啥？起來說話。」她心裡隱隱約約有種不好的預感，覺得老大這次和往常不一樣。
姜老丈將煙桿放在桌沿上敲了敲，吐出一口煙。
姜老太太受不了這氛圍，那抓不住的想法也令她煩躁。「你這是啥意思？趕緊起來！」
姜植磕了一個頭。「兒子不孝。」
姜老太太再笨此刻也明白了姜植的想法。老大要分家！
「我不同意！」姜老太太嚎了一聲，她沒想到會是這個結果，她眼淚一下流了下來，這和以往的假哭乾號不一樣。「我告訴你不可能！我和你爹還在，你想都別想！」
姜植依舊一言不發。
姜老太太又想到是不是王氏說了些什麼。「是不是你媳婦教唆著你來說的？我就知道她不是個好的！」

「娘，我媳婦她不知道，是我自己的主意。」姜植現在心裡已經平靜，也打定了主意。

姜老太太怒火中燒。「我不信，要不是她，你能想著分家？我就知道她就是個攪屎精，整天作妖，搞得全家雞犬不寧，連帶著幾個小的也不是什麼好的。前幾天你不在家，他們把菜園子炸了，我不過說她兩句你媳婦還不樂意了。」

姜植聽著姜老太太的聲音，呼出一口氣，他從來都知道娘不喜歡媳婦，兩個人的脾氣不對盤，但也想著時間久了會磨合好的，現在看來是他想錯了。

他也沒想到，自己的孩子，他娘的親孫女、親孫子，炸了菜園子之後，身為孩子的親祖母首先想到的不是擔心孩子有沒有事，而是想著怎麼讓他們賠償。

這個想法湧上來，他不禁有點心寒。

同時他也想到了之前有一次，他下學堂回來，站在院子裡看見娘端著一碗雞肉從外面進來，他迎了上去，眼睜睜的看著娘分明看見他了，卻是帶著笑先喊著三弟。「三兒，快出來吃肉！」

二弟也聽見聲音，顛顛地跟著跑了出來。但他當時站在院子裡沒動，就看著二弟討好賣乖惹得娘又氣又笑才得了幾塊肉。

到最後，娘才喊站在院子裡的他，讓他過來嚐嚐味道，她說自己也沒吃得上。他現在已經不記得當時的想法了，也忘了自己最後吃沒吃那碗底的碎渣，只是他依舊記得這個畫面，一直忘不掉。

他不想自己曾經經歷過的，再讓自己的孩子經歷一遍。現在看著娘的怒容，他不知道她是為什麼發怒，也不想弄清楚，他就這樣跪在二老面前一動不動。

姜老太太嚎了一會兒見沒起任何作用，漸漸消了聲音，心裡開始盤算著這事該怎麼辦。

要說村裡有沒有分家的，也有，他大伯家就分了家。

姜老丈一直沒開口，他嘆了口氣。「起來吧！」

一聽這話，姜老太太就知道姜老丈這是同意了。

第十六章

主屋裡這麼大的動靜，姜二媳婦他們早就聽見聲音了。

此刻見沒了動靜，姜二媳婦坐不住了，今天這個機會可不能白白浪費，既然提起了這事，說什麼也得把這個家給分了。

她站在門口，先喊了聲爹娘。「大哥這是怎麼了？大嫂沒過來？剛剛這麼大動靜我還以為是大嫂來給娘賠不是呢！」

姜植沒答話，面色冷峻，空氣靜了一靜。

倒是姜老太太哼了哼。「我可受不起！」

姜二媳婦趁著這空檔進了門，站在姜老太太旁邊。「娘妳消消氣。」她給姜老太太端了一杯茶，想了想還是說道：「我剛剛聽見聲音，說是分家，大哥要分家？」

說到這個，姜老太太就來氣，她想不到怎麼這回就和以前不一樣，明明事情都過去了，薇丫頭的名聲也沒受什麼影響，只是這親事作罷而已。按理說她給個臺階，老大家接著下就行了，怎麼這回就不行了？

姜三來到主屋，見這氣氛就知道是有什麼事。他想法簡單，反正不管如何站在大哥這邊。等知道是姜植要分家後，他也沒覺得多麼吃驚，反正他什麼事都跟著大哥就對了。

姜老丈讓人去將里正劉東和姜家幾個長輩請了過來，作個見證。

姜二媳婦眼瞅著人到齊就要開始了，王氏卻還沒來，她坐不住了。她笑了笑，對著姜宇說：「你娘呢？快喊你娘來。」王氏不在，她自己可不好說話。

她又看了看，就連姜三媳婦也在後面抱著孩子，沒露面。

姜宇沒動，別說是他娘，就連他，現在也不想看到姜二嬸，看到她就會想起大姊的婚事，但現在這情況，他得陪著爹。

姜二媳婦無法，想著等會兒怎麼著也得給自己家多分點東西，不能吃虧。

人到齊後，姜老丈說了一下，這麼晚還請他們過來，實在是抱歉，又說了自己家想要分家的意圖，最後想要請他們一起來把這個家給分了。

姜老丈列出了一張單子，上面標有：銀子一百兩，田地三十畝，家禽數隻，雜七雜八的列了有好幾張紙。

姜老太太直看得肉疼，這些本就是她的東西，現在從手裡拿出來，就像在剜她的肉，但她這人好面子，心疼又不承認，只能狠狠咬著牙。

其他人沒想到姜老太太竟然攢了這麼多銀子，平時就連一文錢都看得特別重，吃食上也很吝嗇，以前弄得大房家孩子面黃肌瘦，沒承想手裡竟有一百兩銀子？

一直忙到半夜，才把這個家給分完了。

姜二媳婦一直沒插上話，姜老丈很公平公正，不偏不倚，無論什麼都是分成五份，姜家的每一房占一份，姜老丈和姜老太太各占一份。就剩村東頭的鋪子，還有牛車的問題沒有解決。

最後還是姜植說道：「這鋪子和牛車本來就是爹的，我們都不要，給你們留著。」

這就是姜植的想法，當初還是姜老丈當帳房先生的時候買的牛車，這在涼山村是頭一份，當初他沒出錢，如今他也不會說要分。

姜三也跟著點頭。

最後姜老丈略一沈吟。「就先按照老大說的，牛車一塊兒用，誰要用就用，記得餵飼料就行。」

姜二媳婦就是想說什麼，也無法說了。她想著，這樣一來，姜老丈和姜老太太占了兩份，還有一個鋪子、一輛牛車，要是能跟著自家住，那可就賺了。

財產分好之後，里正和姜老丈的幾個叔伯就回去了，剩下的就是他們自家的事了。

待旁人一走，姜二媳婦就給姜二使眼色，想讓他說「讓咱爹娘跟著咱們，先不說其他的，現成的鋪子就夠了」。

姜二扭頭不搭理，也不知道上回是誰說「這日子過不下去了」？再說了，爹娘想跟著誰就跟著誰，他哪管得著？

姜老丈以前就知道會有這結果，所以今日處理起分家的事異常平靜。最後望著三個兒子，大兒子踏實能幹，木工生意也步入正軌，足以養活一大家子；二兒子為人圓融，現在生意也幹得紅紅火火，生活也是不用愁；三兒子有渾身蠻力，但現在還沒個正經事業，只在農閒的時候跟人打零工，是最讓他擔心的。

他也說不準自己有沒有私心，最後只說以後他們二老跟著三房住。其他人聽到這話都沒有說什麼，姜二媳婦還想說話，被姜二拉住了。

後面姜老丈又說到住的地方，大房一家住在南院的宅子，而二房和三房就還住在各自的房子裡。

最後姜老丈咳了咳。「行了，時候不早了，今晚就到這吧，明天一早再說。」

分家一事就此塵埃落定。

姜植和姜宇走在回去南院的路上，兩人的影子並排著，瞧著姜宇也快趕上姜植的個頭了。

兩人帶著一身露水回到家，王氏聽到開門聲，坐起身來。「怎麼這麼晚回來？有啥事？」

老院離南院距離遠，又是晚上，所以她不知道今晚發生的事，還以為和往常一樣糊弄過去了。

姜植將銀子和田地的地契放到桌上，他剛說了一個字，就被王氏打斷。「我的乖乖，哪來這麼多錢？這是地契？」這一瞬間，王氏腦海裡想了很多，她趕緊關上門。「這是哪來的錢？」

撿的？不不不，撿的不會有地契啊！偷的、搶的？

她抬頭瞄了一眼姜植，不，孩子他爹不是這樣的人。到底是哪來的？

王氏被嚇到了，她只是一個目不識丁的婦人，雖說脾氣火爆，但還是怕官的，現在她眼前已經出現官兵來家裡抓人的場面。

姜植見她越來越離譜的表情被氣笑了，一整晚沈悶的心情此時也消散了不少。

他抬頭看著滿臉擔憂的王氏，還有在床上睡著的小兒子、小女兒，旁邊站著的大兒子，他平靜道：「今晚分家了，這是咱們的銀子和田地。」

王氏以為自己出現了幻聽。分家了？她睜大眼睛，不敢相信，實在是因為當初她嫁過來沒兩年就想著分家，但是一直沒有提出來，現在瞧著姜植的反應又不像是假的。

「怎麼會……」她不知道自己現在什麼表情，她也無法形容自己現在的心情，好像之前的無形枷鎖一下子消失了，身心都變得舒暢。

姜娉娉聽見聲音醒了，然後就看到王氏那綻放光彩的表情，還想著發生了什麼事，就聽見王氏說道：「這個家是怎麼分的？不用想，咱爹娘肯定是跟著老三了。」

見姜植點了點頭，姜娉娉也驚訝了一下，但感覺分家這事又在情理之中，想必姜老丈對於這兩年家裡的狀況也都看得清楚。

王氏將桌上的銀子和地契看了又看，數了又數，總覺得看不夠似的。加上這陣子攢的銀子，一共有五十多兩了，這要是放在前兩年，王氏想都不敢想。

現在銀子是有了，閨女的嫁妝也不用發愁，可閨女的婚事又沒影了……

見王氏又皺起眉，姜植就知道她又在想薇丫頭的婚事。「別擔心，咱們閨女還小呢，再留兩年。」

王氏抬頭瞧了他一眼。「又來了、又來了，每回說到這個你就這樣，就你自己捨不得啊？可要真是再留兩年，就成老姑娘了！」

她又接著說：「明天去把薇丫頭接回來，要說縫衣服這我也能教咱們閨女，就是娘和大嫂總是不相信我。」

王氏口中的「娘和大嫂」說的是柳氏和大舅母，自從前兩年她們就開始教姜薇繡活，說是萬不能再像王氏小時候一樣放任不管。

聽見她這話，姜植不禁笑了一聲。

王氏不樂意了，剛要說話，姜娉娉就轉移話題，不然等會兒娘又要說好一陣子了。

「爹，咱們分到哪裡的地了？」

王氏也想知道，讓姜植趕緊說說什麼情況。姜植說在河道旁邊的六畝地，離家很近。一聽是在那個地方，王氏就不是很滿意。「那可不是好田。」

經常下雨淹水，地邊又種了幾棵大樹，莊稼長不起來。

姜植還想說點什麼，王氏自己就先放下了，總比沒有的強，現在分家了，自己家的日子以後也好起來了。

「回頭等天氣好了，咱們把房子蓋一蓋。」姜植略一沈吟說道，之前想著等到明年開春的時候再蓋，那時候錢也攢得差不多了。現在分了家，他經常要去莊子上做木工，王氏有時候又要去地裡，留孩子在家，也確實不放心。

姜娉娉歡呼。「我舉雙手贊成！還有小路也是！」

她還看見就連穩重的大哥此時臉上也露出了大大的笑容，更不要提一直念叨著蓋房子的王氏了。

一家人想著往後的日子，越來越有奔頭。

第二天姜家大房一家起了個大早依舊是很有精神，先去老院把東西分好，分到了一些鍋碗瓢盆、幹活的什物、五隻雞和一頭小豬。

王氏現在心情開朗，但看見姜二媳婦，還是會想到自家閨女的婚事，她哼了一聲不理姜二媳婦的搭話。她的脾氣就是這樣，一點也不掩飾，直來直往的。

但姜二媳婦就不是這樣，無論心裡有多麼嘔氣，她總是笑臉盈盈的，一點也看不出昨天鬧得這樣凶。

昨日才被打過，姜二媳婦不再上前，轉過頭對著姜老太太說：「娘，要不妳和爹還是跟著我們二房吧，馬上孩子都大了，都能孝順他們祖父、祖母了。」她拉過來兩個孩子，讓他們說道說道。

姜老太太分這些東西的時候，心都在滴血，這都是她養的，真捨不得，偏偏姜二媳婦還在她旁邊念叨，真當她不知道她在打什麼主意？

當下姜老太太就火大了。「怎麼著？我們不跟著你們住，他倆還能不孝順我們了？成天的不想點好的，妳整天想啥我都清清楚楚，走走走，別在我跟前礙眼！」

姜老太太對於姜二媳婦有些遷怒，要是之前她不惹大兒媳婦，不去說薇丫頭閒話壞人婚事，如今會分家？

姜二媳婦賠笑著也就沒再開口說話了。

王氏在旁邊看著，終於明白之前小女兒和小兒子為什麼總是站在旁邊看，還真別說，看著姜二媳婦吃癟，她心裡就高興。她直接笑出了聲音，扭頭走了，時候不早了，也該去接薇兒回來了。

菜園子裡，姜娉娉小心的打開蛋形窯，眼睛一亮，這次比上次的好。

她拿起碗給姜凌路看，「啪嚓」一下碎了，宛如她的心一樣碎了。

沒承想是這個結果，她再拿出剩下的陶罐，無不例外，不是碎了就是裂開了，就沒有完完整整的。創造的熱情，一下被水給澆滅，明明就是這樣做的啊？怎麼會不成功呢？

但說讓她這樣放棄，她又不甘心。

姜凌路在旁邊看見她有點低落，摸摸她的頭。「妹妹已經很棒了！這次沒有炸了菜園子是不是？」

她本來聽到前面那句還有點感動，小路長大了，知道安慰人了，結果就聽到後面這一句。

哼！謝謝您。

兩人正在這兒說話，姜三叔抱著他閨女過來了。「來，看看妳娉娉姊姊做的什麼？」

姜娉娉聽見這就頭皮發麻，果然一抬頭就看見她的小堂妹朝她伸出手。「姊……姊。」

本來被一個軟乎乎、漂漂亮亮的小姑娘喊自己姊姊，心裡還挺高興的，但被她魔音穿腦的哭鬧聲折磨過很多次的姜娉娉是真怕了。

她想立刻馬上逃走，看了一眼姜凌路，發現他也有同樣的想法。但姜三叔一家人挺不錯的，他們還是克制住沒跑走，停下來給姜三叔說了一下他們做了什麼。她現在做的這個是蛋形窯，傳到後世的已經是經過一代又一代改良過的版本，很適合陶器的燒製，並且製作也不複雜。

姜三叔一下來了興趣，將閨女抱回給媳婦，又來到後院。「這個是怎麼做的？」

姜娉娉仔仔細細的說了，她確定這些步驟、過程、材料以及時間她記得清清楚楚，應該是清清楚楚，但總是差了那麼一點才不成功。她說的時候一點也沒藏私，事無鉅細的都說了一遍，還有姜凌路在旁邊補充。

姜三叔越聽越心驚，他是真的沒想到，本來以為只是小孩子過家家玩玩而已，但他現在越聽越有一種想大幹特幹的念頭，並且還有一種真能做出來的感覺，他也不知道這感覺源於何處，異常強烈。

姜娉娉說完，就瞅見姜三叔馬上開始準備動手做了，在姜三叔做的時候，她又在旁邊說著注意事項。

等將陶罐放進蛋形窯裡之後，姜娉娉聽見王氏喊他們，她朝著姜三叔說道：「三叔，我們回去了，還有啊，燒窯的火是關鍵，就用我剛剛和你說的辦法，一點也不能有差錯。」

其實她也沒把握，但看著姜三叔認真的模樣，還是把自己知道的燒窯的方法和步驟都說了。

姜三叔點點頭。「行，知道了。」

王氏過來就看見這一幕，笑了，一個說得認真，一個聽得認真。「老三你還敢聽這兩個小孩的，上次他們把菜園子炸了你不知道？」

姜娉娉哼哼著不樂意，但王氏說的也是事實。

姜三撓撓後腦杓。「娉娉他們說的，我覺得行，想著試試。」

要是真能做成，也是個掙錢的門路。

姜植牽來了牛車等在門口，準備一起去接大女兒，王氏領著孩子坐上車後，在一旁看著的姜老太太撇了撇嘴，剛想說些什麼，突然想到已經分家，只能訕訕然轉身回屋了。

姜植和王氏到了王家，車子還沒停穩，姜凌路就跳了下來，接著姜娉娉也跟著跳下車，往院裡跑去。「外祖母，大舅母，大姊！」

兩個小孩的舉動嚇了王氏一跳。「姜凌路，你找打是不是?!」

姜娉娉兩人只當沒聽見，到了外祖母家，王氏對他們的威嚇大大減弱了。

跑到院裡，姜娉娉就看到從屋裡出來的姜薇，她一頭扎進大姊的懷裡。「姊，我好想妳啊！」

姜凌路也是。「我也想。」

大舅母端了一碟子花生。「看看這是啥？是不是娉娉念叨了幾天的五香花生？」

這煮花生的法子還是她聽了姜娉娉說的做的，新摘的花生，洗乾淨外皮之後和調料一起煮，果然好吃，她想著能不能去集市上賣。

說完見兩個孩子沒反應，大舅母還有點沒反應過來，要是放在平常，這兩人早都撲過來了。「怎麼了這是？」

王氏走到跟前，看著姜薇，還沒說話眼淚就先掉下來了。

大舅母嚇了一跳，將盤子遞給姜薇。「薇兒妳先帶著弟弟、妹妹回屋。」

待看不到孩子們的身影之後，王氏哽咽的說：「大嫂！咱們薇兒的親事沒了！」

大舅母擦擦手，拍拍她。「是因為啥？前幾天不是還好好的，只等著人去提親了嗎？」

王氏擦擦眼淚，說了這兩天發生的事，大舅母聽完氣得直拍桌子。「她是不是當妳娘家沒人了？等著！我去將妳哥喊回來！」

她氣衝衝的往後院走，沒走兩步就被柳氏喊住。

柳氏剛剛在屋裡已聽到了全部經過。「行了！這是怕人都不知道是不是？妳們姑嫂怎麼一個脾氣！」

姜娉娉在屋裡聽見聲音，有點擔憂的看著大姊，不確定她知道之後會有什麼想法。她伸出手抱抱大姊，姜凌路也放下手裡的花生，站到了大姊旁邊。

然後姜娉娉就聽見柳氏的聲音。「一個、兩個都這麼大的人了，還沒有小孩沈得住氣呢！這事我前兩天就聽到了風聲，也不全怪你們家那個二房弟妹。」

王氏連忙問怎麼回事，柳氏說了前兩天發生的事。

第十七章

前兩日柳氏去鎮上的集市，遙遙的就看見了陳母，正準備打招呼，就見她背過了身，往右邊走了，當時柳氏也沒在意，還以為她沒看見自己；誰知過了會兒碰見個她們村的人，一打聽才知道，那日陳母去鎮上就是去找媒人打聽東邊一戶人家的閨女了。

柳氏還以為自己聽岔了，不是前幾天都說好了，等農閒的時候去閨女家提親的嗎，怎麼又去打聽別人家？

當下她心中存了疑，又找人問了幾句，一問才知道陳母不知道從哪裡聽說了姜薇品行不正。陳母本是不信的，且不說她看著姜薇長大，又加上兩家本是知根知底的人家，家裡什麼情況都是再清楚不過了。

但陳母本就想讓自己兒子娶一個鎮上的兒媳婦，現下正好有了藉口，就模稜兩可的回了趙媒婆。

是以等到王氏去問趙媒婆的時候，才以為全是姜二媳婦說閒話的原因。

王氏聽完，想著已經亭亭玉立的大女兒，怎麼閨女的婚事這麼波折呢。「薇兒她……」她很少有這種欲言又止的模樣，想問問閨女知道這件事了沒。

柳氏點點頭。「前兩天就知道了，哪像妳們一樣，炮仗似的，一點就著。都是當娘的人了，還這麼沈不住氣。」

姜娉娉在屋裡聽見大姊前兩天就知道這件事了，瞬間有點心疼。

在她看來，姜薇是最好的大姊，溫柔又堅韌，端莊又明麗。這次結親不成，是那個陳家兒子的損失，但她難免會擔心大姊有心結。

她皺著兩個眉毛，眼睛裡溢出來的擔憂、糾結就像水流一樣止不住。見她這副愁眉苦臉的模樣，姜薇笑了，只覺妹妹這模樣著實有點可愛又搞笑。

她拍拍姜娉娉的頭頂。「姊姊沒事。」她本來就對陳家那小子沒什麼想法，再加上前兩天就知道這件事情，現在心情就更沒有什麼波瀾了。

在屋裡沒待一會兒，就聽到大舅母在外面喊他們吃飯了。

飯桌上，王氏想起另一件重要的事了，她清清嗓子，賣個關子。「娘，大嫂，妳們猜猜還發生了一件什麼大事？」

柳氏眼睛也不抬一下。「能有啥大事？」

見大家想不出，王氏自己忍不住了。「分家了！昨天分的。」

其他人聽見，愣得忘記吃飯，然後又一想王氏這性子，知道是姜二媳婦說了薇丫頭的閒話，不鬧得姜家雞飛狗跳才怪。

柳氏看看姜植的臉色，見他沒有什麼不悅的，就放心了，只要閨女和女婿不生氣就好，日後閨女也不用再受婆婆的氣了。

大舅母喜得又去多炒了幾個菜，叫眾人吃得肚子圓滾滾的。

姜娉娉嚥下嘴裡的小酥肉，拒絕了大舅母的投餵，實在是吃不下了。

吃了飯，姜植和大舅兄他們在門口那棵柿子樹下坐著。

姜植拍了拍手，讓大舅兄幫忙挑一頭驢子。現在分了家，一直借用老院的牛車，也不方便，自己家又是經常出門，不能少了車子。

大舅這兩年已經將集市摸了個遍，對這些自然熟悉，當下就拍著胸脯說包在他身上。

到下午的時候，姜植和王氏領著孩子要回去了，走到後院，就看見牛車上已經被塞滿了。

大舅母笑了笑，朝著王氏小聲的說著話。「之前你們沒分家，給了你們東西也都是到妳婆婆手裡，現在好了，既分了家，也別說啥不要，不是給妳的，是給我幾個外甥、外甥女的。」

她又接著說：「這兩年因為滷肉、滷菜，妳大哥掙了錢，所以你們不用客氣，你們剛分家，許多什物都要添置，將這些帶上不是省得你們再花錢買不是？」

王氏點點頭笑著應了。

回去的路上，姜娉娉坐在牛車上，左邊是「咕咕」叫的雞，右邊是「嚄嚄」叫的豬，那邊還有「咩咩」叫的羊，她只感覺自己被這些家禽、家畜給包圍了。

現在又是夏天，這味道讓她受不了，坐了一下子就溜到前面駕車的地方去了。

他們從王家回來後，姜植先把雞圈、豬圈修整一番，旁邊姜淩路正在教育斑馬線，讓牠不要再追雞。牠每次都是跑著雞追，等到快追上了又停下，幾次三番，弄得家裡是真正的雞飛狗跳。

姜娉娉和大橘就坐在屋簷下看著這一幕，一人一貓滿臉的嫌棄。

一閒下來，王氏又開始想著姜薇的婚事了，但現在也是急不得。

過了兩天，一大早，南院的門被敲響了。

姜植剛砍完柴，放下斧頭，打開門一看，是姜三。「怎麼了？老三。」

「大哥，娉娉和小路起來了沒有？做成了！做成了！」姜三有點激動，但因為還是有點問題，他想讓兩個小孩過去看看。

姜植之前不在家，不知道他說的什麼做成了。「先進來，我去叫他們起床，這會兒還早，你吃飯了沒有？」

王氏和姜薇在廚房裡忙活，給姜宇包好飯，讓他帶著去學堂了。

姜植走到屋裡，見姜娉娉兩人果然還在呼呼大睡，沒有一點醒來的意思，斑馬線和大橘在旁邊趴著，尾巴晃啊晃的。

姜植上前將睡得正香的兩人喊醒，接著他就看見小閨女不高興的癟了一下嘴，那模樣別提多委屈，看得姜植心都化了。他閨女就是可愛，連不高興皺眉都是可愛的。

被早上的陽光亮醒，姜娉娉還有些迷糊，她眨巴一下眼睛，就看到姜三叔像是等了許久的樣子。

她喊了聲。「三叔。」

姜三叔沒來多久，見人醒了，連忙說道：「做出來了！」

瞌睡蟲一下子跑了，姜娉娉睜大了雙眼。「真的?!」

她還有點不敢相信，見姜凌路頭一點一點的還沒有醒過來。「小路！」

將人喊醒之後，兩人趕緊拿了王氏做的餅子又喝了幾口粥就跟著姜三叔去了老院。

王氏也不管他倆，反正他倆總是跑出去玩，在家閒不住。

幾人到了老院，姜三媳婦剛做好早飯，她招呼姜娉娉他們來吃。「一大早就過去把你們吵醒了吧，吃飯了沒？」

姜娉娉他倆還沒回答，姜三就搶先道：「吃過了、吃過了，走，過去看看。」

看著他們奔往菜園子的背影，姜三媳婦笑著搖了搖頭，這兩天閨女她爹就跟魔怔了一樣，整天看著菜園子裡那蛋形窯。

菜園子裡，姜三叔拿出窯裡新出的陶罐。「娉娉，這是成了嗎？」他一點也沒有因為姜娉娉是小孩子就端著大人的架子，反而是很謙虛的蹲著平視小姪女。

姜娉娉接過來，拿在手裡仔細的看了看，是平常家用的陶罐，除了上面有點輕微的裂痕，其餘沒有什麼問題。

她來到水井旁，用陶罐盛了一罐水，可以用。

直到此刻，她佩服不已。「三叔，成了！」

姜娉娉不是小氣的人，她是真心為姜三叔高興，只是有點鬱悶自己做不成功。

姜凌路看到後，拍拍她的小肩膀。在他看來妹妹已經很棒了！

姜三叔撓撓後腦杓，笑了。「真的可以嗎？」事到如今他還有些不敢相信，從小自己就不如大哥能幹，不如二哥聰明，今日做成了這個陶罐，讓他覺得自己並不是只有一身力氣。

看見姜娉娉篤定的點頭，讓姜三瞬間生出了凌雲壯志，想要大幹一場。

姜娉娉看了看這地方，如果想要做出陶罐去賣，在這菜園子裡做肯定不行，姜家老院就在村子裡面，沒有那麼大的地方，況且建在家裡也不夠安全。

姜三也想到了這個問題，想來想去，他去找了姜老丈，看看能不能在南邊林子裡那一塊空地上建個窯。

姜三叔去說的時候，姜娉娉兩人沒有跟著他，因為她想到了只有燒製這一步驟還不夠。

姜娉娉和姜凌路蹲在菜園子裡想著怎麼改良陶罐，就看見幾個拿著棍棒的漢子邊走邊吆喝著，停在老院院子門前。

姜二媳婦聽見聲音便臉色一白轉身躲回房裡，姜二更是連面都沒露。

姜植和里正還有幾個村民緊跟在後面也到了，一時之間，眾人都聚集在姜家老院前。

里正笑著攔下了幾人。「幾位兄弟這是怎麼回事？可是來找什麼人？」

領頭的那人上下瞧了一眼里正，手裡把玩著砍刀，說道：「我不是來找碴的，是來找人還錢的！欠債還錢，天經地義！」

里正旁邊一人問道：「是找誰？」

領頭的那人一瞪眼，拿著刀嚷道：「姓姜的！你給老子出來！別窩在家裡當縮頭烏龜！」

他旁邊的手下說道：「老大，咱們還等什麼，直接進去得了，有銀子還銀子，沒銀子……哈哈那就別怪哥兒們幾個不客氣。」

領頭的沒說話，他手下對旁邊的人使了個眼色，拿著棍棒進了姜家的院子。

「老大！他們要逃！」

姜二媳婦正趴在牆頭上，聞言差點掉下來。

沒等她反應過來，姜二已經被人抓住挨了幾個拳頭。

領頭那人揪著姜二，揮著拳頭。「還敢跑？你就是跑到天涯海角老子也得把你抓回來。」

「還錢！不還錢，卸你一條胳膊！」

姜二媳婦哪見過這陣仗，哭著讓人放開孩子他爹。

可那幾個人不管姜二媳婦是不是個婦人，揮了揮手裡的刀。「小心我的刀不長眼！」

姜老太太也是嚇傻了，此時看見姜植從外面進來，就像看見了主心骨兒。「老大啊！快點救救你二弟，這些人上來就說讓你二弟還錢！不還錢就要他的命啊！」

姜植看著院裡這情形，先安撫了一下姜老太太後才對著那群人說話。「咱們有話好好說，現在這情況解決不了事情。」

他進門的時候看見二弟臉上那既害怕又心虛的臉色，就知道這件事二弟不占理，也看出這幾人的目的是為財而來，這樣起碼還能坐下來說話。

「咱們坐下來，心平氣和的好好解決。」姜植神情平和，說出的話也有說服力。

那領頭的人名叫魏大壯，他也瞧見村裡的里正和村民們都在，哼了一聲，拎著姜二的衣領將他甩到地上。他拍了拍手，將刀重重放在桌子上。「欠債還錢，天經地義，這事沒得商量。」

姜植見二弟的眼睛不敢與自己對視，只能問道：「他欠了多少銀子？」

魏大壯伸出一根手指。「不多不少一百兩！」

姜植吃了一驚，沒想到二弟會欠人這麼多銀子。

坐在地上的姜二媳婦坐不住了，她現在也顧不得什麼臉面。「胡說！前幾天還是五十兩，我們哪有欠這麼多銀子？」

魏大壯哼了聲，笑了。「妳也說是前幾天，現在我說一百兩就是一百兩，你們也是做這一行的，總不會不懂這個規矩吧？」

姜二媳婦推了一把姜二。「說話啊！」

紛。

姜植聽著他們的對話，哪還有什麼不明白的？旁邊的村民也明白過來，小聲的議論紛紛。

「姜家老二這是給人放羊羔利把自己搭進去了？」

旁邊有人回道：「是啊，之前就覺得他們那生意做得古怪，什麼生意能這麼掙錢啊？還在鎮上買了房子。」

「誰說不是呢？做什麼生意不好，非要給人放羊羔利，那利金可重著呢！」

「唉！不能想著天上掉餡餅的事，常在河邊走，哪有不濕鞋的時候。」

眾人你一句、我一句，雖說是小聲嘀咕著，但也有幾句傳到了耳朵裡。

姜植擺擺手，止住了村民的說話聲，看向二弟，他雖知道二弟幹活不踏實，沒長性，但也想不到他會做這樣的事。「二弟，這人說的可是真的？」

姜二面如死灰，點點頭。「大哥，我沒想到……之前都好好的，哪知道這次就這樣了。」

姜老太太聽見二兒子認了，只能望向姜植。「老大，幫幫你弟弟，幫幫他，這是你親弟弟啊！你不能見死不救啊！你想想辦法，總有辦法的！」

姜植任由姜老太太拽著自己的胳膊，好像他必須得為二弟收拾這爛攤子。以往哪回不是這樣，自己是老大，就該擔責任，想想辦法，現在的辦法只有還錢。

旁邊有人聽不下去姜老太太這話。「嬸子，這事怎麼解決還是得看姜二的，先聽聽他怎麼說，我們旁人也只是旁人。」

姜植朝姜三使了一個眼色，讓他先扶娘回屋裡去。

看見娘回屋之後，他又望向魏大壯。「你說他欠你一百兩銀子，可有字據？」

要是字據上明明白白寫的是一百兩銀子，那就沒有任何迴旋的餘地了。

魏大壯從懷裡掏出一張紙。「我還能誆你們不成？看看，認識字不？」

姜植接過來，見字據上寫的是欠本金三十兩，利息是本金加上利息的三成，到期還本付息，他將字據遞了回去。「字據上立的日子是兩個多月前，現在還不到三個月，你說是一百兩銀子不對，我瞧著是八十兩銀子。」

魏大壯一聽，將字據一收，拎起刀指著姜植。「你當這是去買菜呢，還在這裡跟我討價還價？信不信我砍他一條胳膊！」

姜植被人用刀指著，依舊不慌不忙，他站起身來。「別生氣，咱們這是就事論事，按照字據上寫的，算八十兩只多不少。」

他停了一下又接著說：「你們這裡面的彎彎繞繞我不清楚，只知道在民間放羊羔利是……我說這話沒有其他的意思，現在咱們都是想尋求解決辦法，要是能各退一步，這事也就好解決了。」

姜植這一番話說完，和里正對視了一眼，覺得這魏大壯若是個聰明人，應該知道今天這事就這麼解決了，雙方才不會鬧得難看。

魏大壯沈思了許久，剛要咬牙答應，就被人打斷。

「不行！八十兩，怎麼不去搶呢？要錢沒有，要命一條，八十兩誰許給你們的，你們找誰要！現在村裡這麼多人都在，我可不怕你們！」姜二媳婦站了起來，抹了一把淚。

此話一出，把魏大壯一夥人氣得不輕。怎麼著，八十兩還嫌多了？「妳這婦人，簡直胡攪蠻纏，什麼話也別說了，一百兩！不還價！」

姜二媳婦還要再說，魏大壯一腳踹在姜二的肚子上，把他踹飛出去老遠，他一個手下又提溜著姜二的領子拎到魏大壯身邊。

魏大壯直接拿起刀架在姜二的胳膊上。「妳再說一個字，我就廢了他這條胳膊！鬧到官府裡我也不怕，你們身上的事也不少，看看到時候誰能逃得過！」

事情發生得太快，姜植來不及反應，最後他只能眼睜睜的看著魏大壯一行人氣得臉紅脖子粗，拿著刀就要和人拚命似的。

第十八章

雙方正鬧得不可開交的時候，姜老丈進貨回來了，一看到院子裡的情形還有什麼不明白的。他溫和的朝著魏大壯一群人好生說話，得來的卻是姜二肚子上又挨了一腳，沒有一丁點的商量餘地。

眼看著姜二面色不好，最後姜老丈一拍桌子，讓姜二媳婦回屋去拿錢。

姜植從姜老丈回來後，就一直站在爹的身後，默不作聲。

姜二媳婦從屋裡拿出七十兩銀子。「天殺的，家裡就攢了這麼些銀子，今天全掏出來了！」

姜植抬頭看了爹一眼，不知道爹的想法。

姜老丈不做聲，魏大壯惱了。「想糊弄誰呢？七十兩銀子，還不夠我們哥兒幾個跑一趟呢！行！既然這樣，別怪我們不客氣了！」說著就拉著姜二往外面走去。

姜二媳婦見魏大壯幾人動了真格，也嚇到了，又從兜裡掏出幾兩碎銀，又把頭上的簪子摘下來，手上的鐲子脫下來，勉勉強強的又湊了將近十兩銀子。

她看著這些銀子和首飾，打著商量。「還是按照之前說的八十兩銀子行不行？行行好，行行好。」

魏大壯一把將她推翻在地。「早幹啥去了？一百兩銀子一文也不能少！少一文我砍他一根手指，數數他有幾根手指夠妳少還的！」

姜二媳婦無助的抬頭望著姜老丈，望著姜植。「爹！大哥！幫幫俺們吧！大哥，這可是你親兄弟啊！要是沒了手，我們可怎麼活啊！」

她兩眼淚汪汪。「都是我的錯！以前是我對不起大嫂，我是罪人……」

魏大壯將刀放在姜二叔的手上。「都都磨磨的有完沒完！是不是我們兄弟幾個還要等妳在這兒哭完?!」

姜老丈嘆息一聲，喊了聲孩子他娘。

屋裡，姜老太太雖說有姜三媳婦在一旁陪著，但她的心思都在外面。「銀子來了，這是十兩銀子你數數，都在這裡了。」緊接著她又轉過頭朝向姜二媳婦。「這算是我借給你們二房的。」

魏大壯掂了掂錢袋子，將姜二如同破布一般丟在地上。「諒你們也不敢耍花樣！兄弟們，我們走！」走之前，又回過頭朝著姜二一家威脅道：「以後別讓我再見著你們！」

姜植喊住他。「等一下，字據留下！」

魏大壯看了一眼姜植，將字據拍在桌上後走了。

債主走了，看熱鬧的人也慢慢散去，待人走光，已到了晌午。

姜家老院，死氣沈沈，眾人都無心吃飯。
姜植先回了自家一趟，和孩子道聲平安，王氏隨他一塊兒來了老宅。
姜老丈氣得不輕，將茶杯摔在地上。「說說吧，怎麼回事？」
姜老太太心疼的看著地上的茶杯。「說話就說話，摔茶杯做什麼？」她聲音不大，姜娉娉還是站在她身旁才聽到的。
姜二被嚇破了膽，跪坐在地上不說話，姜二媳婦哭著將事情的來龍去脈說了。
原來，之前他們和姜老太太的姪子一起做的生意，就是給人放羊羔利，這樣來錢快，投進去越多，掙得也就多。在嚐到甜頭後，他們漸漸大膽起來，錢越投越多，可他們幹的這一行，鎮上早就有人做了，就是魏大壯他們。
姜二媳婦擦擦淚。「爹，娘，我們是被人整了啊！」
姜娉娉看著不停流淚的姜二嬸很無語。他們原來只在附近放羊羔利，後來去了鎮上，動了魏大壯那群人的碗，魏大壯他們肯定不想讓人來分一杯羹，自然會找人收拾他們。
姜老丈沒接話，只默默的抽著旱煙，姜老太太忍不住了，她站起身來。「今天幫你們付的十兩銀子你們可要還回來，別說沒錢，妳的衣服首飾，再不濟還有地裡的田，和你們屋裡的糧食，這都是錢！」
姜二媳婦拿袖子抹了抹臉，從下午眼淚就沒停下來過，雙眼腫得像被蜜蜂螫了。「娘！我們哪有銀子？今天那情形你們又不是沒看見，我再不拿銀子出來，妳兒子就被人砍了！」

姜二媳婦的聲音聽著有些破罐子破摔的意思。「爹，娘，實話跟你們說了吧！我們一文錢也沒了，還欠了妳姪子二十兩銀子。」

姜老太太喃喃道：「我姪子？」

姜二媳婦頗為不忿。「對！要不是他提出這樣子做生意的，我們也不會去做，到頭來他賺了銀子不幹了，留下我們在這兒收拾爛攤子！」

這話一出，姜娉娉明顯看到姜老太太那驚訝的表情。她覺得其實也沒有什麼可驚訝的，她見過幾次那個表叔，活像個地痞無賴，總來這兒打秋風，前一段日子還去了南院，想找她爹借錢，正好爹不在家，娘將他打發走了。

只是姜老太太向來疼愛這個姪子，總是幫襯著他，有了好東西也想著她這個姪子，現在知道她一直疼愛的姪子害了自己的兒子，估計一時之間心裡也不好受。

姜娉娉見姜二嬸將目光轉向她爹娘，就知道她心裡打什麼主意。

果不其然，只聽見姜二媳婦帶著哭腔道：「大哥、大嫂，以前的事，都是我的錯，求你們原諒我，咱們都是一家人，哪有隔夜仇。」姜二媳婦上前一步，又道：「大嫂，以前都是我不好，我混帳，你們大人不記小人過，別和我一般見識。我……」

王氏轉過了臉，打斷了姜二媳婦的話。「別來這一套！說這些幹啥？」

姜二媳婦哭哭啼啼。「大嫂怪我也是應該的，誰讓我這麼惹人厭呢？這都是我自找的。雖說咱們分了家，我心裡是一直把大哥、大嫂當作一家人的，如今我們一家有了難處……」

王氏拉著姜娉娉和姜淩路轉身直接朝外頭走去，嘴裡喊著姜植。「回家吃飯了。」

姜植應了一聲，一起回了南院。

姜二媳婦在後面看著他們一家人的背影，氣得咬牙，轉過頭看向姜老太太。「娘……」

姜老太太直接打斷了她。「什麼時候還銀子？」

姜二媳婦一哽，差點昏死過去，又開始一輪哭鬧。

第二天一早，姜二一家天沒亮就灰頭土臉地搬去了鎮上。經過昨天一事，他們沒臉在村裡繼續待下去，家裡的田地和糧食拿去還了姜老太太，所幸鎮上還有屋子，還有落腳處能過活，就是辛苦些。

而姜三又開始琢磨做陶罐。

姜老太太聽說他要在南邊樹林子裡建個窯來燒陶罐，撇撇嘴問道：「能行嗎？聽兩個小孩的能幹啥？」但她也就說兩句，沒阻止他。

姜三把地皮的事解決之後，就開始建窯，他讓姜娉娉和姜淩路兩個小孩指揮，他動手做。

三天之後，他們就建好了蛋形窯，分為火膛、窯室和煙囪三個部分。他們決定先從最簡單的陶罐開始做，形狀不複雜，也比較常用。

待窯烘乾之後，姜三開始做陶罐了，還是用手捏的。

他捏完一個嘆了口氣，形狀不一致不說，速度也太慢，捏一個就要好長的時間，時間都花費在這上面了。現在有掙錢的法子，但是分量提升不了，他心裡焦急。

姜娉娉看在眼裡，確實是太慢了，要是能批量生產就好了。突然，她想到可以用印模印胚，就像印刷字體，只需要做好模具，剩下的放進模具裡定形就可以了。

姜凌路反應快，和他一說就明白了。於是他們就去和姜三叔說，姜三叔又問了具體的操作方法，說了半天，總算是敲定做法。

「娉娉，小路，回來吃飯了！」王氏的聲音從院子裡傳來。

這地方裡姜家南院很近，王氏在院裡喊一聲，這邊就能聽到。

姜三看著兩人回家的背影，還在想，這陶罐說不定真的可以做起來，以後說不定也能做出更細緻的陶器。但是等到他們做模具的時候又碰到了難題，原因是陶罐是一個圓形，中間鏤空的，模具不好做，姜娉娉只知道可以用模具，但自己也沒做過。

正當他們一籌莫展的時候，姜凌路說：「三叔，咱們不會，可以去打聽、去學，可以先試試啊！」

姜娉娉聽見，抬頭看著三哥，他們做陶器，她是只知道理論知識，姜凌路是想點子的人，姜三叔是動手做的那個人。他們現在屬於入門階段，往後還會遇到更多的問題，遇到不懂的就要去學習，這樣才可能進步。

之後兩天他們都開始用各自的辦法去琢磨，姜三去了省城打聽老匠人是怎麼做的，姜娉娉和姜凌路就看書裡記載的。

姜植和王氏見兩個人如此用功，特別欣慰，這兩人已經很久沒有搗亂了。解決完模具的問題，製作好陶罐，剩下的就是燒製的步驟了，這一步是重中之重，無論前面做得再好，這一步出了錯，那就會前功盡棄。於是從起火開始，姜三叔就一直問，這樣可以吧？這樣沒錯吧？這是怎麼回事？這樣行嗎？

姜娉娉只知道理論知識，這些問題她也回答不上來，而且她可能還沒有姜三叔知道得多，畢竟她沒有成功，姜三叔卻成功了。

蛋形窯燒製時間短，需要大約兩天兩夜的時間，所需的燃料少，姜三早已備好從後山砍的松木柴。

等待的過程無疑是最緊張的時候，姜娉娉兩人坐不住，連著忙碌這麼多天，可算是能喘口氣了。

接著他們就聽見家裡傳來大舅的聲音，姜娉娉看了一眼姜凌路。「三叔，我們先回去了，小路！」

她說完就先跑了起來，姜凌路一看，就知道又開始比賽誰先跑到家了。他依舊慢悠悠的，根本不急，這次他肯定能先跑回家，現在就先讓讓妹妹。

就在姜娉娉跑到離家門口二十步遠的時候，姜凌路突然加速，先她一步到了家，然後還在門口等著姜娉娉，向她炫耀。

到家一看，大舅送來了從集市上買的小毛驢和八兩銀子。

姜植喊來守著窯一動不動的姜三一起吃飯，吃飯的時候，姜植說了過些日子蓋房子的打算。

大舅喝了口湯。「到時候你只管說，我們過來幫忙。想好蓋個啥樣的沒有？」

姜娉娉本來正專心的吃飯，聽到這立刻抬起了頭，她也想知道。

聽見姜植說在正堂蓋三大間，再加上兩側各有一廂房，這格局與老院差不多。她很想提意見，但話題又轉到別處了，只得繼續吃飯。不急，還有一段時間才會蓋房。

吃完飯，姜植趁著今日有時間，抓緊把馬車做出來，他做工細緻又快，沒多少工夫，車子雛形已經出來了，而大舅也不急著回去就在這裡幫忙。

姜娉娉和姜凌路在旁邊看著，嘴上幫忙。

「爹，這車子坐起來會不會特別顛？」她想到，平時坐的牛車跑得不快就已經顛簸得不行，現在換了這跑得快的驢車，可不得顛得把肚裡的飯都給吐出來？

姜植當然也想過這個問題，他之前坐過一回東家的馬車，那時候是晚上，時間趕得急，馬車跑得快，但他坐在裡面，竟然出乎意料的沒感覺到太大的顛簸感。

那時他特地琢磨了一下，發現了馬車底板有一個大篩子形狀的東西，這東西看著不起眼，縱向放在車軸上，不僅能保持穩定，最重要的是減震效果良好，現在他就在做類似的大篩子。

姜娉娉和姜凌路兩人崇拜的看著姜植，只覺得爹什麼都會！

姜娉娉又看著車轂轆，想到了現代的輪胎，加上輪胎之後，減震效果會不會更好，還有，驢兒跑起來是不是就更輕便了？

但輪胎可以用什麼代替呢？現代的輪胎是用橡膠做的，這裡又沒有輪胎……對了，可以用皮革，姜娉娉突然想到，在車轂轆包上一層皮革與輪胎便有異曲同工之妙，包上皮革之後，車轂轆就能增加柔軟度來增強緩衝。

姜娉娉把這想法告訴了姜植，就見姜植皺著眉頭琢磨了一會兒，肯定的點點頭。

「這個好辦！家裡有不少皮子，明天我就送來。要是行了，給我這車也修整一下，不然真的顛得慌！」大舅一拍手，他家裡什麼不多，就是皮子多。

車子做好之後，姜娉娉看看車頂，光禿禿的什麼都沒有。

「爹，做個車頂？」她想的是做個傘一樣的車頂，四個角用圓柱撐著，在四周吊著車簾，可捲起可垂放，夏天不曬、冬天不冷，這車頂要用的時候再裝上，不用的時候還可以收起來。

她說出這想法後，王氏拍手說這個想法好，現在這大夏天的，沒有頂的車，坐上沒一會兒，只感覺整個人就要曬昏了。這個車頂好做，但家裡沒這麼大張的油紙，大舅說這點子好，也給他做一塊，油紙他明天一併帶過來。

到快傍晚的時候，大舅回家了，晚點天就要黑了。

等到晚上，姜三還要繼續守著窯，於是就在南院姜植的屋裡打了地鋪，每隔一個時辰起來去加柴。

兩天時間過去，姜三一早就去了蛋形窯那裡，他將火熄滅，等到溫度冷卻下來，將陶罐拿出來一一察看。

蛋形窯建得不大，這次一共做了二十多個陶罐，裂開的、沒成形的有將近一半，燒製成功的看著比之前試做的成色還要好。

這樣看來，燒製不成功的原因，可能是因為在窯室裡受熱不均勻，還有一個就是製作陶胚時沒有仔細檢查。但這結果已經很好了，他們非常滿足，畢竟第一次正式燒製能有這個結果，已經很不錯了。這兩天的擔憂全都轉化為喜悅。

正高興著，姜三媳婦抱著閨女過來。「快回家吧，再不回去娘就要過來了。」

這兩天姜三吃住都在南院，她不著急，姜老太太卻坐不住了。

姜三現在是一門心思的撲在這上面，他朝媳婦笑。「做成功了，陶罐！」

以後他也能像大哥一樣掙錢了。

第十九章

姜三迫切的想要知道這陶罐生意能不能行，所以他沒回老院，而是和姜娉娉、姜凌路三人吃過早飯，就趕著驢車去了鎮上的集市。

驢車上又墊了一層被褥，坐起來果然不顛，姜三在前面將車趕得很快，姜娉娉他們坐在後面還是穩穩當當的。他們三人到了集市上，姜三將驢車安置在相熟的人家後，就去了東邊的集市，這時候集市正是熱鬧的時候。

他們來得晚，沒有好位置了，只能在集市的邊緣支起個小攤子。

姜三已將陶罐擺放整齊，就是不知道怎麼開口。

姜凌路對這個有經驗，他上前一步，放開嗓子吆喝著。「陶罐！賣陶罐咧！快來瞧、快來看。」

被他這一吆喝，還真有人停下了腳步。

姜娉娉看著二哥這熱切的樣子，發現他真的很有做生意的頭腦。每回只要是談到做生意掙錢的事情，他腦子轉得特別快，有時候連姜娉娉都沒想到的事，他卻能說得頭頭是道。包括之前大舅家的滷肉，還有爹做的木工活，他都出了不少主意。

現在只聽到，他那小嘴大聲的喊：「三文錢一個，買五個送一個！不能再便宜了，本來就是不賺錢的東西，三文錢一個，買五個送一個！」

他們做的陶罐太過於粗糙，所以賣的價格相當便宜，一會兒的工夫，攤子前面就圍了一圈人，本來就沒多少的陶罐，一下子就賣完了。

這下三個人開心了，他們都沒想到這麼快就能賣完。

最後還是姜凌路總結道：「陶罐本來就是常用的器具，家家戶戶都有，有時候磕磕碰碰的就要買新的，加上現在夏天快過去了，也要開始醃菜了，這陶罐正好做醃菜；再說了，咱們的陶罐賣得便宜是最主要的原因，往後還可以薄利多銷。」

姜娉娉實在是沒想到自家二哥能琢磨出這裡面的彎彎繞繞，就連姜三叔也連連點頭，來一趟集市，還能在小姪子身上學到不少東西。

等回村後，姜娉娉和姜凌路在南院吃飯，姜三將姜植和王氏叫去了老院。

聽見姜三說做出來的陶罐都賣完了，姜老太太驚訝得眼睛都瞪大了。「我就知道我們三兒是個掙大錢的，這不，居然做出了陶罐，這哪是一般人能做出來的！」

姜三聽見他娘這樣說，頗有點不好意思，他撓了撓後腦杓。「娘，這不是我自己做出來的，要不是……」

「行了行了，說的什麼話，可不就是你做出來的，誰還能跟你搶功勞不成？」姜老太太打斷了他，又用眼睛瞧王氏，生怕王氏開口搶功勞。

王氏聽見這話，哼了一聲，她還沒想說啥呢，就被人堵住了嘴，可真是孩子的好祖母。

她本來沒想這麼多，但被姜老太太這樣一說，倒顯得她眼巴巴的瞧著一樣。

姜老丈咳了一聲，示意姜老太太別說得這麼生分，又問了幾句，姜三一一答了。

姜老丈點點頭，如今老三也有了能掙錢養家的本事，他這心算是放下來了。

到最後，姜三還是把剛剛被娘打斷的話說完了。「爹，娘，要是沒有娉娉，兒子連陶罐怎麼做出來的都不知道，也就做不出來這陶罐。所以我想著，這不能算是我一個人的功勞，往後掙了錢，無論掙多掙少，有我的一份，就有她的一份。」

姜三說出這番話，壓在心裡的石頭才算是放下。若是像他娘說的那樣獨自攬功，他自己都過不去心裡的那道坎，雖然他平時沒什麼本事，但也知道如果沒有小姪女娉娉，這陶罐是不可能靠他自己做出來的。

他不想別的，只想問心無愧，如果讓他當作什麼事都沒發生，以後賣了錢自己賺，那他於心難安。

但姜老太太不願意了，在她看來這就是兒子自己掙的錢，憑什麼要分給姜娉娉，她正準備說出口，姜老丈點點頭說：「是這個理！親兄弟明算帳，事先說清楚，你們兩兄弟也不傷感情。」

姜植和王氏連忙推辭，兩人都是實在人，沒想著和姜三分錢。

姜三急了。「大哥、大嫂，我這真不是客氣！如果不給娉娉他們……分成，對，分成，如果不給娉娉分成，怎麼都說不過去。」

姜三媳婦明白他的意思，也勸道：「是啊，大哥、大嫂，這是給娉娉的，你們可不能自己作主了。」

王氏又一番推辭。

姜老太太在旁邊乾著急，插不上話，在她看來，既然老大夫妻都不要，那又何必給呢？她拉著姜三，不讓他再說。

姜三被姜老太太拉扯著，最後說道：「要是不給娉娉分成，那我也不做陶罐了！」

這話一出，姜老太太沒了動作，王氏也沒了言語。

他的樣子挺唬人的，等大家都安靜下來後，他才接著說道：「你們看著辦吧！」

姜老太太自小偏寵他，因此有些時候，姜三身上是有點任性的底氣的。拉扯半天，到最後以姜三的勝利告終，最後決定，姜三賣陶罐賺的錢分出一成給姜娉娉。

姜老丈起了字據，姜三按了手印，姜植代替姜娉娉按了手印。

就這樣，在姜娉娉自己都不知道的情況下，就多了一筆源源不斷的財富。姜娉娉只覺得這幾日娘對她總是和顏悅色，看她都笑咪咪的，她實在忍不住了就去問個究竟，問到王氏煩了，結果屁股得到一巴掌。

這還是她娘沒錯了！

等秋收結束，姜凌路就要開始上學堂了，對於上學堂這件事，他沒什麼興趣，但他不敢跟爹娘說，只有小聲的跟姜娉娉提過。

姜娉娉聽著自家二哥在這裡不停地念叨，上學堂肯定多麼無聊，到時候也不能和她一塊兒玩了。她早知道以姜凌路這個性子，會喜歡上學堂才怪，他從來都不是一個能老老實實坐得住的人，最是喜歡玩。

「哥，你不想去就不去唄！」姜娉娉非常清楚姜凌路的性格，便不去勸他，反倒順著他說。

姜凌路聽見妹妹喊自己哥，又見她這麼支持自己便很是高興，但又覺得怎麼和自己想的不太一樣，妹妹為什麼不勸勸他？

他這樣想，也問出來了。

姜娉娉笑了一下，她就知道二哥沈不住氣。「我是覺得，你不想讀書識字就不讀唄！反正以後啥都不知道，被人騙了也沒關係！」

不行！姜凌路聽妹妹這樣說，瞬間就想到了以後，自己傻乎乎的被人騙還幫別人數錢的傻樣，他趕緊搖了搖頭；然後他又想到自己如果上學堂了，可以當小夫子教妹妹讀書認字，他高興得笑了。

等到爹娘送他去學堂拜師讀書的時候，他很爽快的去了。

王氏本來還以為今天得動粗了，沒承想這麼容易，看著兒子那積極的樣子，她反倒有點不適應了。

等到姜凌路去學堂之後，姜娉娉瞬間閒了下來。

這幾天，她看見爹一直在量著家裡空間的長寬大小，心裡一喜，心想是不是要蓋房子了？一問，果然是！

家裡的房子終於要重蓋了，之前陰天下雨的時候，總是外面下大雨、屋裡下小雨，現在剛入秋還好，等到了冬天，真的是北風呼呼吹，如果不燒炕，屋裡比外面還要冷。

這裡的冬天很冷，也非常長，大約有四、五個月的時間，冬天的時候一家人都是擠在一張炕上睡，現在不知道家裡打算蓋什麼樣的房子。

姜娉娉跑到姜植跟前，趴在桌子上，看著他寫寫畫畫。

「爹，這是咱們的房子圖嗎？」姜娉娉看到爹在圖紙上畫了房子、院子，還有水井、豬圈、雞圈之類的圖案。

姜薇也走了過來，拿著繡了一半的帕子坐在一旁，想著自己家就要蓋房子了，心裡很高興。

姜植伸手揉揉小閨女的頭。「是啊，看看這，這個是咱們娉娉的房間，和妳姊姊的房間緊挨著。」

姜娉娉和姜薇都去看姜植指著的那一處，除了正堂的三大間房間，兩側各有兩小間廂房，姜娉娉和姜薇的房間就是其中一邊的兩間。房子結構有點像四合院，中間、兩邊各有房間圍成了一個圈。

「爹，這會不會有點空曠？」姜娉娉看著這圖紙半天，總感覺有哪裡不對勁。南院的這房子，宅子占地比較大，外面是一圈圍牆，裡面的房間圍成了一個圈，但總感覺中間太空，再往前是一些棚子和菜地，宅子後面還有一塊空地，整個格局顯得很空曠。

姜薇在旁邊也跟著點點頭，家裡的宅子面積也太大了吧。

姜植見兩個閨女都這樣想，他點點頭。「這是工匠拿來的圖紙，讓咱們先看看，不合適的可以改。」

聽到姜植這樣說，姜娉娉心裡還有點底了。「爹，咱們去鎮上或者省城看看其他人的宅子是啥樣的吧？可以多看看、多思考。」

姜娉娉會這樣說，是因為村裡人蓋的房子都是一樣的格局，都是正堂三大間，旁邊有兩間廚房或是其他屋子，而現在南院有這麼大的面積若還照那樣蓋總覺得有點可惜。

再說了，南院面對著一條大路，去集市上的人都要從這條路上經過；再往前面有一條河，中間隔了一塊空地，空地上種不成莊稼，倒是種了幾棵桐樹，視野也寬闊；而院子東邊是一片樹林，姜三叔的蛋形窯就建在裡面，院子西面不遠處則有個小池塘。

姜植聽完，想了一下。「行，回頭去鎮上或省城裡看看。」

他想到了省城裡東家的宅子，和南院差不多大小，總覺得氣派又舒適，好像有好幾個院落。

「爹，到時候我也去！」姜娉娉趕緊舉手，然後眨巴著眼睛瞅著姜植。

姜薇在一旁見妹妹這模樣笑了，和她腳邊的大橘見到魚的模樣有點相似，都是一樣的可愛，機靈鬼一個。

再過幾天，就要中秋了。南院裡，王氏拿著大鍋鏟，來回的翻騰鍋裡的花生，見小女兒在旁邊眼巴巴的看著，她瞅準時機，拿了一個出來，剝掉皮就往小女兒嘴裡扔。

燙得姜娉娉先哼一聲，才嚼了嚼喊著。「好吃！」

自己家炒的花生是王氏特意挑過的，個個飽滿密實，經過翻炒，焦香四溢，王氏還放了一些粗鹽一起炒，讓花生又帶上了一絲鹹香味。不過放涼之後會更好吃，現在內裡還有點夾生。

最後姜娉娉被王氏趕出廚房，說她在這兒心急饞嘴，花生還沒炒好就要被她吃光了。

王氏將花生攤著放涼，先去做些瑣事，待回到廚房，就看到小女兒不知何時溜了回來，站在鍋邊吃起來了，小小的人還沒有灶臺高，嘴裡還念叨著。「好吃。」

姜娉娉吃了好些，又喝了一杯花茶解渴。

晚上的時候，一家人坐在院子裡乘涼。

姜娉娉抱著貓坐在姜薇旁邊，聽著爹娘商量，說等過完中秋就開始蓋房子了。

王氏又說到還有幾天就要中秋了，今年分了家，得盤算一下自己家該做什麼餡的月餅。

姜凌路上學堂有一段時間了，現在學堂放了假，他便湊到姜娉娉旁邊說著學堂上的事，聽見王氏說做月餅，立刻接著道：「我想吃紅豆沙餡的。」

去年王氏做了一次紅豆沙月餅，得到了一致好評，姜凌路吃完念念不忘，老早就想著中秋月餅了。

王氏笑著摸摸他的頭。「還提起要求了。」

姜娉娉在旁邊聽著，王氏的手藝還是沒話說的，同樣的食材做得比姜二嬸或者姜老太太好吃太多。

她扭頭看到姜植正在打磨大姊的小櫃子，上面還雕了一朵牡丹花，紋理清晰，栩栩如生，她眼珠一轉，嘴巴一張。「爹，我想要個月餅模子。」

姜娉娉連說帶畫的把月餅模子的樣式表達清楚，然後期待的看著姜植。她想要做一個花瓣樣式的，圓圓的月餅上有一朵開得正豔的花；還有一個花生樣式的，飽滿的花生，看著喜人。

姜植在心裡琢磨了一下，月餅模子是要印在月餅上的，和現在雕刻時的樣子是相反的。

「行，做出來試試。」

姜凌路在旁邊也起了興趣，眼睛亮亮的。「還可以做『斑馬線』樣式的，我們再點上顏色，肯定特別好看。」

兩個人圍在姜植身邊越說越多，有小魚樣式、小豬樣式的，還有兔子樣式的，兩個人越說越離譜，最後連葡萄樣式的都說出來了。

王氏打斷他們。「提的要求還真多，做啥樣的就吃啥樣的！」

姜娉娉兩人對視一眼，一人抱著王氏的一隻手臂撒嬌。

第二天一早，姜植就把花瓣模樣的月餅模子做出來了，第一個做出來了，後面的就越來越輕鬆，等姜娉娉他們起床的時候，姜植已經把昨天他們說的樣式都做出來了。

吃過早飯，姜娉娉和姜凌路兩人就纏著王氏做月餅，王氏看著那小巧的月餅模子，點點頭。

王氏風風火火的準備的材料很多，有花生、瓜子、杏仁、芝麻、豆沙、花瓣、酥油、糖等，還有姜娉娉提了一嘴的滷肉和青椒。

廚房裡擺得滿滿當當，王氏索性將東西都搬到院子裡。

姜娉娉兩人在旁邊拉著王氏的衣袖，嘴角微抽，這些做完足夠他們吃小半個月了。

「娘，娘，娘，太多了，吃不完！」

但王氏的熱情來了擋都擋不住。

王氏和姜薇兩個人動手做，按模具的活就被姜娉娉和姜凌路搶去了。

月餅的餡有好多種，姜娉娉用鮮花的月餅模具印壓鮮花餅，印出來之後，放在手掌上讓王氏看。「娘，像不像花？」

姜植的手藝越發精進了，她想著，這麼多月餅，自己家吃不完可以拿去賣。剛起了這個念頭，就見姜凌路在旁邊看了過來，眼睛裡也同樣透露出一樣的想法。

姜娉娉兩人把這想法說了出來，王氏搖搖頭。「我看你們倆是掉到錢眼裡了，小財迷。」

王氏雖然這樣說，但也覺得可以試一試，便更加用心的做月餅了。

姜娉娉拿著模具，一個接著一個，印出許多形狀的月餅，為了區分口味，她印的時候還特地先分類了。

花瓣形狀的是鮮花餅，花生形狀的是加了很多花生仁的五仁月餅，兔子形狀的是磨得細細的黑芝麻餡，小魚形狀的是紅豆沙餡，小豬形狀的是唯一鹹口的月餅——滷肉餡的。

滷肉青椒餡的月餅做出來就像餡餅，剛出鍋就得到了姜凌路的吹捧，現在這個口味的月餅已經超過紅豆沙餡成為他最喜歡的月餅。

姜娉娉還是喜歡王氏做的鹹蛋黃月餅，王氏已把鴨蛋醃好，到現在已經一個月的時間了，鹹鴨蛋簡直香得流油。

王氏將月餅一個一個用油紙包起來，姜薇在上面繫上蝴蝶結，更顯得精緻好看。

第二十章

第二天一早，王氏將月餅一一放好裝在籃子裡。

姜娉娉被王氏喊醒，揉了揉眼睛，打個哈欠趕跑瞌睡蟲。

「我給妳梳頭。」姜薇早就醒了，趁著這工夫想要幫她把頭髮梳好。

姜娉娉立刻聽話的端坐在大姊身前。

王氏是個急性子，想要馬上出發。「隨便梳一梳就行了。」

「娘，給我拿個肉夾饃。」姜娉娉聞到了滷肉和青椒的味道，知道王氏早上做了肉夾饃。將烙得酥酥的餅子剪開，夾上剁碎的滷肉和青椒，看著就讓人很有食慾。

姜凌路聽見聲音也道：「我也要一個。」

「快點、快點！」王氏奔到廚房，拿了肉夾饃就催促著。

姜娉娉兩人吃著肉夾饃跟在王氏後面出了門。

這時候天還沒有大亮，灰濛濛的只能看清前方的路。涼山村距離鎮上不是太遠，天剛亮的時候，姜娉娉跟在王氏的屁股後面到了集市。他們來得早，王氏帶著他倆找了個中間的位置，將月餅在攤上擺放整齊。

姜娉娉吃著肉夾饃小跑著走了一路，只覺得噎得慌，不停地打嗝。

「誰叫妳非要跟著過來，在家睡覺多好。」王氏見狀，給她拍了拍背。

旁邊是一家賣豆漿、豆腐腦的，生意已經開張了。細嫩鮮美還帶著蒜香味的鹹豆腐腦，放上蔥，淋上香油，鮮香撲鼻，這個時候來一碗豆腐腦是再好不過。

她指著豆腐腦的攤子喊了一聲「娘」，意思明顯。

王氏看看閨女又看看兒子，兩人都眼巴巴的看著她。「月餅還沒賣出去呢，就開始花錢了。」

她雖然嘴上這樣說，但卻已朝著豆腐腦攤子走過去，買了三碗豆腐腦，母子三人喝了起來。突然來了客人瞧著這月餅新奇，上前來問，王氏嘴裡的豆腐腦還來不及嚥下，旁邊兩個孩子已經開始介紹了。

「這是五仁的，這是紅豆沙的，這個是鮮花餅。」姜娉娉先是指著那些常見的月餅介紹，最後才介紹滷肉餡的月餅。「這個是鹹口的月餅，可以買回去嚐嚐鮮，肉香與酥皮相結合，非常好吃。」

話是這樣說，但她吃不慣滷肉餡的月餅，又甜又鹹的，她覺得味道有點奇怪。而姜凌路卻和她相反，王氏剛做出來這個鹹月餅，他一下子就愛上了。

她和姜凌路賣力的招呼著攤子前的人。「甜月餅五文錢兩個，看看這花和真的一樣好看。」

「還有這花生月餅，代表吉祥如意的象徵，更不用說這小魚月餅了，寓意年年有餘。」

「這鹹的月餅雖然貴了一點，但勝在好吃啊，裡面又有肉，只要十文錢三個。過節嘛！小豬崽月餅，多富有的寓意。」

攤子前面的人真的被姜娉娉這兩個小孩說動了。這月餅的樣式好看，寓意也好。

「這都是自己家做的，用料足，好吃又不貴。」王氏站在旁邊終於有了插話的機會，做的月餅雖然小了些卻很精緻。

來集市上逛的人，也都是準備買過節的東西，現在看見這新奇樣子的月餅，都想要買回家嚐嚐鮮，但也有只想遵循以往買月餅習慣的人。

那些人看了看，姜娉娉他們這攤子上也有老式月餅，索性就在這裡買了。

一籃子的月餅，不到晌午就幾乎賣光了。

剩下幾個，王氏分給了周圍的小攤販，讓他們都嚐嚐，她這點人情世故還是懂得的，畢竟自己家今天剛來，上午的生意也好，家裡還有一些沒帶過來賣，往後幾天還是要再來的。

旁邊賣豆腐腦的小攤主，笑著說客氣了，都是在這裡做買賣的。

王氏的生意好，也帶動了旁邊攤位的生意，現在又見王氏這樣好說話，周圍的小攤販臉上都樂呵呵的。

姜娉娉和姜凌路趁著娘現在心情正好，趕緊提要求。「娘，我倆的工錢……」

姜凌路可是算過了，今天大概賣了一百五、六十文錢呢！

姜娉娉也有點驚訝，大概是快要過節的原因，過了這幾天這月餅可能就賣不出去了，他們也算是趕上過節這一波熱度了。而且他們還想去集市上逛逛呢，這幾日因為臨近過節，集市快到晌午還沒有散。

果然，王氏拿出錢。「給，你們的工錢，一人十文錢！」

兩人歡呼一聲，拿著錢就要走，王氏喊住他們。「別走遠，我們等會兒就回去了。」

姜娉娉兩人沒走遠，稍微逛了下，來到一個賣糖人的攤子前。糖人兩文錢一個，姜娉娉兩個人各要了一個，剩下的錢都讓姜娉娉保管。

「爹！」姜娉娉他倆往回走的時候就看到姜植趕著驢車過來，車上還有姜薇和姜宇。她和姜凌路兩人不等姜植停好驢車，就跳了上去。「往前面走，娘就在前面。」然後把手上的糖人分給大哥和大姊嚐味。

原來姜植三人在家，左等右等都不見他們回來，實在不放心就過來接了。

到了攤位前，姜娉娉坐在車上朝王氏揮手，讓王氏抱她下來。「娘。」

被王氏抱著，她視野高，就見前面拐角處圍了一圈人。

集市上人來人往，熙熙攘攘，但那個地方好像是陽光照射不到的地方，非常昏暗無光。她看見地上鋪著一塊蓆子，有一個穿著半新外褂的小姑娘，紮著兩條羊角辮，小姑娘旁邊一個看起來年紀有點大的婦人應該是她母親，無助的抹著眼淚，抱著她坐在蓆子上。

這時婦人突然發出一陣無法壓抑的哭聲，嘴裡斷斷續續的說著什麼，那小姑娘伸手給娘親擦擦眼淚，但婦人的眼淚就像是開了閘的洪水，怎麼也擦不完。

有人見母女倆哭得這麼傷心，一問才知道，她們家裡有個沒斷奶的娃娃，還有個生病的老人，實在是養不起，打算給閨女找個好人家，只要閨女能過得好。

旁邊的人一聽，嘆了口氣，這幾年光景好了些，但吃不飽飯的人家也不在少數。

要是夫妻兩人，種地養著幾個孩子，沒病沒災的倒還好，要是生個病，真是只有等死了。

眼瞅著這母女倆這麼可憐，不少人都忍不住紅了眼眶，可大家都是在地裡刨食的老百姓，就算是想幫一把，也沒有那個能力可以把這小姑娘領回去。有的人拿出了些銀錢和吃的，放到這母女倆面前，想著能幫一點、是一點。

姜娉娉輕輕拉著王氏的衣袖，又遞給姜凌路幾文錢，讓他買幾個肉包子來。那小姑娘像小貓一樣瘦弱，一直捂著肚子不說話。她走過去，才感覺到這對母女的位置特別冷，連陽光都避開了她們，只留下瑟瑟的寒風，吹得人心寒。

小姑娘低著頭，身體一直發抖。

這時候姜凌路也顯得有點沈默，是和他差不多大的小孩。他將包子放在女孩懷裡，沒吭聲，轉過了頭，不知道怎麼面對母女倆感激的眼神。

婦人止住了哭聲。「枝兒，快吃，是熱包子，快吃。」她抹抹淚竟一口也不吃。

枝兒咬了一口，覺得很香很香。「娘，妳也吃。」

這時候枝兒爹從盡頭走過來，帶著渾身酒氣，腳步一步一晃，用力地一屁股坐在蓆子上，一言不發。

看到地上的銀錢，枝兒爹伸手就想拿走，枝兒娘按住他的手。「你不能拿！」聲音猛地一高，鎮住了枝兒爹，又哭道：「娘的病不能再拖了。」

枝兒爹收回了手，哼了一聲。

枝兒目睹了全程，她雖小，但也隱約知道爹娘不要她了，哭道：「娘，我聽話，我以後會幹活，少吃飯，娘別不要我。」

枝兒娘一聽，心都要碎了，抱著閨女哭了起來。

姜娉娉抱著王氏的脖子，眼眶紅了，低低的喊了一聲「娘」。

王氏拍了拍她，心情複雜。這幾年的安穩日子讓她忘記了以前吃不上飯、成天餓肚子的滋味，那時候就連山上的樹皮都被人扒得乾乾淨淨，只希望日子能越來越好，再也不要過那樣的日子。

姜娉娉抬頭看見姜植抱著姜凌路不知什麼時候站在旁邊了，她伸手過去讓姜植抱。「爹。」

看著枝兒小小的人，還有枝兒娘絕望的哭喊，她想伸出援手，但家裡的情況也不是多好，而枝兒一家的生活，也不是一下就能變好的，這樣的場景，只讓人感受到無奈的心酸。

姜植接過了她，一手抱著一個孩子，他見王氏她們一直不回來，旁邊聚集的人越來越多，他繫好驢車，帶著孩子站在王氏身後。

這時候聽到一個聲音問道：「這是怎麼了？」

眾人扭頭一看，說話的人是一個老太太，大約六十多歲的年齡，眼角帶著笑紋，一頭華髮，將自己收拾得乾淨俐落。這位叫范嬸子，在場許多人都認識，離這兒不遠的地方就是她家開的藥房，她老伴前幾年過世了，只留下她一個人，也沒有孩子。

旁邊立刻有人解釋清楚來龍去脈。

范嬸子聽著，沒說話，見小姑娘明明又害怕、又傷心，還強忍著眼淚安慰她娘，覺得自己年紀大了，看不了這些，想著能幫忙就幫忙。

她直接說道：「這丫頭我帶走了，正好我那兒還缺個小藥僮，你們……」范嬸子止住了話頭，孩子大了，懂事了，她不能直接問孩子爹娘要多少銀子。

枝兒娘在范嬸子過來時，就打量了一番，心知閨女跟著她也算是能享福了，聽見她問連忙說道：「我們什麼都不要，只求您能可憐她，給她一口飯吃。」

范嬸子拉著枝兒娘，拍拍她的手。「妹子，我就住在中間那條街的胡同裡，要是想閨女了儘管來看，老婆子我就一個人住，正好有小丫頭來陪我解悶了。」

說完又低下頭揉了揉只到她腰處的枝兒的頭頂。

眾人哪不知道范嬸子這是不想讓枝兒爹娘揹上賣女兒的罵名，也是不想讓枝兒小小的年紀就明白爹娘不要她了。

枝兒娘擦乾眼淚，對著范嬸子拜了拜後，低頭看著閨女。「好好的！聽婆婆的話！」

枝兒娘看著枝兒離開的方向忍著淚，枝兒爹愣愣的，也不知是醉了還是清醒。

姜植看了一眼王氏，見她點點頭，然後走上前去，朝枝兒爹道：「我們家在涼山村的最南邊，附近有個小池塘，我也沒啥能幫的，就只會木工活，等你緩過神了可以來找我學木工，學一門本事養一家人，應該足夠了。」

姜植心裡嘆氣，力所能及的能幫一把便幫一把。

枝兒爹神色木木的聽著沒反應，枝兒娘感激的點點頭。

回去的路上，枝兒娘一摸袖口，摸出一張二十兩銀票，她猛地朝著范嬸子離去的方向跪了下去，剛剛擦乾的淚又流了下來。

枝兒爹一把拉起她說道：「人都走遠了，別瞎跪，再不回家天都黑了。」

枝兒娘握著手裡的銀票，暗暗發誓，錢她一定會還的。

想著婆婆的病終於能治了又高興起來，又想到這錢是她賣女兒得來的，淚又落了下來，接著想著枝兒爹若能學個手藝，以後還能把枝兒接回來，她又高興起來。

她就這樣一會兒哭、一會兒笑的跟在枝兒爹後面回家去了。

待他們回到家時，婆婆已經將飯做好了，說是飯，其實就是稀湯上浮著幾粒雜糧，加上烤得黑糊糊的雜糧餅子。

婆婆見枝兒沒跟在他們後面便問道：「枝兒呢？枝兒娘妳趕緊吃飯，吃了就有奶水了。」

枝兒娘聽見婆婆問話，只哭著答不上話。

婆婆見狀哪能不知道，眼淚瞬間掉了下來。「都是因為我，是我拖累了你們，是我拖累了你們啊，讓我活著有什麼意思呢？還不如死了乾淨！」

婆媳兩人抱頭痛哭起來。

屋外，枝兒爹經過這一路，酒醉也被風吹醒了，聽著傳過來的哭聲，沒有言語，只是緊抿著雙唇，用斧頭劈著要用的木頭。

自從集市上回來後，姜植和王氏就發現幾個孩子格外黏人，特別是小女兒。

姜娉娉以前不覺得，這回終於知道了她其實是相當幸運的，能夠成為姜植和王氏的女兒。

有為孩子們撐起一片天，給孩子們最無私的愛的父母，有溫柔善良、堅韌樂觀的大姊，有勤勞穩重、男子漢般的大哥，也有古靈精怪、可可愛愛的二哥。

王氏剛開始見她這麼黏人還挺高興的，等新鮮勁過去後就覺得煩了，今天一早更是直接將她丟給了大女兒照顧。

姜娉娉癟了癟嘴，哀嘆自己的真心終究是錯付了。

之後幾日，王氏又做了一回月餅，一直賣到了中秋。

王氏坐在院子裡，算著這幾日賣月餅的錢，只是這幾日的時間就賺了將近一吊錢。

姜娉娉在旁邊搓搓手。「娘，妳是不是應該給我們一些獎金啊？」

「每日的工錢不都給你們了，怎麼還要錢？」王氏將錢袋子放好。

知道娘會這樣說，她已經想好了說詞。「這個是獎金，是娘看我們這麼辛苦，獎勵給我們的。」

聽見她這番話，王氏還沒答話，姜植倒是笑開了。「是應該給你們獎勵。」

姜娉娉看向姜植，他正在旁邊的棚子下面做模具，一點一點的打磨著木頭，旁邊已經擺放有一些了，模具的形狀多樣，精緻小巧。

前兩天，姜娉娉他們家在集市上賣完月餅打算回家時，一個大約四、五十歲的男人喊住了他們。

原來這人是鎮上點心鋪子的掌櫃，見他們家月餅樣式新奇，想著鋪子裡的點心也可以這樣做。但掌櫃的沒有多訂，只說買一些嘗試賣看看，要是銷量好了，再多訂一些，他們東家不只是在鎮上有鋪子，在省城各地也有鋪子。

此時，聽到姜植也同意了，姜娉娉兩人更加理直氣壯了。「娘，我們要獎金。」

王氏無奈只得又拿出二十文錢，一人給他們分了十文錢。

姜娉娉兩人對視一眼，一人一邊站在王氏身旁，繃著臉。

「怎麼了這是？」王氏不解。

姜娉娉哼了一聲，提醒了一句。「娘，妳是不是有事情瞞著我們？」

「就是，娘，妳老實交代吧！」姜凌路說話的時候想著戲文裡的場景。

王氏像是想起來什麼。「你們三叔做的陶罐若賣了錢會分出來一成給你們。」

自從上次立完字據，還沒有分過紅，她就沒把這事放在心上，此時聽到兩個孩子問了才說道。

姜娉娉撇撇嘴。「娘，妳都不告訴我們！」

她之前做陶罐只是想改善家裡的情況，但她沒做成功，碰巧姜三叔做成功了，後來她幫忙做陶罐並不是想得到什麼。

「你們三叔硬要給的，往後你們多幫忙就好了。」王氏知道她的心思。

不再與兩個孩子玩鬧，王氏和姜薇早早的準備起過中秋的物品，也讓姜植給老院送去了兩塊布，還有三斤豬肉、兩隻雞、一包紅糖、一包點心和月餅。

中秋晚上，村裡燈火通明，河邊也燃著蠟燭，家家戶戶門前都掛了兩盞花燈。

空氣中飄散著飯菜的香氣，小孩子們吃飽飯在家裡閒不住，都跑到外面玩。

歡聲笑語飄蕩在村子中，大人們也出來嘮嗑，說著地裡的收成和家裡的瑣事。

第二十一章

過了中秋節，蓋房子的事就提上了日程。

姜植這一段時間跑了好些地方，連省城也去看了，最後才定下宅子的格局。

按照設計，宅子分為兩個院子，姜娉娉看了下，就像是二進的院子，只不過姜植又根據自己家的情況改良了一下。

宅子像是個南北向的長方形，大門在涼山村的主路，人來人往很是熱鬧，姜植根據姜娉的建議，在大門旁邊建了一排門朝外的房屋，一間隔著一間像是後世的門面房，門面房後面是幾間住房和姜植的木工房。

進了大門，是將兩間房屋打通做待客的主屋，靠裡面的地方砌了一個火炕，以防冬天太冷，另一邊的拐角處開了一個角門，通向廚房。

主屋兩側，各有三間敞亮的磚瓦房，分別是姜宇和姜凌路的住處。廚房則應王氏的要求，要蓋得特別寬敞，在側面連著後院的地方又開了一扇門。後院的結構和前面的結構很像，正中間有三間房，左右兩側各有打通的兩大間房則是姜薇和姜娉娉的住處。

後院也開了一扇門，對著村子的方向，進出十分方便。後院的後面是牲畜的地盤，預先留出一半的空間可以用來種菜。一家人坐在一起暢想著自己家的新房子，只是這樣建下來花費只怕不少。

姜植特意挑了個好日子，八月三十，宜拆卸，宜動土。

這天一大早，涼山村裡和姜家親近的人家都來幫忙，大大小小聚集了二、三十個人。

在村子裡蓋房子，人們都會主動過來幫忙，不用給工錢，只管飯就行。於是就由王氏和姜三媳婦再加上大舅母來準備這期間眾人的一日三餐。她們在院裡架起了兩口大鍋，把案板、廚具都搬了過來，姜植又在上面搭起一層油布，省得下雨淋著。

大舅母的做飯手藝自然是沒話說，簡單的菜也能做得色香味俱全，每天都是變著花樣的做著吃。

今天大舅母炸了肉丸子和素丸子，姜娉娉最喜歡吃的是肉丸子，豬肉大蔥餡的，她看到裡面還放了雞蛋、澱粉、調料和大舅母做的黃醬，丸子炸得金黃，再用勺子拍散之後，又放入鍋中複炸。

素丸子有兩種，豆腐餡的和蘿蔔餡的，鮮香撲鼻，酥軟焦脆。

姜娉娉吹吹燙手的丸子，大舅母做飯向來認真細緻，娘手藝也好，但都是炸一遍就直接出鍋了，雖然也好吃，但就是沒有大舅母做得香。

現在她和姜凌路站在旁邊，剛出鍋的金黃丸子香氣撲鼻，他們兩人一口一個，腳邊的大橘扒拉著他們的褲腿，喵喵的叫著。

王氏見他倆圍在腿邊礙事，盛出冒尖的一碗丸子讓他們去旁邊和其他小孩一起吃。

炸丸子的香氣飄散在空中，讓眾人幹活更賣力了，你一言、我一語的。「王家嬸子做的飯就是沒話說，再簡單的飯到她手裡就比那飯館裡的還好吃。」

「那可不？這些天幹活吃得比過年的時候還好，人都胖了幾斤。」

眾人打趣他。「看看你那一身膘，到這兒享福來了。」

王氏做了粉絲豬肉白菜湯，肉香加上粉條、白菜，燉了一大鍋，聞著就香，再把炸好的丸子放到一個大筐裡。舀一碗湯，抓一把丸子泡在裡面，別提多美味了。

中午大家吃得飽飽的，現在日頭太曬，眾人都躺在樹下面歇息了。

姜娉娉迷迷糊糊的還看到姜植頂著大太陽在量著什麼，又聽見王氏喊姜植去歇歇的聲音，微風吹過，很是舒適。之後就算過了很久，姜娉娉還一直記著這樣一個吃過飯的午後。

在一個月緊趕慢趕中，房子建成了，村裡來幫忙的人都回家去了。

一連好些天都是大晴天，秋後的雨在這時落了下來，姜娉娉坐在棚子底下，看著一滴一滴雨滴落入那一窪水中，像撐起的小傘冒了個泡。

姜娉娉摸著大橘毛茸茸的腦袋，看見姜植從外面走進來，伸著手喊了句。「爹。」

這段日子，姜植明顯變瘦了，雖說大舅母和王氏做飯有滋有味，但姜植每天忙得像個陀螺一樣轉個不停，連帶著人也變得邋遢，每天幹完活沾著枕頭就睡了。那時候姜娉娉就很喜歡下雨天，因為下雨天沒辦法幹活，姜植就能在家裡歇著。

現在房子建好，陀螺也停下了，只等著將房子通風一段時間，選個黃道吉日搬進去。

姜植應了一聲，抱起她。「妳娘呢？」

姜娉娉指了指裡面。「娘睡覺了，噓。」

她睡不著，一個人坐在這裡看著落下的雨水發呆。

見姜植點點頭沒進去，她又小聲的說：「爹，幫我做個麵包窯吧，用剩下的這些材料就可以了。」她剛剛坐在這兒發呆也沒想什麼，不知怎麼回事就想到了烤麵包。

從姜植身上溜下來，她興沖沖地跑到廚房裡，邊說邊用手描繪樣子。

她記得看過一個影片，大概就是砌成一個和蛋形窯差不多的圓弧窯，她根據蛋形窯的特點，在這麵包窯的後方，增加了加火的裝置，通過類似煙筒的方式將熱量傳到麵包窯的上方和四周，這樣一來，可以防止烤製過程中火力不足的問題；又採用了烤箱的特點，分為上下兩層，可以一次烤更多的食物。

要是二哥在這兒，肯定還能加上一些想法。

有了這麵包窯，別說什麼烤麵包了，就是烤雞翅、烤魚、烤串、蛋塔、烤紅薯這些都可以做啦！

姜植剛開始見她往雨裡衝，就立刻給她戴上雨帽，等到了廚房裡，站在旁邊聽著，聽完之後也覺得可行，乾脆地答應。「行，爹試試！」

姜娉娉高興得蹦了起來，喊了聲「爹」並抱了下他。想起娘還在睡覺，她又捂著嘴笑了。「謝謝爹！就知道爹最好了！」

身後傳來一聲。「哼，娘不好嗎？」

姜娉娉聞言，轉身朝後面撲過去。「娘，妳醒啦！剛剛爹說要做麵包窯給娘用，娘以後可以做更多好吃的了。」

這段日子，王氏的廚藝得到了大家一致的肯定，看得出來，因為大家喜歡，她做飯就更加賣力，漸漸地喜歡上了做飯，也經常琢磨一些新奇的吃法。

剛開始的時候王氏也沒有把握，都是先讓姜娉娉嚐嚐，對此姜凌路總是笑著說這不是娘的風格，姜娉娉解釋，娘這是越喜歡，才會越謹慎。

一陣涼風吹來，姜娉娉打了一個寒顫，摸摸手臂，冷得雞皮疙瘩都起來了。

王氏瞅見她的褲腳濕了，將她抱回房間。「快去換換，下著雨別出去了，等會兒讓妳爹給妳做麵包窯。」

加上姜三的幫忙，天剛擦黑，麵包窯就砌好了。

雨已經停了，姜三擦擦汗。「等晾乾之後，小火燒上兩、三天就成了。」

說完就往外面走去，王氏端著一盆菜出來攔著他。「飯都做好了，今天在這兒吃。」

姜三原本想推辭，聞到飯香便不再推辭。

月上枝頭，一時之間，姜家院子裡溫馨熱鬧。

等姜三一家走後，院子裡寂靜下來，還能聽到姜娉娉和姜凌路小聲的說話聲。

「妹妹這是什麼？」

「麵包窯，到時候就能做很多很多好吃的。」

「太好了，要是娘做得太多，咱們吃不完，還可以賣錢。」

「對哦！」

初冬微寒，天氣晴朗。這天一早，姜娉娉還在床上就聽到王氏風風火火來回走動的聲音，還有收拾東西乒乒乓乓的聲音，今天是搬新家的日子。

姜凌路早就盼著這一天的到來了，跟著王氏已經兩頭跑了好幾趟。

就連斑馬線也是一早就搖著尾巴穿梭在人群中，忙碌異常。大橘有點怕生，又有點乏，和姜娉娉一起躲在被窩裡睡得香。

搬家的日子是一早定好的，村裡親近的人都來幫忙了，王家舅舅是昨天晚上來的，今天一早就起來幫忙，打算先將打造好的家具搬過去。

前院堂屋裡是清一色的木質家具，上面有鏤空的雕花設計，看起來非常氣派，連帶著整個屋子都敞亮了。現在天氣冷，還織了一些坐墊和靠墊放在椅子上面，舒適又大方。

旁人都說道：「姜植這手藝好啊，瞧瞧這桌椅板凳，就是比起省城客棧雅間裡的用具也是不差多少。」

旁邊有人接道：「可不就是？慢點慢點，可得仔細著，別磕著碰著。」

新房子房間多，但姜植並沒有打造這麼多新家具，大部分都先用舊的。

早在一開始，姜娉娉和姜凌路對他們自己房間裡的家具樣式就有了規劃，他們不想要傳統的家具，連姜薇和姜宇也有這樣的想法。姜植索性讓他們自己想好了，只先做好了待客堂屋裡的家具，其他的再慢慢換新。

姜娉娉抱著貓，在姜凌路的催促中進了新家。

進門拐了一個彎，來到前面院子裡，院子裡已經聚了一些人了，王氏正在收拾東西。

「妹妹，快看，這是我的房間，是不是好大，我從來沒有自己睡過一個房間呢！」姜凌路喜得這兒摸摸、那兒看看，雖然房間裡還沒有什麼東西，但他心裡就是喜歡。

姜娉娉點點頭，確實很大，這房間有三間房間的大小，現在只在裡面砌了一個炕，看著空盪盪的。

她抱著貓剛想坐下，就見姜凌路往外面走。

「走，我們去看看妳的房間。」姜凌路精神抖擻，他早就好奇妹妹的房間了。

姜娉娉跟了上去，大橘近來吃得多，沈了不少，她只抱了一會兒，胳膊就痠了。到了她的房間，大橘立刻從她懷裡跳了出來，甩甩頭，一躍跳上了軟乎乎的沙發。

沙發是她讓姜植新做的，沒有之前的大，現在的大小她一個人或坐或躺都很合適。

姜娉娉也坐在了沙發上，看著姜凌路在房間裡轉來轉去。

「妹妹這是什麼？」姜凌路看什麼都很稀奇，他自從去了學堂，和妹妹相處的時間就少了許多。他指的是一個衣櫃形狀的東西，下面帶有四個輪子，上面還有扶手。

姜娉娉有一搭沒一搭的摸著大橘的背，給大橘順毛。「這個是行李箱，可以打開，你試試。」她站起身去桌子上拿了一把小梳子回來幫大橘梳廢毛，這小梳子也是姜植特地做的，夏天的時候，大橘掉毛嚴重，在腿邊一蹭就一腿的毛。

姜凌路打開那行李箱，裡面只裝了兩個用布做的斑馬綠和大橘玩偶，毛茸茸的，顏色和沙發很搭，顏色是一個黑白相間，一個橘黃。他將斑馬綠和大橘玩偶放到沙發上，又研究了一下行李箱。

姜植還買了一把小鎖放在上面，上下一扣，就可以鎖上。

行李箱是用木頭做的。「妹妹，這個行李箱太沈了，提不動，要是路上需要提行李箱的時候會有點不方便。」

他想了一下，想起用藤或者竹子編的籃子。「可以用藤或者竹子編，四角和中間用木片固定，這樣又輕便、又結實。」

姜娉娉抬頭看著在那兒摸索的姜凌路，心中感嘆：她二哥這腦袋瓜轉得太快了！

她是想到了現代有輪子的行李箱才讓姜植做了一個出來試試，畢竟出行在外揹著包袱總是有點累人，現在大哥的學業越來越重，衣物和書籍加在一起重量不少。

又聽見他的聲音傳來。「裡面裹上一層油布就可以防水了。」

姜娉娉高聲捧場。「對，二哥真聰明！」

姜凌路得意一笑。「我還知道，後山就有可以編箱子的藤條，老里正編的籃子最好、最結實，要是做這個行李箱可行的話，往後還能賣錢。」

姜娉娉簡直是對她這個二哥服了，想法一點也不比大人少。

晚飯就在院子裡擺了，堂屋裡也擺了一桌，請了同族的長輩和里正劉東。吃完飯，送走客人，收拾好東西，姜娉娉一家才算是歇了下來。

姜凌路看姜娉娉一眼，站起身來到王氏身邊。

王氏捶了一下腿。「怎麼了？」

她今天累得不輕，抬頭看見兩個孩子，半晌才聽見小閨女說話。「娘，咱家是不是沒錢了，我們倆有存錢能先用。」

王氏一愣，也不知道兩個孩子聽說了什麼，她嘆了一口氣，低垂著頭，用餘光看著小閨女。「家裡確實是沒錢了，你們還有多少？」

姜娉娉將錢遞出，王氏見小閨女伸手拿出二兩銀子來驚了一下，之前給孩子的錢，還以為他們倆早花光了。

就連姜凌路也是愣住了，他只知道自己的錢都讓妹妹收著，也從來沒數過。

姜娉娉正心疼她的錢呢，見他們都一臉驚訝，懋悶了一下。好捨不得，這可是她存了好久的，有之前她和二哥的工錢，也有姜三叔給的分成，還有外祖母和大舅母給的零花錢，都在這裡了。

王氏看著她那委委屈屈的表情，忍不住笑出了聲，逗她道：「來，娘給妳收著。」

等王氏拿了錢揣進兜裡，姜娉娉才反應過來。「娘，妳騙我，娘騙小孩。」

王氏又逗了她一會兒，最後趕他們各自回房睡覺。

等孩子們都各自回房後，堂屋裡一下子安靜下來，王氏還有點不適應，之前一大家子睡在一起還不覺得，現在怎麼感覺有點冷呢？

她披上姜植遞過來的外衣，坐在炕上算著這段日子花費的銀錢，看見手邊小閨女給她的二兩銀子，忍俊不禁。雖是手頭緊了些，但還用不到孩子的錢呢。

姜娉娉回到房間裡，還在心疼著自己的二兩銀子，早知道就不拿出來了，早知道就說是先借給娘的了。好不容易才攢了這麼多的銀子，一下子又要從頭開始，她心疼銀子心疼得半宿才睡著。

這是她第一次一個人睡一個房間，躺在炕上，身下是大姊剛曬好的被褥，異常暖和。

第二天一早，她睜開眼，呆愣半天才反應過來這是新的房間。她坐起身來，見身上多了一床被子，怪不得昨天夜裡感覺這麼熱呢。

手被硌了一下，她低頭一看，是她的二兩銀子！昨晚娘來過了？

她心裡一暖，嘻嘻一笑，倏地跳下了床，往外面跑去。「娘！娘！」

王氏見她這歡快的樣子。「快回屋穿上衣裳！」

姜娉娉先用力抱了一下王氏，將二兩銀子塞過去，才回房穿衣。雖然還是心疼，但她也明白家裡開銷大呢，給娘還不是用在他們身上嘛！

等到吃飯的時候，姜娉娉和姜凌路兩人將行李箱改造的事情給姜植說罷，後面的事姜娉娉就不再管了，她現在正專心的吃著王氏做的大亂燉呢。

這段日子王氏總是做這個菜，因為簡單方便又好吃。

天氣越來越冷，北風呼嘯而過，姜娉娉聽著王氏說著去年這個時候的事情，就聽見前院的門被敲響，斑馬線也站起來朝著門口的方向叫著。

姜植放下手裡的木料，拍拍身上的木屑去瞧，姜娉娉則牽著斑馬線跟上去看看。

外面現在下著小雪，不知道會有誰來找。

門口一個男人拿著包袱，穿著半舊的襖子，頭上夾雜著雪花，腳上的鞋子由於路遠已濕透了。

一看見門開了，那男人上前一步。「姜植大哥！」說完又退了一步。

眼見那男人躊躇著，姜植一把拉過他。「走走走，進家裡去，外面冷。」

斑馬線猛然看見生人大聲叫了幾聲，姜娉娉安撫的拍了一下斑馬線，不讓牠叫。

來的人正是枝兒爹，枝兒爹握了一下拳，又喊了一聲「姜植大哥」。

姜娉娉牽著斑馬線跟在他們後面進了門，她想起了集市上枝兒爹那副樣子。

說實話，姜娉娉覺得枝兒爹的模樣比之前變了許多，那個時候，枝兒爹的眼睛渾濁，眉頭緊皺，鬱鬱不得志；現在的枝兒爹收拾乾淨後，雙眼有神，眉頭展開，臉上雖然沒有笑意，但看著端正了不少。

第二十二章

進了堂屋，枝兒爹放下肩上的一袋糧食。「上回你說等我想通了，讓我來跟著你學做木工，我別的本事沒有，就是不怕苦、不怕累。」

姜娉娉站在旁邊，枝兒爹家的境遇並不好，這些糧食估計已經是他盡力拿出來的了。枝兒爹這一番話，讓她對他改觀，和之前那個帶著鬱氣的枝兒爹不一樣了。

看得出枝兒爹的神色有些緊張，像是怕爹之前說的不作數一樣。

姜植擺擺手說道：「只要你人來了就好，還帶什麼東西。」

枝兒爹抿著嘴笑了一下，不做聲。

姜娉娉幫著王氏端茶，聽到爹問：「家裡情況現在如何？」

她人小，站在姜植旁邊眨巴著眼聽著。

枝兒爹嘆了口氣。「之前的事是我混帳，我將家裡的地賣了換銀子還給了范嬸子，范嬸子心善，留枝兒在她那兒當學徒，俺娘的病也好了。」

姜娉娉抬頭，把地賣了？那一家子指望什麼啊！

如今光景一年不如一年，現在人人都有了居安思危的意識，有了銀錢不是做生意，而是買田買地，前幾日娘還在說等再攢些銀子再買些田地來種。

姜植也同樣有這疑惑，問出了聲。

枝兒爹苦笑道：「原先我們家不是那村子裡的人，是俺爹小時候被人撿了回去養，之後開墾了兩塊荒地種，現在賣了也就賣了，孩子她娘在家裡做點豆腐賣。」

姜植點點頭。「既然來了，往後安心在這裡學，一個月兩百文的工錢。」

聽見這話，枝兒爹從椅子上站了起來。「不行不行，本來我就是當學徒的，哪裡還能要工錢呢！」

「就這樣定了，你也別再推辭。」姜植直接道。

姜娉娉不知道爹說的這些和娘商量過沒有，但是看娘的神色也沒有什麼不滿意的，這個時代，給人當學徒不僅沒有工資，有時還需要交學費，還要幫師父家裡做事。

不過枝兒爹家裡確實清貧，若真不給他工錢，她爹肯定心裡過不去。

姜植領著枝兒爹去了前院靠近門口那一排房子，將枝兒爹安排在木工房旁邊的屋子裡。

王氏見枝兒爹這麼冷的天就蓋了這麼一床被子，又幫他從屋裡拿了一床被子。

等安頓好枝兒爹後，姜娉娉一家回了屋，留下枝兒爹一個人在屋裡紅了眼睛。

原本他想著，要是姜植師父不認之前說的話，那他也是沒法子；而現在，他不僅可以留下來學手藝了，還可以住這麼好的房子，就像作夢一樣。

第二天一早，王氏起床做飯，就聽見外面有聲響，她來到前院，就見枝兒爹正在劈柴，看地上劈完的一堆柴，就知道他起來有一會兒了。

王氏捋了捋袖子，喊道：「枝兒爹歇會兒吧，這些不急，廚房裡還有這麼多，夠用。」

枝兒爹和她一樣姓王，昨天知道後還道真是有緣。

枝兒爹嚇了一跳，劈開面前的柴，抹了把汗，拘謹道：「知道了。」

王氏見姜植從木工房裡出來，看了他一眼。「孩子他爹，過來燒火！」

廚房裡，王氏將小米和南瓜洗乾淨放進鍋裡後，擦了擦手。「瞅著枝兒爹可是起來有一會兒了，幹啥這麼客氣？」

姜植往灶膛裡添了把火。「這樣他心裡也踏實點。」

聽見孩子他爹這樣說，她想了一下也明白過來，點點頭。「時間長了就好了。」

姜娉娉起床之後，喝著小米南瓜粥，聽見爹在說打水井的事，便穿上大姊做的斗篷，來到院子裡。

前院，姜植請人來打井，最後選定一個地方，在廚房的後面連著後院的地方打了一口井。來打井的師傅是鎮上的人，手藝好、做活快，不一會兒的工夫就打好了。

剩下的就由姜植和枝兒爹兩個人收拾了，姜娉娉站在旁邊。「爹，咱們修個自來水吧！」

趁著這機會，姜娉娉將自來水的想法說了，首先水井要建得高一些，水井旁邊放一口大缸，在大缸底部鑿個眼連上竹筒，通過竹筒慢慢向下流到需要用水的地方。這是她根據家裡的情況能想到的改良用水的方法了，她早就感覺用水很不方便，總算找到機會將這方法說出來。

姜植還沒說話，王氏忍不住說道：「能行嗎？不用的時候總不能一直流吧？」

姜娉娉拍著胸脯。「娘，妳就放心吧！咱們在上面做個水龍頭……」她簡單又說了下水龍頭是什麼。「不用的時候一擰就堵上，水就不會流了。往後咱們用水多方便啊，也不用每天從井裡提了，還能對著水流直接沖洗。」

她正說服著娘，就聽見爹說道：「可以試一試。」

枝兒爹也站在旁邊捋起袖子準備幹活。

姜娉娉歡呼一聲，又說了許多的想法，也可以在洗澡間裡做個花灑，和水龍頭相同的原理，用的時候打開，不用的時候關上。

說到洗澡間，姜娉娉之前好說歹說才讓爹建了一個，就在後院和前院中間的地方，裡面有個火炕，冬天洗澡時只要燒炕不冷。

現在，她站在姜植身邊，看著爹先建水井的檯子，已經建了很高，大約快有廚房的高度了。姜植在井上豎起一個井架，上面裝上可以用手搖的轆轤，轆轤上繫上繩索，吊上水桶，用手搖轉手柄，放下水桶，再搖上來，一桶水就這樣輕輕鬆鬆的提了上來。

姜植又在旁邊放了一口大缸，用來盛水，最後剩下的就是竹筒，這是他的拿手活。

「吃飯了！天都黑了！你就慣著她吧！」王氏將飯端出來，放到桌子上。

姜娉娉站在旁邊陪著小心，嘿嘿直笑。「娘做的飯真香！我能吃兩大碗！」
等自來水和水龍頭做好了，非要讓娘大吃一驚不可。
姜凌路下學堂回來了。「我能吃三大碗！」
王氏被逗笑。「行了！趕緊吃完飯回去睡覺！」
夜深了，姜植吃完飯和枝兒爹兩人繼續做著竹筒。
第二天一大早，姜娉娉冒著寒風出房門，見爹已經將竹筒安裝好，立刻歡呼一聲。
「娘！大姊！快來看，爹已經做好了！」
廚房裡的水龍頭做好了，洗澡間裡的花灑也做好了。
姜娉娉實在是敬佩，這個時代沒有什麼有利的條件，但人們還是能創造條件。就拿爹來說吧，她只是說了一下自來水的想法，能不能做出來她也沒有把握，但爹卻能很快的明白，並且做出來。反觀她自己，只是有個粗略的想法，卻連怎麼做的都不知道。
王氏打開水龍頭洗洗手。「確實方便！還真讓妳想對了。」
姜娉娉不服輸的說：「那當然了，就算我不成，還有爹和王叔呢！」
寒風吹過，冷得她打了一個寒顫。
姜薇拉起妹妹。「咱們娉娉真聰明！走，進屋去。」
姜娉娉嘿嘿笑道：「大姊，妳真好！」

天氣越來越冷，轉眼到了臘八這一天。

姜娉娉還躺在床上，就聞到了空氣中瀰漫著甜滋滋的香氣。

這是蛋塔的味道！她立刻睜開眼，就看見二哥站在床邊，手裡拿著還冒著熱氣的蛋塔。

這蛋塔是麵包窯做好之後做的第一種食物，沒做之前，王氏還認為她這是瞎胡鬧，可蛋塔做出來王氏吃了一個之後就不說話了。

「娘什麼時候做的？」姜娉娉一下坐了起來，朝二哥伸出手。

姜凌路往後躲了一步。「妹妹妳還沒有漱洗就要吃東西，羞不羞？」

姜娉娉被一個小孩說羞不羞，確實有點臉紅。「哼！我去喝臘八粥！」

她麻溜的起床漱洗後，來到廚房，王氏剛好將臘八粥盛出來。

姜娉娉喝了一口臘八粥，煮得糯糯的，香甜可口，真滿足！

「好喝！軟糯香甜。」臘八粥就是要剛出鍋的最好喝，還有蛋塔也是要剛出鍋的才好吃。她大口一咬，咬到一個鍋巴，這也是娘用麵包窯烤出來的，香辣酥脆，可以拿出去賣了。

話說，娘現在手藝越來越好了。這若拿去賣，肯定能掙錢！

都說過了臘八就是年，這臘八都過去好些天了，離新年也就越來越近，年味也越來越重。

到了臘月二十三的時候，是請灶神的日子。

枝兒爹前幾日將柴劈得塞滿了柴房，昨日走的時候又將大水缸裡的水打滿了，王氏將做好的糕點和吃食讓他帶回去給家裡人嚐嚐，姜植給他結了工錢。

現在姜植的木工也告一段落，等過完年再開始做，他幫著王氏幹些需要用到他的活，孩子們也休假在家，嘰嘰喳喳的湊在一起說話。

王氏一大早起來將廚房打掃乾淨，開始準備過年的東西。家裡的豬油用了這麼長時間已見了底，王氏喊來孩子他爹，讓他將豬板油處理乾淨，等會兒要煉油。剩下的油渣孩子們應該會喜歡。「來來來，新添了一個零嘴，拿去吃，小路去喊你妹妹起床！」

等了一會兒，還不見小閨女的身影，王氏又河東獅吼了。「姜娉娉！妳別逼我發火！」

姜娉娉的房間和廚房離得老遠，躺在床上蒙著被子還能聽見娘的大嗓門。她猛地坐了起來，剛剛夢到了烤好的五花肉，放在嘴邊正要吃呢，一下子就被娘的聲音打破了。

「妹妹，起來了嗎？我進來了啊！」姜凌路站在門外，聽見裡面有了動靜。

姜娉娉又躺了回去，慢吞吞的說了一聲。「小路，進來吧。」

她又掙扎了一會兒，最終還是起床了，在夢裡沒有吃到的烤五花肉，她今天一定要吃到！

如今天氣越來越冷，從她房間到廚房也有一段距離，姜娉娉在屋簷下驚喜蹦跳。「下雪了？小路快看，下雪了！」

「對呀，下雪了，爹，娘，下雪啦！」姜凌路跟在妹妹後面跑著。

廚房裡，姜植和王氏互望一眼，眼睛裡都透出驚喜。

雖然不明顯，但這兩年的收成一年不如一年，地也越來越乾旱，這是今年第一場雪，本來大家都擔心今年的收成，此時下了一場雪暫時解了眾人的憂慮，想必來年會是個豐收年吧。

希望這個年過得也更加有年味，最好的方式就是來點美味。

姜娉娉來到廚房。「娘，我想吃烤五花肉，在麵包窯裡烤吧，好不好啊娘？」

她拉著娘的衣袖，知道臨近過年娘特別好說話。

王氏將飯端到桌上。「快點吃！天天就等著妳了，我們都吃過了。」她沒說同意也沒說不同意。

姜娉娉吃完飯和姜凌路直接跑出門去，後面跟著斑馬線。

「妹妹，大橘天天都睡覺不餓嗎？」姜凌路拉著斑馬線有點疑惑，自從天氣越來越冷，大橘就很少出房間，比妹妹還能睡。

姜娉娉抬頭望著天空，晶瑩的雪花一片片的落下來，說是冬天裡的精靈一點也不為過。

「等會兒你就知道牠餓不餓了。」

滋滋冒油的五花肉，撒上孜然和辣椒，肉香一下子被激發出來。

不用王氏喊，姜娉娉兩人聞見味道就回來了。兩個小孩滿身是雪，一進溫暖的屋裡，雪很快就融化滲進了衣服裡。

「趕緊把濕衣裳脫了！不是愛玩？回來幹啥？」王氏趕走跟在腳邊的大橘。

姜娉娉兩人洗了手。「娘！咱們今天吃鍋子怎麼樣？天氣這麼冷，吃鍋子身上就暖洋洋的。」

這鍋子還是姜植去省城的時候見其他人吃的，回來一說，可把姜娉娉饞壞了，於是這個冬天，他們家隔三差五就吃一次鍋子。

王氏聽見頭也不抬。「還等著你們說？妳爹早就備好了。」

姜娉娉在烤五花肉和火鍋中艱難的選擇了一番，還是先吃烤五花肉吧，她從醒來就心心念念了。

他們一家人吃飯沒有固定飯點，等到開始吃鍋子的時候都已經下午了，姜娉娉又吃了好些東西，撐得走不動，吃完就想躺著。

她躺在沙發上，透過窗戶，只見外面的雪下得越發的大了，能聽見積雪落地的聲音，不過現在住的是新房子，也不用擔心雪會把房子壓塌。

旁邊是同樣吃飽喝足的大橘，正有一下沒一下的舔著毛。娘坐在炕上剝著花生，大姊在旁邊做針線活，大哥也嫌棄前院冷清來了後院，正在溫習功課，二哥正在逗著斑馬線。

這樣的生活，真的很安逸，很舒適。

過了年，枝兒爹來了，從家裡帶來了枝兒娘做的豆腐、曬的豆乾、醃的醬豆，確實很美味，姜娉娉吃了好些。

正月一過，王氏就開始琢磨掙錢，家裡的錢因為蓋房子花得沒剩多少，又過了個年，手裡的銀錢更少。以前她不當家，不知道柴米油鹽貴，現在自己家過了一個年才知道是真的需要掙錢了。她知道小兒子和小女兒主意多，也不扭捏就去問他們。

姜娉娉眼睛一亮。「娘，妳可以做吃食啊！還記不記得中秋時的月餅，現在咱們可以做蛋塔先試賣。」

蛋塔是由蛋塔皮和蛋塔液兩部分組成，蛋塔皮娘可以做，就是蛋塔液有點難辦，需要奶和雞蛋加糖混合調製而成，之前擠羊奶用，做出來有些許羶味，要是想賣蛋塔，還要想想解決辦法。

於是王氏就這樣想了兩天。

大舅母從鎮上回來路過這兒，一聽是這個問題笑了。「妳真是不當家不知道這裡面的功夫。這樣，妳煮羊奶的時候，在裡面加入兩滴白醋，不用加多，這樣保證一點羶味也沒有，又不損失羊奶的鮮味。」

王氏眼睛一亮。「真的？」

大舅母放下手裡的東西，往廚房走去。「我還能誆妳不成？妳現在做一鍋試試。」

王氏將新擠的羊奶放到鍋裡，用小火慢煮，再加入兩滴白醋煮開之後，果然只有羊奶的香味而沒有羶味。

這下問題解決了，王氏當即就做了蛋塔出來，讓大嫂嚐嚐。

大舅母拿起一個放進嘴裡，酥皮包裹著奶香，滿口留香，她讚嘆的點點頭。「確實不錯。」

王氏有點不好意思，有點期待的看著大嫂。「大嫂，妳覺得我這可以做著賣嗎？」

「妳要做著賣？」大舅母又吃了一個。「當然可以了！」

姜娉娉從外面回來，聽見這一句話，就知道娘是有點不自信了。「娘，連大舅母都說好了，妳要對妳自己有信心，一定可以的。」

想想娘之前做月餅的架勢，能被這區區一個蛋塔難倒嗎？

第二天一早，王氏端出做好的蛋塔，就擺放在門口的門面房。

姜娉娉幫忙拿東西，放在這裡賣還是二哥昨天想到的主意，因為蛋塔要熱的才好吃，如果拿去鎮上，涼了不說，還沒位置。而在這門面房，前面大路上每天來來往往的這麼多人，聞見香味總會買些嚐嚐的。

果不其然，王氏剛放上來一筐，就有帶著小孩的婦人來問，實在是這個味道，在乍暖還寒的季節裡很是勾人。

「兩文錢一個，五文錢三個，買來嚐嚐？」王氏笑盈盈的回答。

這可是第一單生意啊！姜娉娉人小個矮，站在裡面被櫃檯擋著看不到外面，可娘說完，她只聽到那詢問價格的婦人朝孩子說道：「走！娘去鎮上給你買大肉包子吃！吃這些幹啥？又不管飽！」

這婦人的話，一下子給了姜娉娉母女倆當頭一棒！

第二十三章

姜娉娉本以為，娘做的蛋塔這麼好吃，一定很好賣，再說還有之前賣月餅的成功經驗。

「娘，這才剛開始，咱們不急！」姜娉娉拉著王氏的手安慰道。

她搬來小板凳，站在上面才終於看到了外面的情形，剛剛已經聚集了一些人，可在聽到王氏的報價之後，這些人猶豫了，又紛紛走了。

見此情形，姜娉娉更加賣力了。「瞧一瞧、看一看，新鮮出爐的蛋塔，外酥裡嫩，用羊奶和雞蛋做的，都是好東西！來大嬸，幫孩子買個零嘴嚐嚐？大叔，要回家啊？帶一份回去？」

聽見她這吆喝聲，來往的人，還真有停下來的，可一問價錢，又都擺擺手走了。十個人有八、九個都是如此，只有剩下的那一、兩個人才會買個五文錢的嚐嚐看。

之後來來往往很多人，到下午的時候，生意才漸漸好了點，一直到晚上天黑下來，一筐的蛋塔還剩下幾個，更不要說麵包窯裡還有一鍋沒端出來呢！

姜娉娉輕輕的嘆口氣，她知道這是因為蛋塔的價格貴了些。

可做蛋塔的材料本來就貴，有油、羊奶、雞蛋、白糖，這些都不是便宜的東西，昨天定價的時候她看到二哥帶著一點擔憂，當時她還笑他什麼時候這麼縮手縮腳，現在看來是她想得太天真了。只是她想不明白，當時月餅賣得比這蛋塔還要貴些，為什麼月餅可以賣出去，蛋塔卻不行呢？

等到姜凌路回來，她將今日的情形告訴他。

姜凌路洗了洗手，拿起蛋塔咬了一口。「我就知道會是這樣。」

這話一出，家裡的人都看向他，姜娉娉和王氏的眼光更是熱切，她們倆今日備受打擊，特別是姜娉娉，她急著問：「二哥！快別賣關子了。」

姜凌路嚥下嘴裡的蛋塔，喝了口茶。「蛋塔的價格是兩文錢一個，假如妳早上沒有吃飯，手裡有兩文錢，妳是選擇到鎮上買肉包子，還是在這裡買一個小蛋塔呢？」

姜娉娉不服。「可是蛋塔好吃呀，其實也很頂餓的！」

「這些咱們知道，可買的人不知道啊，他們只看到了這蛋塔小小的一個就要肉包子的價錢了。」

「咱們之前賣的月餅也是這麼貴呀！為什麼換成蛋塔就不好賣了？」這個問題困擾了姜娉娉一整天，本以為會和月餅一樣好賣。

「那是因為，中秋節家家戶戶都是要買月餅的，咱們家的月餅，寓意好又漂亮，過節奢侈一次也沒什麼；可這蛋塔就不一樣了，這個只能當作小孩平時的零嘴，在咱們這兒，有哪家能經常給小孩買零嘴的？」

姜娉娉想了一下，好像確實是很少。

「還有，妳有沒有注意到，來往的都是什麼人？」

「挑著擔子的，帶著小孩的，也有匆忙趕路的。」姜娉娉回想了一下。

「那就對了，他們只是路過這裡要去鎮上，都有自己的目的，不是來閒逛的，只能說咱們這裡不是集市，他們肯定是先辦各自的事情，不會輕易停留的。」

姜娉娉不得不承認他說得是有些道理。「可這也花不了多長時間吧！那這蛋塔就不能賣了嗎？」

姜凌路又吃了一個蛋塔。「能賣，今天那一筐妳們不是快賣完了？後面也許會越來越好的，但是先不要做這麼多了。明天娘妳煮一鍋花茶放在旁邊，看到有人停下，或者是有人買這蛋塔就舀出一碗給他們，花茶和蛋塔最配了！」

姜娉娉兩眼發光的看著他。「二哥！我突然有點崇拜你啦！你是怎麼想到這麼多的？」

姜植和王氏聽完兩個孩子的一番話也是頗為驚訝，仔細一想。「確實是說到點子上了！」

姜凌路嘻嘻一笑。「我可是咱們家最聰明的人呢！」

王氏受不了他那得意樣。「那是誰經常功課不過關，被夫子留下來罰堂的？又是誰經常讓我也跟著一同受夫子的訓的？」

姜凌路嘿嘿一笑。「娘，時間不早啦，妳和爹早點休息！」說完就拉著姜娉娉跑遠了。

姜娉娉有點鬱悶了，為什麼她二世為人還沒有一個七歲小孩聰明？難道是因為這孩子身體讓自己變笨的？還是那孟婆湯的問題？可二哥也是孩子啊！那小腦袋瓜裡是怎麼想到這麼多的？

等回了房間一個人躺在床上，她還在思考這個問題，最後迷迷糊糊的想：管他呢，過得開心最重要！

之後幾天，按照姜凌路的辦法，王氏給人拿蛋塔，姜娉娉給人端花茶。蛋塔生意漸漸變好，一天下來也能掙個百兒八十文。

待生意穩定下來，王氏一個人輕輕鬆鬆的就忙完了，姜娉娉搓搓手。「娘，我這幾日的工錢妳是不是該給我了？」

自從上次她將好不容易攢下來的銀子交給娘之後，她手裡真的是沒有一點銀子了，只有姜三叔一個月一次的分紅，不多，只有幾十文。

想到姜三叔給的分紅，她等會兒要過去瞅瞅，拿了分紅也要看看有沒有什麼能幫上忙的。

「給給給，一天十文錢，一共八天，別亂花！」王氏數了八十文出來，放到姜娉娉手裡。

姜娉娉抱著王氏的手臂。「謝謝娘！」看來經過她和二哥的潛移默化，娘越來越上道了。這都是她經常一遍一遍在娘耳邊念叨的結果。

姜娉娉收好了錢，出了門，沒走多遠就看見姜三叔，正愁眉苦臉的站在蛋形窯前面。

「三叔怎麼啦？」她看了看，蛋形窯不是好好的嗎？前一段時間，姜三叔重新開工的時候又建了一個大點的蛋形窯，現在兩個蛋形窯加起來一次可以出五、六百個陶罐，應該能賺到更多錢了才是啊，怎麼會是這副表情？

姜三叔嘆了口氣。「雖然說做的陶罐多了不少，可每天賣出去的還是那麼多，妳來看。」

姜娉娉跟著姜三叔來到蛋形窯的後面，棚子下面成堆的擺放著做好的陶罐，滿滿當當堆積了很多。她湊近看了看，姜三叔做的陶罐經過日積月累，已經不是原先粗糙的模樣了，看起來和市面上賣的陶罐差不多，那怎麼會賣不出去呢？

姜娉娉決定去鎮上看看，路上仔細問了問姜三叔是怎麼賣的。

姜三叔說和之前一樣，將陶罐賣給之前的鋪子，可是鋪子裡能買的就只有那麼多，他又去街上找其他家的鋪子，可是能接手賣的卻不多。

姜娉娉到了鎮上，心裡已經有了答案。原先小的蛋形窯做的陶罐量，足以在小鎮上賣完，可現在又建了一個更大、更好的蛋形窯，小鎮上就不需要這麼多的陶罐了，鎮上的陶罐生意已經飽和了。

來到鋪子裡，姜娉娉四處看了看，自家的陶罐就堆在角落裡，除非有人上前問，店裡的夥計是絕不會推薦這種陶罐的。這次來店裡又發現一個問題，陶罐的樣子不夠精美，只是最普通的陶器。

看來需要解決兩個問題，銷售和工藝。

她把心裡的想法和姜三叔說了，就見姜三叔臉上閃過遲疑。「咱們這陶罐在鎮上都賣不掉呢，去省城能行嗎？」

姜娉娉點點頭。「先試試，咱們這種陶罐是土陶罐，省城裡的人栽花種樹幹啥的總能用到，現在最主要的是把家裡堆積的陶罐先賣出去。」

蛋形窯一旦開了火，便不能停，每天源源不斷的產出陶罐卻堆在家裡賣不出去是個大問題。至於改良陶罐問題，她再來想想辦法。

姜娉娉想了一路，回到家看到家裡來客人了，娘拿出那一套瓷器杯，突然明白過來。她興奮的跑過去姜三叔那邊。「三叔，我知道了，咱們的陶罐會粗糙是因為沒有上釉，上了釉就會變得光滑，也會有顏色，更加精美。」

姜三叔點點頭。「對對對！」

最開始建的小的蛋形窯，姜三叔已經停下來沒再用了，正好讓姜娉娉拿來做實驗。

接下來一段時間，姜娉娉和姜三叔一家都很忙碌，姜三叔忙著把堆積的陶罐賣出去，每天抽出空就往外面跑。

姜娉娉和姜三嬸則負責研究釉質原料，旁邊還跟著小堂妹，嘴裡總是姊姊、姊姊的叫著她。

釉質原料經過好些天的實驗，終於定了下來，看著燒製成功的新瓷器，姜娉娉滿意極了。顏色是上等的石青色和長紅色，隨著草木灰的用量能夠隨意的改變顏色，燒製出來的瓷器色澤清亮，釉面細膩光滑。

姜三叔回來看了，震驚道：「這是妳們做出來的？比我之前在鋪子裡見到的也不遑多讓，咱們的陶罐也能做成這樣？」

姜娉娉肯定的點點頭。她也有點吃驚，在製作的過程中，看著陶罐一點一點變得堅硬，塗上去的釉層一點一點的顯現出顏色來，那種感覺，就像乾旱的大地終於等來了雨水的降臨，感到滿足又興奮。

姜三嬸在旁邊抱著自家閨女。「瞧瞧你那傻乎乎的樣子，我們當然做出來了，要是沒有娉娉，我還真有點不知道怎麼做呢！」

姜娉娉笑著謙虛了下，要是王氏在這裡定會說她，驕傲得就像家裡的斑馬線一樣，尾巴都搖成了風火輪。

姜三叔滿臉笑容。「只要釉質的問題解決了，剩下的就不成問題。」

姜三嬸忙問他為何這樣說。

姜三叔這才有空喝了口茶。「發現沒有？這幾日來咱們家買陶罐的人變多了。這都是我按照娉娉說的去周圍的村子裡宣傳，也和省城裡一家瓷器鋪子商定好了，那鋪子開在繁華的地段，我想銷量不是問題。」

姜娉娉聽完才發覺姜三叔成長了不少，還記得剛開始去鎮上賣陶罐的時候，他連叫賣都張不開嘴，現在能四處跑著找生意，可見是鍛鍊使人成長啊。

她能感覺到，自己家裡、三叔家裡，甚至於村子裡似乎都在一步步變好。

自己家裡，爹做木工活，自己一個人忙不過來，有枝兒爹幫著一起；娘每天除了做蛋塔，也做了一些價格便宜、味道好吃的小吃。

姜三叔家裡，由最初的只能賣二十文的陶罐，慢慢發展到現在能做瓷器了。

還有村子裡，村民們見王氏在家門口做起了生意，也有樣學樣的做起了小本生意，攤子大多設在村子的大路兩邊。她有種預感，村子以後肯定也會越來越好。

解決完問題後，姜娉娉往家裡走去，一路上走走停停，村民們都站在小攤前，招呼著她過去嚐嚐，順便問問味道如何，怎麼改良。

她別的不在行，要說關於吃的，還沒有人比得過她。和村民們說說笑笑，一路上嘴都沒停下，等她回家後，肚子已經圓滾滾撐著了，手上還拿著劉大嬸、張大娘多給的吃食。

春天裡，萬物復甦，姜娉娉從後山挖了些觀賞桃樹回來，栽了滿院子。

這天她讓大姊幫忙提一桶水出來，她要給門前的小桃樹澆水。她正蹲在地上背對大路給小桃樹澆水，就聽到有人問路。

「請問這可是涼山村？」

姜薇點點頭。「是的。」

「妳可知道里正家怎麼走？」聽著是位年輕婦人的聲音，姜娉娉轉過身。是一位看起來和王氏年紀差不多的婦人，身穿翠綠色的襦裙，手裡攥著帕子，依稀可以看見上面秀的是攀枝的梅花，這份風雅在這鄉村田野中是很少見的。

那位婦人不必說，一看就是大家閨秀，一舉一動都恪守禮節。就連那位婦人後面的少年，也是相貌出眾，雖說面色不悅，可渾身的氣度也是一等一的好，看著和姜宇差不多大的年齡，站在婦人身後。

姜薇給她指了路。「往前面走大約一刻鍾，看見一棵老樹再左轉……」說到最後，姜娉娉覺得這婦人會不會聽不明白，然後就聽到大姊說：「我帶你們去吧。」

姜娉娉拉著大姊的手，跟著一起走。她抬頭看看和這鄉村格格不入的兩人，雖然說村裡每天來來往往很多人，她卻從沒見過這樣的人。

那婦人臉色紅紅。「麻煩姑娘了，我們剛到這裡，實在是人生地不熟。」

姜薇溫溫柔柔的笑笑，表示不用客氣。

她們將人送到里正家門前，就告別回來了。

過了兩日，姜植從外面回來，帶回一個消息。

原來那日來問路的婦人名叫陸盈，是後面那處空宅子屋主的姪女，之前一直在隔壁縣生活，因為家裡突發變故，這次來涼山村就是想要在這裡有個安身之所。

「可是怎麼知道她說的是真的呢？」姜娉娉吃著娘新做的鍋巴，非常乾脆，想必鍋巴這幾日賣得不錯，手裡僅有的這兩塊還是她硬從娘手裡摳出來的。

姜植回答道：「劉東哥也想到了這一層，那陸娘子便拿出路引與照身帖，還有房子的地契，加上那屋主的小兒子也回來過一趟，劉東哥就上報上去，把陸娘子的戶籍遷了過來。」

姜娉娉又咬了一口鍋巴，點點頭。涼山村是個非常具有包容性的村子，里正劉東是個三十多歲的漢子，想法不迂腐，很有創造力。可以明顯看出，自他上任以來，涼山村治安好了，村民之間的矛盾少了，聽說他現在張羅著要修路呢。

這邊他們在木工房裡說著話，就聽見前面傳來說話聲。

不一會兒，王氏的聲音傳進來。「薇兒，給你們陸嬸子端茶！」

王氏和陸娘子兩人說說笑笑的往前廳走去，後面跟著那個少年。

姜薇聽到聲音應了一聲，來到廚房，端了茶盞出去，進了前廳，見到前兩日遇見的婦人和少年。兩人一同看向她，陸娘子笑呵呵的拉過她的手，一陣讚美。

姜薇察覺到身旁有一道視線一直望著自己，她側首和那少年的目光撞在一起，心裡不禁有些惱怒，做何這樣盯著人看呢？

見那少年還一直盯著自己，沒有任何被抓包的不自在，反而坦坦蕩蕩的，姜薇莫名羞惱的瞪了那少年一眼。

姜娉娉吃著鍋巴，在木工房裡沒出去，她現在正撒嬌讓爹做桃樹牌子，她打算在這些桃樹上掛上小牌子，做個紀錄掛上去。等姜植做好後，她便拿著桃樹牌子出來，就見大姊面色通紅的從前廳裡出來。

姜娉娉有些不解，她很少見到大姊有這樣的情緒，臉上帶著惱怒和不知所措，整個人都鮮活起來。

兩個年紀相仿也都有孩子的母親，能夠快速熟絡起來，談論的話題必定是孩子，果然，姜娉娉還沒走到前廳，就聽到陸娘子笑盈盈的聲音傳來。

「我看著薇丫頭溫柔如水，冒昧的問一句，訂親了沒有？」

王氏和陸娘子一見如故，擺擺手。「還沒呢！」近來日子過得好，唯一讓她發愁的就是大女兒姜薇的婚事，總是說不到合適的。

陸娘子喝了一口茶。「姜夫人將女兒養得這般好，讓我羨慕極了。」

王氏笑呵呵的誇起了旁邊站著的少年。「我才羨慕妳呢，瞧瞧這少年郎多麼俊俏，小小年紀就那麼沈穩，一點也不像我家那兩個皮小子，瞧著和我家宇兒差不多的年紀，多大了？」

陸娘子頗為無奈。「他剛過完十五歲的生辰，性子很不像這般年齡的少年郎。」

「那妳多帶他出來走走，見見人。」

第二十四章

前廳的說話聲不斷，姜娉娉聽了一耳朵，回到後院，來到姜薇的房間喊了聲「大姊」，隨即見大姊從裡間出來，臉色已經恢復正常。

「大姊，我剛剛聽爹說，陸娘子是後面那戶人家的姪女，那個哥哥叫陸長歌。」姜娉娉將剛剛聽到的告訴大姊。

姜薇臉色一紅。「我管他叫什麼！」

沒想到大姊的反應這麼大，姜娉娉驚訝的看著她。

像是知道自己的反應嚇到了妹妹，姜薇生硬的岔開了話題。「上次聽妳說三叔的陶罐賣得不好，現在怎麼樣了？」

姜娉娉驕傲的拍著胸脯。「放心吧，新做好的瓷器賣得很好，總是被爭搶一空，三叔前幾日還說忙不過來呢！」

姜薇接道：「那怎麼辦？」

「估計是隨口一說的吧！真忙不過來可以請人幫忙。」

自陸盈和陸長歌在涼山村落戶之後，就漸漸和姜家走動起來，王氏做生意時人來人往的碰到人也會幫忙介紹。

本來以為陸娘子和陸長歌這樣十指不沾陽春水的人，會有些盛氣凌人、高高在上，沒想到，他們很快就融入了涼山村。姜娉娉還去過他們家，院子裡栽了很多盆栽，枝繁葉茂，看起來被主人打理得很好；就連旁邊也闢了一個小菜園，也來請教過王氏怎麼種菜，如今看起來長勢很好。

陸娘子找了里正作了見證，讓陸長歌和姜宇一起去了學堂。

王氏交代姜宇讓他好生照顧陸長歌，別讓他受人排擠。

現在門面房的生意越來越好，他們正式取了一個名字，就叫「姜家食肆」，姜娉娉還找來一塊布，讓人題了字做成招牌，王氏一個不注意，就見大橘爬上桌，踩到墨汁，留了一個梅花腳印在布上面。

食肆裡推出的小吃越來越多，有最開始的蛋塔，姜娉娉心心念念的烤粉腸，還有炒乾貨。

因之前村裡人都做起了吃食生意，時間長了，不只是吃食，街上也多了許多攤位。但村裡的攤位都是村民隨意支起來的，既不美觀、又不穩固，姜娉娉在家的時候吐槽了一句，姜植就順口問了怎麼解決。

姜娉娉就將現代的小吃街和夜市的觀念說了出來，這樣小吃街一條龍，將小攤統一分類擺放到路的兩旁，大家再一起雇幾個人清理環境，這樣既能聚集管理，又能吸引顧客來。

她這也是根據涼山村的村莊特點說的，村裡由四條大路交叉而成，然後又有許多小路延伸到村裡，這些路大多筆直平整，並且每日來往的人不斷，很適合做生意。

姜植聽完後沈思了一會兒，越想越覺得可行，他將這想法告訴了里正劉東，正巧解了劉東的燃眉之急。

劉東作為一個里正，自然是希望村裡發展富裕，除了種田，做些小生意就是村裡村民們的來錢之道，可這來錢之道這段日子已經嚴重影響到了村子裡的容貌，現在村裡髒亂的環境得到了解決辦法，他的心總算是放下了，往後政績上也能多添一筆。

一連多日不下雨，天氣越來越熱。

姜娉娉和大姊在後院幫忙照看著堂妹，天氣太熱，她是一點也不想動彈，旁邊的大橘也是熱得不行，斑馬線也早早就剃了毛。

好想念雪糕、刨冰、冰鎮飲料，她打著搖扇暢想。雖然現在有在水井裡冰鎮著的西瓜也不錯，可她還是想吃雪糕。

「大姊，我昨日碰見長歌哥了。」姜娉娉說完，看著姜薇的反應。

姜薇臉色一紅。「碰見就碰見，那又怎麼了！」

姜娉娉嘿嘿一笑。「妳怎麼對長歌哥的態度這麼差呀？」

姜薇一噎。為什麼，還能是為什麼，哪有這樣的人，總直直的盯著她不說，昨日還直接問她喜歡什麼。她從未見過像他這樣的人，看著沈默寡言，但只要一開口就是語出驚人。

姜娉娉見大姊臉上一陣紅、一陣黑，打趣道：「昨天長歌哥問我『妳姊喜歡什麼』，我就說『你怎麼不直接問我大姊啊』。大姊，妳猜他怎麼說？」

姜薇搖了搖頭。

「他說『我問了，妳姊不說』，哈哈哈哈哈。」姜娉娉也不賣關子了，自己笑得不亦樂乎，她沒想到這個陸長歌長得斯斯文文，還是個直球男。

姜薇被她笑得臉上的紅霞又深了一階，走過來撓她的癢癢。「還笑不笑啦？」

姜娉娉連連求饒。「不笑啦！哈哈哈，不笑啦！哈哈哈姊。」

姜薇鬆開手，心裡對陸長歌的惱怒又多了一分。

「爹，爹，我告訴你一個秘密。」遠遠看見姜植，姜娉娉這會兒也不嫌熱了，跑了過去。

姜植停下來。「什麼秘密？」

滿意的看到大姊臉上的慌張時，姜娉娉調皮的吐了吐舌頭，不能再逗了，再逗大姊就要生氣了。

「我知道一個特別好吃的東西，可是現在沒有，咱們家的地窖能儲存冰塊嗎？」想想就美，要是冬天能儲存冰塊，那明年就可以吃到雪糕了。現在先做，光想想好像也涼快了不少。

姜植沈思了一下。「沒有試過，冰塊的儲藏和地窖不是一回事，不過可以試試。」

姜娉娉歡呼一聲。「我就知道爹什麼都會！」

姜植拍拍她的頭。「快回屋吧，熱得一頭汗。」

待姜娉娉走後，姜植抬頭望著沒有一朵烏雲的天空，心裡越發的沈重。

早在前幾日，里正劉東就召集了村裡管事的幾人和老一輩的人，商量著今年乾旱的問題，討論出的結果，不容樂觀。

就連最年老的太爺都說，這天氣十有八九是大旱，因為太爺年少的時候經歷過，那時候也是這樣從春季以來雨水就少，到了夏季更是乾旱，等到了秋季、冬季，等著瞧吧！那是一絲雨滴都見不著。

說的這番情形將眾人嚇了一跳，這些年算風調雨順，還沒有出現過這樣的情況。

有人反駁說涼山村背靠河流，乾旱也不怕，可太爺臉色卻更加沈重，最後只說道，還是早做準備為好，尤其大旱後來的雨，恐怕又會是一個大災。

劉東這些日子就安排起村裡的巡邏問題，為了防止有乘機作亂之人，雖說現在乾旱還不到最嚴重的時候，可村裡家家戶戶也都開始準備起來了。

炎熱的夏季終於快要過去，姜娉娉又活了過來，但她總覺得爹娘臉上帶著一絲憂慮，問了他們又不說，這讓她有點好奇，出去晃了一圈，她終於知道爹娘為何焦慮了。

大旱要來了！確切的說，已經來了！

她跑回家，趕緊讓爹娘存糧食、存吃的。

王氏笑看了她一眼。「等著妳提醒，黃花菜都涼了。」

姜娉娉這才想起來，早在前段日子，姜植就擴大了地窖，她還以為這是留著做冰庫用的。看來還是經常與莊稼打交道的人有這樣的經驗，像是她，好長時間也不去一趟地裡，哪裡會知道這些。

這天姜植和王氏要去鎮上，姜娉娉一早就起來了，她穿著大姊做的水紅色的衣衫，粉粉嫩嫩的，很是可愛。她又老老實實的讓大姊給她紮了個髮辮，跟在爹娘後面出了門，小髮辮一跳一跳的，俏皮又靈動。

到了集市上，見到的也多是愁眉苦臉的人，像是在埋怨著老天的不公，頓時讓姜娉娉腳步也沒那麼輕快了。

他們去了雜貨鋪子，王氏挑挑選選了些東西，姜植拎著東西等在一旁，姜娉娉站在門口看著眼前的人來人往。她實在無聊，看到賣糖葫蘆的小販走到鋪子門前的時候，她和姜植說了一聲，就往外面走去。

突然，她看到一個小男孩，大約五、六歲的樣子，為什麼會注意到他呢，因為他鼻子上長了一顆痣，不大也不醜，但就是將她的目光吸引了過去。

兩人的目光相遇，那男孩咬咬牙朝她走了過來，站在糖葫蘆攤旁，朝姜娉娉招招手。

姜娉娉歪了一下頭，不知道這個小男孩有什麼事，她還是走了過去。

只見小男孩拉著她的手說：「妳和我去個地方，我給妳買糖葫蘆吃。」

姜娉娉甩開他的手，這個小男孩居然把她當小孩子了。「我不想吃！」男孩像是沒想到姜娉娉會是這個反應，一下子愣在那裡，迅速的朝斜後方看了一眼，眼睛裡閃過一絲害怕。

姜娉娉向來認為小孩子都是可愛天真的，比如堂妹，再不濟還有姜凌路。她不想以邪惡的想法來揣測這個小男孩的行為，可這個小男孩讓她不得不多疑。

姜娉娉沒有再理會小男孩，她想回去找王氏，這時旁邊出現一個婦人，拉著小男孩就走，走之前還朝姜娉娉說道：「小姑娘，嚇著妳了吧？沒事沒事哦！」

小男孩拉著姜娉娉的衣袖不放，看樣子是不想跟著那婦人走。

姜娉娉看向那個婦人。「等一下，他說要給我買糖葫蘆。」說著，用餘光觀察周圍的人，看看有沒有同夥。

這時候，有一群官兵從街上走來，姜娉娉更加放心。

小男孩鬆開姜娉娉的衣袖。「不買了。」隨後任由那婦人將他拉走。

姜娉娉有點不放心，可她沒有追上去。

這一打岔，那賣糖葫蘆的小販就走遠了，姜娉娉本來想吃的，連忙跑過去，掏出兩文錢。「我要一串糖葫蘆！」

姜娉娉還想著剛剛的事情，也不知道那小男孩知不知道他自己做的事情意味著什麼。這時旁邊的人突然多了起來，她抬頭看向糖葫蘆小販，只來得及看見他嘴角勾起的笑，後知後覺的發現這小販面生。

大麻袋突然罩了下來，姜娉娉只喊了一聲「娘」就被人打暈。陷入昏迷之前，她還在想這是團夥做案啊？一環套一環，她再也不貪吃啦！

這一切發生得太快，周圍的人都沒注意到。

王氏在雜貨鋪裡正看著東西，突然聽到小女兒驚慌的聲音，她的心不知怎麼地就揪了起來。周圍都沒有小女兒的身影，她的女兒去哪兒了？

「孩子他爹，娉娉呢，娉娉去哪兒了？」王氏聲音像是從喉嚨深處發出來的，要不是姜植站得近都聽不到。王氏平時的大嗓門此刻竟是失了聲，眼眶泛紅。

看見經過門前的官兵，王氏忍住陣陣眩暈，一下子衝到官兵面前。「娉娉，我的女兒，哪兒去了？剛剛還在這兒的。」

幾位官兵對視一眼，沒想到在他們眼皮子底下還能發生這樣的事，當下四散開來尋找人了。

王氏大聲的呼喚著女兒，哪怕是幻聽也好，她都沒有聽見。她拉住好多個孩子，都不是她的娉娉。她的娉娉穿著水紅色的衣服，紮著條髮辮。

怎麼找都沒有，街上都沒有。

這一刻，她只覺天旋地轉，只覺得掉入了萬丈的深淵，看不見盡頭，沒有光亮。四處不見娉娉的身影，王氏喊得聲嘶力竭。「娉娉！娉娉！妳在哪裡？別嚇娘！」

當務之急，姜植先報了官，要是官兵一同尋找，加強戒備的話應該很快就能找到。

「撿到一個墜子！」一位官兵拿著吊墜跑過來。

姜植一眼就認出了那是他親手打造的，上面刻著一個「娉」字。這是他在娉娉小時候打磨的，娉娉一直戴在身上。

王氏上前一把奪過了吊墜。「是娉娉的吊墜，是娉娉的！」

姜植安撫好王氏的情緒。「在哪裡撿到的？」

一行人跑到撿到吊墜的地方，在一個破舊的宅子外面。

王氏一下子癱坐在地上。「我的娉娉，去哪裡了？」

與此同時，一輛馬車悄悄的駛出小鎮，路人甚少見過馬車，但因為那刀疤臉的車伕都不敢多看。

周圍的很多人都是做父母的，見到姜植、王氏這副模樣，都心有不忍，幫忙找了起來。

一直搜尋到天黑，都不見人影，姜植和王氏無助的回了老院。

家中眾人聽完皆是一驚，沒想到光天化日之下還有偷小孩的。

姜老太太跳了起來，指著王氏的鼻子。「一個孩子妳都看不好，要妳有什麼用？娉娉那樣聽話、那樣乖的孩子，妳怎麼不把妳自己弄丟了！」

平時也不見姜老太太多麼寵愛姜娉娉，可到了這個時候，她卻先是抱怨王氏弄丟了孩子。

王氏一改往日和姜老太太對著幹的樣子，不用姜老太太說，她的心已經痛得如刀割，愧疚已經將她淹沒。她低垂著頭，一言不發。確實是她的錯，她要是不買東西，要是再多留意一點女兒的動靜，就不會出這事了。

姜植握住她的手，站在她前面，擋著姜老太太的唾沫星子。「娘，我們過來說這事，不是來讓妳指責的，而是請大家齊心協力幫忙找找，既然如此，我們先回去了。」

姜植拉著王氏就走，姜三一家趕緊跟上去幫忙。

南院裡，姜凌路聽說妹妹丟了，眼淚一下子掉了下來，哇哇的哭，邊哭邊說：「帶上斑馬線去找找，我們玩捉迷藏的時候牠找人最厲害了！」

姜宇咬著牙，拿起油燈，叫上斑馬線就往鎮上走去。「爹，我先去找找。」

姜三他們也跟上。

姜薇怎麼也沒想到，上午還幫妹妹紮髮辮，晚上人就不見了。她抱著王氏的手臂，兩眼淚汪汪的，也不知道妹妹現在如何。

姜娉娉打了個噴嚏，醒了過來，眼前一片黑暗，她眨巴了一下眼睛，還是看不到一絲的亮光。

她該不會是瞎了吧？只能聽見旁邊有小孩的嗚咽聲，看不到人，這樣更恐怖了有沒有。以前看電視劇的時候就是這樣演的，後腦杓被打了，有個血塊堵住了神經，導致眼睛看不見了。要真是這樣，那她可怎麼辦？

正當她哀悼自己眼睛的時候，一道微弱的光從窗戶透了進來，原來她不是看不見了。

真是虛驚一場！

姜娉娉鬆了口氣，冷靜下來，正是透過這一絲亮光，她看清了身邊的情形。她這是在一個破敗的屋子裡，地上堆放著雜草，她就躺在雜草堆上，上方還結著蜘蛛網，一隻大蜘蛛就在上面爬呀爬呀。

她可不想讓那蜘蛛掉在臉上！

姜娉娉渾身一激靈，連忙坐了起來。她旁邊有五、六個小孩聚在一起，哭聲就是從這裡傳來的，而屋子中間有一個桌子，桌子那邊也有五、六個孩子。

這些孩子嚇得不輕，連哭也不敢大聲哭，看不見的時候只能聽見斷續的嗚咽聲，現在看見有這麼多個孩子，姜娉娉只覺得自己耳邊一直充斥了哭聲。

「別哭了，你知道這是什麼地方嗎？」她拍拍旁邊哭得認真的小男孩。

只見那小男孩抬起頭來，兩行淚珠還掛在臉頰上，樣子別提多萌了。要不是現在情況緊急，姜娉娉非要逗逗他不可。

見問不出什麼，姜娉娉站起身來，自醒來後她一直打量著這間屋子，屋子裡看完了，想要往窗子那邊看看。

這時，突然從後面伸出一隻手抓住她。

這麼黑的環境，更不要說還有小孩的哭聲一直縈繞在耳邊。姜娉娉嚇得尖叫聲就要從喉嚨裡蹦出來，連忙伸手捂住了自己的嘴。

幹麼？不知道人嚇人能嚇死人嗎？她用眼神詢問，忘記了自己的手還緊緊的捂住嘴。

第二十五章

後面那小男孩站起來了，姜娉這才發現這小男孩大約和姜凌路一樣高，長得眉目精緻，微微板起的臉上還帶有嬰兒肥，這正經的樣子真是……可愛。

等一下，現在不是想這個的時候，姜娉娉問道：「幹麼？」

剛剛那個一直哭的小男孩也站了起來，一抽一噎的說：「不能出去，會被打！」

姜娉娉點了點頭，但也沒坐下。

那個小哭包拉著她的袖子。「妳沒醒的時候，剛剛有個小孩，想要出去，被打了！咱們，先不要輕舉妄動。」

姜娉娉順勢坐了下來，這小哭包哭歸哭，說話倒挺清楚的。

「這裡是什麼地方？你們從哪裡來的？」姜娉娉問著他倆，明顯他們兩人是一起的。

小哭包抽抽噎噎。「我們也不知道這是哪兒，前兩天我們在街上，碰到一個賣糖葫蘆的，我倆是偷偷跑出來玩的，沒有帶小廝，就著了那賣糖葫蘆的道。」

姜娉娉點點頭，看來這些人販子的套路都一樣，專門挑落單的小孩下手。

小孩們多多少少都抵不住糖葫蘆的誘惑，糖葫蘆多好啊！也不怪她會中招。

「我不是偷跑出來玩的，我是來帶他回去的！」那板著臉的小孩突然出聲說了一句。

姜娉娉愣愣的「哦」了一聲，可你不還是來這裡了嗎。

小哭包蹲在姜娉娉身邊，小聲的說：「妳叫什麼名字？我叫顧瑞陽，他是我堂哥，叫……」

突然房門被打開，打斷了小哭包沒說完的話。

映著燭光，姜娉娉看到開門那人臉上有一道疤，從左眼角延伸到嘴角上方，在這樣的氛圍中，這道疤顯得更加可怖。

那刀疤臉推搡著一個小男孩進來。「進去！都老實點！還敢逃跑，老子打死你！」

話音一落，姜娉娉明顯感覺到旁邊的小哭包哭得更凶了，不只是他，屋裡的小孩大多數都害怕的哭了起來。

那刀疤臉一巴掌打在他拎著的小男孩身上。「都別哭了！你們要是敢逃跑，下場就跟他一樣！」

說完將那小男孩像破布一樣扔了過來。

外面傳來一個婦人的聲音。「你嚇唬他們做什麼？要是嚇唬病了淨是麻煩！」

這聲音，是鎮上那個婦人的！會不會距離鎮上沒走多遠？

姜娉娉不敢肯定。

小哭包顧瑞陽悄悄的挪到那被扔進來的小男孩身旁。「你偷跑出去了？這是什麼地方？」

姜娉娉側耳聽著，那小男孩坐起身。「我才偷跑出去就被抓回來了，他們把我揍了一頓，還關進小黑屋，也不給我吃飯。」

周圍的小孩一聽，頓時嚇得不行。

姜娉娉愣了愣，覺得這聲音有點熟悉。

她正要再聽，耳邊傳來一聲。「我姓顧，名月初。」

姜娉娉驚訝的轉過臉，看著這一直板著臉的小男孩，不懂他這是何意。

「哦。」她點點頭笑了笑，繼續聽那被眾人圍起來的小男孩的聲音，總覺得有哪裡熟悉。

「我不跑了，要是再跑被抓回來就不只是打一頓、關進小黑屋了。」那小男孩繼續說道。

像是感覺到姜娉娉這邊的視線，那小男孩轉過頭看了過來。姜娉娉猛然低下頭，最後的餘光赫然看到那小男孩鼻子上有顆痣，是鎮上要帶她買糖葫蘆的那個小男孩。

他也是被抓住的孩子嗎？姜娉娉有點拿不准。聽這個「小痣」話裡的意思，也是被抓來的，想逃跑卻沒逃出去。

她正沈思著，顧月初悄聲的說：「把自己弄得凌亂一些。」

姜娉娉不解的看著他，順著他的目光，看見屋裡的小孩大多是髒兮兮的，而她、顧月初和顧瑞陽看起來和他們格格不入。

姜娉娉點點頭，沈默著扯開自己的髮辮，頭髮散落下來，遮在臉上，又用手摸摸地上的土灰，胡亂的抹在臉上。

等顧瑞陽回來後，她趁他不注意，手上沾了土灰抹在他臉上。

這小哭包的臉確實好捏，讓她想起了二哥，二哥也是一樣愛哭，不知道家裡怎麼樣了，不知道爹娘知道她不見後會怎麼辦。她不應該去買糖葫蘆的，就算要買也應該和爹娘一起。好想娘，好想家……

眼角出現淚意，她眨巴眨巴眼睛，把眼淚憋了回去，現在不是哭的時候。

旁邊的顧月初和顧瑞陽就這樣看著她。

「妳該不是要哭了吧？不要怕，我保護妳！」顧瑞陽湊過來問。

姜娉娉反駁道：「才沒有！」你一個小哭包還問我是不是要哭了。

她看了顧瑞陽一眼，一下子笑出了聲。本來是灰撲撲的臉，因為小哭包一直哭、一直哭，臉頰上出現了兩道淚痕，真淚痕。

被這樣一打岔，姜娉娉想家的心情散了一些，現在當務之急是看看能不能逃出去。

「現在是亥時，等明天再做打算。」顧月初望著兩人說道。

姜娉娉和小哭包點點頭，這麼一會兒的工夫，小孩子們也都安靜下來了。

半夜裡，姜娉娉翻了個身，地上太硬，硌得慌，總是睡不安穩。

兩邊是顧月初和顧瑞陽，姜娉娉躺在中間。

得想辦法逃出去。明天，要先看看周圍環境，找機會逃跑，往大路上跑，要是碰到人，說不定還能讓人幫忙報官；然後再帶著官兵剿了這個賊窩，到時候再把這些小孩送回家。等回去了向二哥吹噓，她不僅逃出來，還讓官兵剿了這個賊窩，最好再順藤摸瓜找到上下游組織，一塊兒滅了。她想到二哥聽到這兒，露出崇拜的眼神，想想就覺得高興。

突然，「吱呀」的開門聲打破了她的暢想。

「起來！快起來！別睡了，都給老子起來！」刀疤臉提著油燈，拍了一下桌子，桌上的灰塵被揚起飄在空中。

門口站著那婦人。「你小點聲，把人都引來了咱們誰都跑不掉！」

接著她指揮著兩個手下，把姜娉娉他們用繩子三個、三個的綁在一起。

然後一個人拉著繩子的另一端，這樣就散不了也跑不了。

姜娉娉他們沒有輕舉妄動，只是等著下一步的安排，看看能不能找機會逃出去。

他們被綁著手，出了門，姜娉娉才看到周圍的環境。一個破屋子，佇立在荒郊野嶺的地方，前不著村、後不著店，就是跑出去了恐怕也找不到人，現在只能走一步、看一步了。

刀疤臉拿著刀，見小孩有點躁動，他陰沈沈的威脅道：「別想耍花樣，都給我老實點。」

說完他將刀往地上一插，威懾眾人。

姜嬷嬷他們被趕進了箱子裡，這箱子上面一層放的是布疋之類的東西，下面是空的，可以藏人。看來刀疤臉這群人是偽裝成商隊，將小孩子藏在箱子裡運出去。

姜嬷嬷他們三個和另外三個小孩被裝進一個箱子裡，這箱子留了兩個出氣孔，但姜嬷嬷還是感覺到一陣氣悶，車子走動起來後，這種氣悶感更加嚴重，隨之而來的還有一陣眩暈，伴隨著噁心湧上心頭。

這種感覺簡直要命，就像暈車、暈船腳不沾地那種難受，渾身也冒出了冷汗。現在只能將那股噁心反胃壓下去，她閉著眼睛，咬緊牙關不說話，害怕一說話，心裡放鬆就一發不可收拾。

突然之間，姜嬷嬷聞到一股清香，像是薄荷，又像是橘子的味道，帶點清新又舒爽的味道。她湊近聞了聞，管它是什麼味道呢，只要能讓她不再難受，怎麼樣都行。

鼻尖突然碰到一個東西，她睜開了眼睛，這是？

顧月初將東西放進她手裡。「這是我的玉珮，上面的沉香木能使人頭腦清醒。」

姜嬷嬷愣愣的接過來，原來她剛剛聞到的就是這個玉珮上的木珠發出來的。

玉珮上還刻有「初」字，姜嬷嬷現在已經無事了，想必這玉珮挺貴重的。「謝謝你，我現在用不著了，你還是收好吧，別讓人看見。」

顧月初淡淡道：「不用！」

姜嬷嬷愣了一下，那行吧，等到地方了再還給他吧。

旁邊的顧瑞陽看著這一切沒有出聲，但心裡疑惑堂哥不是最不喜歡別人碰他的東西嗎？記得之前他不小心碰了一下堂哥的玉珮，就被堂哥冷眼看了兩天，又是賠禮、又是保證的才算是翻篇了。為什麼娉娉妹妹就可以，他不可以？雖然娉娉妹妹很可愛就是了。哼！

顧瑞陽偷偷的瞪了一眼堂哥。

車子不知道走了多久，晃得姜娉娉似睡非睡，頭一點一點的。

突然車子一個急剎車，姜娉娉一下子驚醒過來，接著就聽到一個嚴厲的聲音傳來。

「停車！檢查！」

姜娉娉三人對視一眼，在彼此眼中看到了希望。

她趴到出風孔那裡向外面看去，剛剛多有希望，如今就有多失望。外面只有兩個官兵，刀疤臉一行人帶著武器，看樣子就算是出聲求救，恐怕也不能得救，反而會害了那兩個官兵。

就在姜娉娉糾結的時候，其他車裡的小孩可管不了那麼多了，叫出聲來。

接著就傳來刀拍在箱子上的聲音，刀疤臉惡狠狠地道：「老實點！」

「什麼聲音？」其中一個官兵問道。

那婦人瞪了一眼刀疤臉，笑了笑，悄悄的塞過去一荷包銀子。「官爺，這是東家養的寵物讓我們一同送過去，更深露重的，官爺辛苦了。」

那官兵掂了掂荷包，滿意道：「知道了，往後注意點！」

那婦人笑著點頭稱是。

姜娉娉心裡一陣發寒，原來他們是同夥的人，瞧著那婦人塞銀子的樣子，不像是第一次了。隨之她又慶幸剛才自己沒有出聲，否則不僅會暴露，還會引起他們的戒備。

走出去一段距離後，車子停了下來，刀疤臉讓他們都下來，他拿刀指著那出聲箱子裡的孩子。「看來老子不給你們點教訓，你們是不長記性！都給我看好了。」

他抓住其中一個孩子的手。「老子非要卸你一隻手不可！看看你們還敢不敢。」

其他的小孩被嚇得說不出話，只嗚嗚的哭著。

姜娉娉沒想到刀疤臉動真格的，她當即衝了出去。「等等！」

可她忘了她和顧月初他倆是綁在一條繩上的，她當時來不及反應，等想起來的時候，就見他倆已經站在她的旁邊。

三人一塊兒站在刀疤臉面前。

姜娉娉這時才感覺到這股危險的氣息，這不是演戲，這也不是電視劇，這是真實的，她的腿不可控制的抖了起來。「等……等一下，我……餓了。」

旁邊顧月初也跟著說：「我……也餓了。」

其他小孩也有跟著說餓的。

緊張的氣氛被打破，那婦人摸摸姜娉娉的頭髮，問刀疤臉。「晚上的飯沒讓他們吃嗎？瞧瞧你幹的什麼事！把刀收起來別嚇著他們！」

她又指揮著兩個人去拿些乾糧來。

刀疤臉被訓了，只咕噥一聲。「老子晚上給過他們飯了。」

等回到小孩堆裡，姜娉娉一屁股坐在地上。媽呀！嚇死她了。

三個人坐在一起吃著餅子，小痣湊了過來。「妳剛剛不應該出頭的，要是他連妳也一起打了怎麼辦？還是好好的保護自己為好！」

姜娉娉聽見聲音，見是小痣，他自己一根繩子，沒跟其他人綁在一起，也不知道他認出來自己沒有。吃著粗糙的餅子，感覺自己的嗓子都要冒煙了，她先喝了顧月初遞過來的水，水中居然也帶著一絲薄荷橘子味。

「我知道你說的，可現在結果是好的不是嗎？」姜娉娉不想解釋太多，每個人的想法都不一樣，她不想強求別人和她有一樣的想法。剛剛確實很危險，但要是讓她眼睜睜的看著刀疤臉砍那個小孩的手，她做不到無動於衷，現在她雖然後怕，可心裡安心。

她心裡有一桿秤，自會來回衡量，可這種事情沒有來回衡量的機會與時間，她只是遵從自己內心的想法罷了。至於下一次再碰到這樣的事情她還會不會出頭，這個答案下一次再說好了。

小痣還想說什麼，但見她聽不進去，也就默默走開了。

姜娉娉繼續和這硬邦邦的餅子戰鬥，聽見耳邊傳來顧月初的聲音。「剛剛妳不衝上去，刀疤臉也不會傷他。」

姜娉娉轉過頭，嗯？刀疤臉？原來他們心裡起的綽號一樣啊！不對，重點不是這個。

「為什麼啊？」

「他們在半夜將我們帶走，神色慌張，說明有人追來了，他不會在這個時候留下痕跡，只是想要嚇唬我們，而且這些孩子都是要賣出去的，為了價格他也不會這樣做。」顧月初神色淡淡的解釋。

姜娉娉頓時明白過來。「不管了，先找機會……再說。」她看著顧月初板著的小臉，覺得除了可愛以外，還多了可靠。

趕了一夜的路，他們在一個院子停了下來，刀疤臉讓他們都下車。

姜娉娉下車活動一下手腳，窩在箱子裡一夜，背都直不起來了。

同時她也在觀察著四周，這個院子裡有四、五個房間，她來不及多看就被趕去了房間裡面。

這些小孩被分成兩撥關在房間裡，讓姜娉娉慶幸的是，小痣沒有和她一個房間，她總覺得小痣的身分不明，實在不想搭理他。

這個院子好像是在一個林子裡，他們趕車走了一夜，不知道距離涼山村有多遠，也不知道爹娘能不能找到她。

涼山村裡，經過一夜的尋找，還是不見女兒的蹤影，王氏不知流了多少眼淚。

她的娉娉，怎麼找都找不著。

就在這時候，姜植牽著斑馬線回來，王氏趕緊迎了上去。「怎麼樣？找到了嗎？」

姜植搖了搖頭，他昨夜牽著斑馬線在鎮上已經找了一夜，都不見蹤影。

不過也有一個好消息，斑馬線停在去往省城的那條路上吠叫不止，想必那人販子是往省城的方向去的。他是先回來說一聲，打算拿上乾糧，駕著驢車再次出發。

一同去的還有姜三和枝兒爹，斑馬線在前面嗅著味道跑，姜植三人在後面追。最後斑馬線停在一個破屋子門口，一直叫個不停，姜植三人趕忙下車，希望娉娉就在這裡。

姜植看了一圈，外面沒人，他推開門，首先看見一張桌子，沒看見孩子的身影。斑馬線衝了進來，在雜草堆裡扒拉半天，翻出一個東西，叼到姜植手裡。

姜植拿起來一看，正是娉娉的髮圈，昨天早上剛梳的髮辮，與她的衣服正搭配，都是水紅色的。

「這是娉娉的？」姜三小聲問道，看來斑馬線找的方向是正確的。

姜植摸了摸斑馬線，遞給牠一塊肉。

正在這時，外面傳來聲音。

「大人，發現一間屋子。」

姜植三人連忙出去，只見為首的是一個中年男子，衣著普通，可周身的氣度卻不容忽視。

那群人見到從屋子裡出來三人，紛紛拔出劍。「何人在此？見到顧大人在此還不速速行禮。」

為首的顧大人讓他們退下。「不得無禮！」

隨後朝著姜植三人問道：「你們怎會在此地？可是找到了什麼？」他看出這幾人滿臉滄桑，穿著粗布衣，眼神慌張卻清澈見底，便知這是附近的村民。

姜植抱拳回話。「草民是來找閨女的，草民的閨女昨日被人拐走，剛剛在這屋裡找到我閨女的髮圈。」

顧大人點頭，讓姜植三人在前面帶路。

姜植拍拍斑馬線的頭，讓牠在前面帶路，可這回斑馬線卻走走停停，不同於之前的奔跑速度，而是邊聞邊走。

——未完，待續，請看文創風1251《吃貨動口不動手》下

素禾 著

溫馨色彩揮灑高手

5/7出版

儘管年幼，卻比誰都更加堅忍不拔……
人生嘛，就是看誰能在惡劣的環境下奮戰不懈、尋找出路，
只要留著一口氣，定能等到撥雲見日的一天！

文創風 1255-1257 《心有柒柒》 全三冊

在「吃飽」跟「養一個來路不明又渾身是毛病」的人之間，
柒柒同時選擇了兩者，哪一邊都不打算落下。
先說啊，她可不是看上了慕羽崢過人的俊美外表，
而是深感亂世不易、生命可貴，何況她孤孤單單一個人，
就算他不是條可愛的小奶狗，多個家人也不錯嘛！
為了改善生活條件，柒柒典當母親的遺物、去醫館幹活賺錢，
然而慕羽崢此人的身分似乎有些蹊蹺，
先有追兵搜索，後有神秘的鄰居用心關照，
就在柒柒終於察覺到不對勁的時候，才發現……
她認了多年的「哥哥」，是傳說中手段狠辣的太子殿下！

白梨 著

手足齊心協力發家致富，
全家分工合作造生機

5/14 出版

穿成農村小丫頭，親爹受傷瘸腿，娘親越過越糊塗，
她只得自立自強為自家這一房打算，趁早分家免得被其他人拖累！
只是怎麼一切跟計畫的不一樣，各房還搶著照顧他們這一家？!

文創風 1258-1260《我們一家不炮灰》全三冊

明明是好好在睡覺，穿越這種事為什麼就輪到自己身上了？
穿成一個農村的六歲小丫頭就算了，偏偏親爹打獵傷了雙腿，
娘親懷著身孕又是個不濟事的，家裡還有一個任性無腦的極品奶奶；
最要命的是，她知道再過幾年，這一家子在故事裡就是炮灰配角，
再怎麼努力怕也是沒用，王晴嵐鬱悶得只想找死穿回去！
為了求生，她打算趁著爹爹受傷的情況，順勢提出分家，
但是……這個原本的極品奶奶怎麼不極品了？!
而且其他各房怎麼還搶著要照顧他們三房？!

為流浪貓狗加油 和貓寶貝 狗寶貝 廝守終生(一定要終生喔!)的幸福機會

對人來說，貓寶貝狗寶貝只是生活的一部分，但妳(你)對牠們來說，卻是生活的全部，領養前請一定要考慮清楚——

▲ 害羞的大眼睛女孩——布偶

性　　別：女生

品　　種：米克斯

年　　紀：6個月

個　　性：膽小、無攻擊性

健康狀況：已結紮，已施打一劑預防針，愛滋白血陰性

目前住所：台中市西屯區（中途之家）

本期資料來源：洪多多小姐

第354期推薦寵物情人

『布偶』的故事：

討喜的毛髮和毛色，氣質優雅，正是布偶貓的迷人之處。混到布偶貓血統的布偶，外型天生好，個性也好，而且混種貓還比純種貓更容易照顧。不過，各位貓奴們可先千萬別暴動，且再往下看……

布偶目前不親近人類，時常窩在愛媽家的天花板上活動，連吃飯喝水都避著人享用，一看見愛媽探頭探腦地想觀察牠，就會發出喵喵叫，似乎頗有種「登徒子別偷窺，黃花大閨女我未出嫁，不許亂瞄亂瞧」的莫名喜感，愛媽的拳拳愛女之心，尚待布偶回眸一笑啊！

如此嬌羞的小閨女，連照片都是剛來中途家需要關籠隔離一段時間才拍到的。若您就是偏愛家貓獨立來去的人士，願意與布偶簽下一生一世的契約，用耐心締結良緣，請在臉書搜尋洪小姐，或是加Line ID：dhn0131，高貴不貴的喵星人等您上門「娶」回家！

認養資格：

1. 認養人一旦認養，須負擔部分醫療費（延續救援用），
   並繳交半年期追蹤保證金，回報正常且確認無誤後，會歸還保證金。
2. 須同意簽認養寵物切結書。
3. 須同意送養人日後之追蹤探訪，對待布偶不離不棄。

來信請說明：

a. 個人基本資料：姓名、性別、年齡、家庭狀況、職業與經濟來源等。
b. 想認養布偶的理由。
c. 過去養寵物的經驗，及簡介一下您的飼養環境。
d. 若未來有結婚、懷孕、出國或搬家等計劃，將如何安置布偶？

吃貨動口不動手 上

國家圖書館出版品預行編目資料

吃貨動口不動手 / 覓棠著. --
初版. -- 臺北市 : 狗屋出版社有限公司, 2024.04
冊 ; 公分. --（文創風 ; 1250-1251）
ISBN 978-986-509-513-0（上冊 : 平裝）. --

857.7　　113002393

著作者	覓棠
編輯	林俐君
校對	沈毓萍
發行所	狗屋出版社有限公司
地址	台北市104中山區龍江路71巷15號1樓
電話	02-2776-5889～0
發行字號	局版台業字845號
法律顧問	蕭雄淋律師
總經銷	知遠文化事業有限公司
電話	02-2664-8800
初版	2024年4月
國際書碼	ISBN-13　978-986-509-513-0

本著作物由北京晉江原創網絡科技有限公司授權出版

定價290元
狗屋劃撥帳號：19001626
網址：love.doghouse.com.tw　E-mail：love@doghouse.com.tw